LA Ú
PUERTA

LA ÚNICA PUERTA

Ara Antón

Para Yoli y Bill
con cariño de tu prima

Ara Antón

Edilesa

Octubre 2014

Dirección editorial:
Vicente Pastor

Dirección de arte:
Vicente Pastor y Joaquín Alegre

Camino Cuesta Luzar, s/n - 24010 Trobajo del Camino. León (España)
Teléfono: 987 800 905 - Fax 987 840 028

I.S.B.N.: 84-8012-288-9
Depósito Legal: LE-954-2000
Preimpresión: LetterMAC
Printed in Spain. Impreso en España

A don Antonio,
guardián del tiempo.

1

Baltario y sus monjes acaban de irse. Van al monasterio a entregar los trabajos del invierno. No están buenos aún los caminos. Se precipitan torrenteras al valle, arrastrando los fangos para limpiar la montaña. Han sido unos meses muy duros. La nieve casi cubrió la entrada de la cueva que nos cobijaba. Ellos la habían cerrado con troncos y ramas secas pero, aún así, cuando el manto blanco nos cercó, hubimos de espantar los lobos a golpes, pues no cesaban de asomar el hocico por entre los escasos huecos que los hombres habían dejado al acabárseles los materiales recogidos durante el verano. No pasamos frío ni hambre, aunque, en las últimas semanas antes del deshielo, empezamos a temer que, si el buen tiempo se demoraba, quizás andaríamos faltos, no tanto de alimentos, pues el monasterio había abastecido con largueza a sus hermanos, como de leña, la cual, a pesar de cuidarla como a hijo de rey, disminuía rápidamente haciéndonos temer lo peor. Pero los rezos de los monjes, mis deseos enviados al fuego, o el simple devenir normal del tiempo, nos trajeron la primavera y con ella, el correr de las aguas monte abajo, deshaciendo la espesa capa que iguala las tierras, como la muerte a los hombres.

—Auria –dijo mi amigo, mirando hacia el rincón junto al fuego, que era mi favorito– hemos de acercarnos al monasterio o los hermanos temerán por nosotros.

"¡Qué ingenuo Baltario! Nadie va a preocuparse por ti ni por tus legos... Sobra carne de celda que haga los trabajos... Si tú desapareces, cualquiera de los muchos a los que has formado y que ya copian en el scriptorium, podrán sustituirte... Y con tu muerte se olvidarán asuntos desagradables..."

Por unos segundos vi a Baltario de niño, cuando llegó a nuestra cabaña con Severo, el monje que también tuvo que irse del monasterio porque estorbaba. No era el pequeño más que un montón de huesos, vestido con una especie de hábito corto que dejaba al descubierto sus rodillas prestas a romperse, creía yo, al mínimo descuido. Parecía asustado. El abad le había hecho pasar por experiencias que no entendió y que deseaba olvidar, como si nunca hubieran ocurrido. Lo consiguió enseguida y estoy segura de que hoy, sólo yo y algunos de los monjes más viejos del cenobio, de oídas, saben de sus llantos y angustias de niño. Se lo endilgaron a Severo, quien lo llevó a su cueva, le enseñó el oficio y, con amor de padre, consiguió que aquellas horribles pruebas pasaran a un rincón oscuro de la mente, donde apenas le atormentaban algunas noches, en forma de sueños. Sacudí la testa espantando fantasmas, cosa que no debería haber hecho con tanta alegría, pues las vértebras del cuello crujieron peligrosamente, dejándome por unos días una terrible tortícolis, la cual me obligó a añadir a mi ya gentil figura, una posición de cabeza revirada que me hacía parecer un duende de los que abundan en los montes de Luna.

—Sí, amigos –dije en voz alta–. Es hora de abandonar la madriguera. Cuando estéis preparados partiremos. Yo quedaré en mi cabaña, si es que el invierno no la ha derrumbado, y vosotros seguiréis camino. Estará satisfecho el nuevo abad –continué con verdadero orgullo–. Los pergaminos que le lleváis, le harán presumir de biblioteca ante cualquier magnate, obispo o monasterio –habían copiado, adornándolos con maravillosas miniaturas, un códice llamado *Explanatio in Apocalipsim*, escritos de Catón, el *Liber Homiliarum*, las *Sátiras* de Juvenal y algunos poemas de Prudencio y Draconio.

Baltario bajó la cabeza y sonrió con su boca sin dientes, al tiempo que palmeaba las espaldas de los dos muchachos a los que enseñaba el oficio.

—Ellos lo han hecho –aseguró–. Sin sus ojos y pulso, ninguno de esos manuscritos habrían visto la luz.

—Eso es cierto –admití, adelantándome a las protestas de los jóvenes– pero ellos y yo sabemos que son tus ideas y técnicas las que reproducen.

Asintieron los chicos, convencidos de la veracidad de mis palabras y miraron con admiración a su maestro, el cual siguió, quitando importancia a lo dicho.

—Vamos a enfardar con cuidado los códices. Envolvedlos en pieles y atadlos con sogas de juncos que son las más resistentes.

Los dos muchachos se pusieron al trabajo, tratando delicadamente los frágiles pergaminos. Baltario y yo los contemplábamos atontados, viendo moverse sus diligentes manos con seguridad y precisión. Casi a la vez, como empujados por idéntica orden, miramos las nuestras, arrugadas, huesudas, temblonas... Y el antiguo entendimiento de los años infantiles, se restableció y nos hizo reír con sonido de hojarasca en otoño... Recordamos ambos las lecciones de Severo, en la puerta de la cabaña cuando hacía buen tiempo, o pegados al fuego circular, cuando el frío nos impedía la intemperie. Aprendimos juntos muchas cosas. Otras, como por ejemplo su delicada escritura y dibujos, fueron para él sólo. Y para mí, los conocimientos ancestrales de las mujeres de mi familia que, a veces nos hacían dominar los elementos, y otras no nos servían de nada y debíamos dejarlos escapar, burlándose de nuestros ritos e imprecaciones, ignorándonos por completo y haciendo caso omiso de los deseos u órdenes que queríamos transmitirles.

—¿Vendrás con nosotros al monasterio? –interrogó, suplicó casi, mi amigo–. Allí te atenderán. Necesitas unos días de verdadero descanso y buena alimentación. Llevamos semanas comiendo sólo ajos, cebollas y leche; bueno, algún que otro huevo...

—¿Y me aseguras que rejuveneceré? –bromeé riendo de nuevo.

—No creo que eso sea posible –dudó Baltario cabeceando y plegando los labios por seguir el chascarrillo– pero nunca se sabe... La primavera pasada llegó un judío de Córdoba, del cual me han dicho que hace casi milagros. Es un buen médico, así que tal vez pueda quitarte las canas y el bailoteo de la barbilla...

—En ese caso, a lo mejor es capaz de hacer lo mismo con las pieles de tu papada, los agujeros de tu boca, los chasquidos de tus huesos, los juanetes de tus pies...

—Vale, vale –cortó el monje, moviendo los brazos en aspa ante su cara, como para defenderse de mis envites–. Lo reconozco. Estoy mucho más viejo que tú. No obstante –insistió– lo de descansar lo digo muy en serio. En tu cabaña hay pocas comodidades y...

—Ya, y una vieja como yo necesita un buen jergón, un cuenco de leche y un fuego permanente. No te preocupes, allí vivió mi abuela y antes que ella muchas otras mujeres de quienes tengo ya perdida la memoria. Seré capaz de procurarme todo lo necesario. Ve tranquilo y cumple tus obligaciones. Prometo no morirme, al menos hasta que regreses... Además, tengo un trabajo que terminar y como me llevará bastante tiempo... Je, je, je... Sabes que siempre he sido muy responsable... Je, je, je.

—Sí, y una necia –cabeceó el hombre resignado–. Es imposible que cambies ahora. Aún no he conseguido explicarme cómo aceptaste pasar el invierno con nosotros.

—Pues porque el otoño se parece mucho a la vejez y el invierno demasiado a la muerte. Pero ahora es primavera amigo y, a pesar de que debo andar por los noventa o más años, cuando siento los cálidos rayos del sol, creo renacer. Es una extraña sensación de haber vivido, y poder vivir, eternamente. Como si el aniquilamiento no estuviera hecho para mí... Figúrate, yo, que he visto desaparecer a tantas gentes, aún dudo que el precepto sea ecuménico e inalterable... –callé abrumada por el misterio–. He de mostrarte algo –seguí cambiando de tono– pero antes voy a darle fin.

Baltario me miró interrogante.

—No seas curioso. Todo a su tiempo. Y ¡venga! ata la cabra y las patas de las gallinas y los conejos, o se nos hará de noche y no habremos conseguido salir de aquí.

Anduvimos despacio, transportando fardos, evitando los regatos que a cada paso, atravesaban las trochas buscando el río. Rugía éste a nuestros pies, allá abajo, entre las piedras del desfiladero, con un bramido grueso y amenazante que encogía las carnes y que nada tenía que ver con la musicalidad de sus alegres cantos de verano. En más de una ocasión, los pacientes muchachos dejaron su carga en el suelo para tomar a los dos viejos sobre sus espaldas, ante nuestra inutilidad e impotencia. Cerca del mediodía llegamos a la casi oculta meseta, en la cual, seguramente desde hacía siglos, estaba enclavada la construcción circular de piedra, uno de cuyos lados, pegado a la roca, ocultaba la cueva, que sólo yo conocía en aquel momento, y que guardaba los saberes de generaciones. Baltario decidió quedarse hasta el día siguiente, para paliar en lo posible los estragos que el invierno hubiera podido hacer en la techumbre de barro y pajas.

Todos trabajamos hasta la noche. Unos más que otros, esa es la verdad. En realidad, nuestra tarea fue dirigir a los chicos, asunto por otra parte bastante innecesario, puesto que cuando nuestros ojos cegatos alcanzaban alguna avería, ya había alguno de ellos reparándola. Yo hice que limpiaba el interior, barriendo el suelo con un escobón reseco que, a más de hacerme doblar las ancas, con gran peligro para mi precario equilibrio, arañaba la tierra levantando más polvo del que arrastraba. Me prometí fabricar otra escoba en cuanto pudiera acercarme al río para coger juncos verdes. Baltario encerró los animales en su pequeño espacio, a la izquierda del fuego, enderezando unas tablas que se habían torcido y colocó los víveres que nos habían sobrado del invierno, y que iban a dejarme al completo, en anaqueles en los que se mantendrían frescos y secos, hasta su regreso del monasterio con nuevos suministros y semillas, para aprovechar los escasos días de sol y sembrar la huerta. Comprobamos también la provisión de hierba seca, paja y leña y, una vez satisfechos con el avituallamiento y arreglos para las próximas semanas, nos comimos, para variar, una sopa de ajos, cebollas y sebo, bastante rancio ya, que nos confortó los estómagos, aunque, sobre todo a los jóvenes, les dejó con más apetito del que tenían al empezar. Así que, aún contraviniendo las órdenes de Baltario, quien no quería dejarme sin queso, corté unas buenas tajadas, que les hice trasegar con vino rasposo y un poco ácido, el cual reanimó sus maltrechos lomos por completo.

El sol desapareció tras las montañas y, después de renovar la paja del jergón, que imaginamos más llena de lo normal de chinches, pulgas, piojos y demás inquilinos habituales, nos acostamos un poco amontonados, pues aunque el viejo y yo ocupábamos poco espacio y las carnes de los jóvenes eran más bien magras, sus huesos aún estaban fuertes y demasiado grandes para un lecho tan pequeño.

No dormí mucho. No por la incomodidad de la estrechez, no, simplemente por mi mucha edad, que se niega a morir aunque sea sólo en sueños. Permanecí no obstante inmóvil, sacrificio que hizo resentir mis articulaciones por la mañana, por no interrumpir los alegres ronquidos de los muchachos y el seco y profundo de Baltario que, de vez en cuando, silbaba como si llamara a un galgo que buscara conejos.

Se fueron al fin, después de un desayuno de harina tostada hervida con leche de la cabra. Me he prometido cocer pan, pero antes tengo que buscar mis viejos pergaminos. No supuse que los echara tanto de menos. Es cierto que el invierno ha sido largo y duro, pero estoy segura que si los hubiera tenido, no me hubiera parecido tanto.

Palpé las maderas que en la pared del fondo cubrían la entrada de la gruta, sin dejar de mirar a mi espalda, miedosa de que el monje o alguno de los suyos, regresaran y supieran de aquel lugar que albergaba conocimientos y misterios, los cuales mi abuela y las mujeres que la habían precedido guardaron de la curiosidad, de la ignorancia y de los malos quereres de los mismos que, en casos extremos, acudían a ellas en busca de solución a un problema o por la cura de alguna enfermedad. Un discreto y humilde muro. Sus troncos sustentaban las trébedes, la hoz, la azada, cuchillos, tenazas, azuelas, y hasta la reja de un arado, el cual no sé qué demonios hacía allí, pues nuestra huerta era tan pequeña que no tenía espacio suficiente para emplearlo. Para roturar la tierra nos bastaba la azada, con la que trazábamos unos exiguos surcos, en los que sembrábamos nabos, cebollas, ajos y algunas veces coles. Cuidábamos también unos pocos árboles, un manzano, un nogal y una higuera, pegada a la pared de la casa, que compartía el espacio con una parra de uvas negras y dulzonas, las cuales, muchos años, no llegaban a madurar porque el frío se adelantaba, dejándolas a medio hacer. Las dos, frioleras como yo, extendían sus ramas hacia el sur, pugnando por la calidez que las hacía revivir. Nadie hubiera sospechado que tras aquella pared de madera, la gran cueva guardaba, desde tiempos que ignoro, secretos que no sé si deseo conocer. Mis manos, más sabias que mi memoria, alcanzaron el clavo y, la puerta, con un triste chirrido, cedió a la presión. El lugar estaba fresco, lleno de olores extraños. Pero, curiosamente, si dejaba que mi mente tratara de analizarlos, se hacían familiares y casi tangibles. Sin ninguna justificación, me sorprendió hallar el mismo desorden que yo había causado el verano anterior, cuando, recién llegada de la corte, busqué el escrito en que mi abuela explicaba mi origen y el destino de aquella hija que tuve, la cual creí muerta al nacer y que la vieja entregó para ser la heredera del castillo de más allá del sabinar... Allí estaba la historia de mi madre, fallecida al traerme al mundo, porque no quiso vivir sin amor. Por aquellos renglones andaba también el caballero que fue mi padre y quien, al no tener descendencia, de acuerdo con mi abuela, consiguió de mí un embarazo que le dio la continuación de su casa... No quiero pensar en eso. Me es tan ajeno e incomprensible que no parece mi vida. Lo que realmente fue mi tiempo es lo que ahora tengo entre las manos. Estos renglones que cuentan cómo unas mujeres, de más valor que muchos hombres, se resignaron a vivir tras el velo, gobernando, con mano de hierro, un hogar, un predio, un reino...

En esta ocasión no necesité revolver entre los pergaminos como la primera vez que penetré en este recinto, casi sagrado, para buscar noticias sobre mi existencia. Ahora sabía perfectamente dónde los había dejado y, extrañamente, me acordaba incluso del punto en que había interrumpido la narración. Los tomé despacio, con amor infinito, como si estuviera colocando sus vestidos o peinando sus cabellos. Urraca, mi niña, mi princesa, mi reina...

No me detuve en los otros manuscritos. ¿Para qué? Sabía lo que contenían o creía imaginarlo. Falsos consuelos ante lo inevitable... Salí a la cabaña e hice encajar los maderos, que de nuevo parecieron sólo eso, una pared forrada de troncos, para colgar en ella aperos de labranza. Avivé el fuego central, el cual llenó de cálidos aromas el recinto, en tanto dejaba escapar los humos por entre las pajas del techo, y me senté, con una tabla sobre las temblonas rodillas, olvidando la promesa de cocer pan. El pergamino limpio me miraba interrogante. Enseguida empecé a ver en él las imágenes que, ahora estaba casi segura, quería dejar escritas para que nadie olvidara o tergiversara los hechos que yo había vivido de cerca y que Urraca no deseaba que se perdieran. Al surgir este pensamiento con tal claridad, me quedé sorprendida. Nunca, hasta este instante, había sido capaz de concretarlo. Hubo momentos en que llegué a dudar de estar haciendo lo correcto. No era capaz de saber qué hubiera pensado ella... Miré el fuego. El rostro sonriente de la infanta, joven y bella, sin los dolores de los años, me miraba desde las llamas.

2

Urraca, hermosa y triunfante, de la mano de Alfonso, sube la escalera de la fortificación zamorana, después de soportar durante horas a los cerriles señores de Galicia y a los callados pero tercos castellanos. Pero aún así, mientras ascienden buscando el descanso en las cámaras que ella ha hecho aviar para la ocasión, su voz acariciadora y llena de promesas, recuerda al hermano que "deberías anular el portazgo de Valcárcel, entre el Bierzo y Galicia. Eso facilitaría el paso de los peregrinos y creo que ese asunto es algo muy importante que habremos de tratar sin demasiada dilación..." Alfonso, agotado por las últimas emociones, la mira con admiración y asiente, tomándola por la cintura y cerrando la puerta de la estancia a sus espaldas.

Me quedé allí, junto a la entrada, cabeceando de vez en cuando, durmiendo sólo a medias. Espiando por entre las pestañas, incluso a los hombres de la escolta, leoneses que se habían ofrecido a dar la vida por la pareja, asegurándome que podía retirarme a descansar. "A mi señora la guardo yo", declaré muy digna, colocando la mano sobre el pequeño puñal que colgaba de mi cintura. Ellos sonrieron con sorna. Seguramente pensaron que poco podía hacer una mujer de más de cincuenta años con una daga si hubiera que luchar... No me entendieron.

Durante unas semanas, el rey y Urraca permanecieron en Zamora. Desaparecían en cuanto podían de entre las gentes, pero no por eso dejaron de la mano los asuntos de estado que no estaban estabilizados aún, a pesar de que todos los señores habían jurado fidelidad a Alfonso. Mas había algunos descontentos, que la pareja trataba de paliar en lo posible con prebendas o promesas de cargos o posesiones futuras. El más levantisco era Rodrigo, el ambicioso castellano que tuvo todo el poder y que ahora era uno más en la corte. Sus deseos de conseguir que los secos parajes de sus antepasados superaran el brillo de León, habían estado a su alcance. Es más, su puño de hierro se había cerrado ya sobre las riberas del Bernesga y del Torío, para convertirlas en poco más que un feudo de Castilla. La muerte de Sancho terminó con sus pretensiones y su tierra y sus gentes tornaron a depender de la ciudad que odiaba, por guardar entre sus torres la historia de los godos.

Andaba el guerrero mohíno, evitando la entrevista directa con el rey y sobre todo con Urraca, pues sabía que ella era capaz de leer en sus ojos como en un libro abierto. Además, no se sentía capaz de negar nada a aquella mujer que había sido la causa de su caída. La odiaba, o creía odiarla y, en la distancia, intentaba por todos los medios atizar ese odio, para poder sustraerse al dominio que siempre había ejercido sobre él. La pareja real tuvo la suerte de contar con el buen sentido del resto de los caballeros de Castilla quienes, con menos pretensiones o mayor sentido común que el de Vivar, se opusieron a sus iniciales pretensiones de negar el juramento al rey. Pero aún así, la princesa conocía los pensamientos del antiguo alférez y discurría la forma de contentarle, en lo posible, satisfaciendo sus ambiciones y dando salida a su genio militar para provecho de todos.

—No me gusta la actitud de Rodrigo –comentó una noche Alfonso, mientras jugueteaba con los cabellos de la infanta, sentada en un escabel, a sus pies. Urraca levantó sus ojos hacia mí, que le acercaba en ese momento unas tortas de miel. Ambas habíamos hablado del tema en más de una ocasión.

—Señor, sólo tú eres capaz de hacer que cambie –comentó la princesa sin dejar de mirarme con una media sonrisa en los labios–. Sabes de sobra lo que le ocurre. Habla con él y prométele grandes logros.

—¿Grandes logros? –se hizo eco el rey de las palabras de su hermana, enarcando las cejas, con un tono de fastidio en la voz–. Tú y yo sabemos lo que quiere, y eso no es posible. ¿En qué cabeza le cabe a él, que deje de lado a los caballeros que siempre me han sido fieles, para ensalzar a un castellano, que lo único que ha buscado ha sido mi perdición?

—¿Deseáis más dulces, señor? –interrogué, al verle tomar un bocado de entre los dedos de Urraca.

—No –cabeceó, tragando.

Me aparté a un rincón de la estancia esperando órdenes, sin perder de vista a la pareja, ya que sólo yo era aceptada en las veladas que pasaban en solitario, y no quería que echaran de menos nada de lo que pudieran necesitar.

—Creo Alfonso, que lo primero será contentar al resto de señores de Castilla. Si todos te aman, a Rodrigo no le quedará más remedio que ceder –apuntó la infanta por tranquilizar al rey, pero no demasiado convencida. Entendía bien al vasallo de Sancho. Sabía de su gran atractivo, de su poder de convocatoria, de su valor y de sus conocimientos de guerra, que le hacían uno de los mejores capitanes del momento.

—Sí –aceptó el monarca–. Antes de ir a León, iremos a Burgos. Espero que comprendan entonces que no deseo convertir Castilla en un feudo, sino en parte del reino, con iguales derechos y deberes que las tierras que me dejó mi padre.

Al día siguiente partíamos para el norte. Hacía un frío de todos los demonios. El viento cortaba la cara y se introducía por entre las pieles haciéndonos tiritar. Para mayor inconveniente, al atardecer, una densa lluvia, como de finos cristales, cayó de forma persistente, hasta la noche, en que nos refugiamos en un viejo caserón. Constaba éste de una cocina, cuyos humos ascendían buscando salida por entre las pajas del techo y una cella con dos lechos de tablas ensambladas, encima de las cuales había heno extendido, cubierto por un paño, que dejaba escapar por los múltiples agujeros que lo adornaban, puñados de relleno que caían constantemente al suelo mezclándose con los deshechos que pisábamos. Aprovechamos también la pequeña habitación exterior, pegada a la cocina, donde había un horno y unos cuantos sacos de trigo y centeno pues, por lo visto, nuestro anfitrión era el panadero del contorno; la cochiquera, que ahora estaba vacía, y la cuadra, donde se amontonaban las aves, los conejos y el pollino, el cual, una vez al mes, cargaba las hogazas para repartirlas por los pueblos limítrofes e incluso por lugares más lejanos, si los villanos del entorno no daban fin a la mercancía. Compartimos fuego y techumbre con los animales del granjero, quien trastabillaba constantemente, no sé si de miedo o de dolor al ver desaparecer sus gallinas por el gaznate de los señores que nos acompañaban. Aunque en su honor, debo decir que no escondió nada de lo que poseía, quizás por la sorpresa de nuestra llegada, que la lluvia le impidió prever, y que, tanto su mujer como sus hijas, se afanaron con los guisos y hasta sonreían de vez en cuando, al servir las tajadas humeantes, que desaparecían, apenas abandonadas en manos de sus visitantes. No obstante, al amanecer siguiente, antes de ponernos en marcha, Alfonso, aún conociendo su derecho de asilo con las gentes que le pertenecían, arrojó una buena bolsa al villano, quien se trabucó aún más al querer dar las gracias. El rey sabe que la mayoría de sus súbditos son hombres libres que poseen pequeños pedazos de tierra, o que laboran las de sus señores, a cambio de un pago y como tal quiere que sigan sintiéndose. El resto de los magnates y siervos, que por falta material de lugares techados, hubo de pasar la noche al raso, tosían y moqueaban sin parar, haciendo que Urraca les mirara con aprensión, pues de ninguna manera deseaba motivos de descontento que pudieran hacer saltar la chispa que rondaba sin cesar pajas resecas.

El día seis de diciembre entramos en el monasterio de Cardeña. No fue jubilosa la acogida de los monjes, pero no faltó el respeto, por lo que el rey hizo la vista gorda y hasta abrazó al abad afectuosamente; hecho éste que, desde aquel momento, le convirtió en su más fiel vasallo. No tanto por el amor demostrado, sino por las prebendas que Urraca se apresuró a susurrar en su oído, a la misma puerta del cenobio.

Nos dieron efectivamente acomodo tranquilo y caliente, cosa de agradecer, después de varios días a la intemperie. Las comidas no fueron gran cosa. El propio rey hubo de organizar algunas salidas a los montes, buscando carnes. Su falta no parecía quitar el sueño a los monjes, quienes se conformaban con una especie de pulmenta, el plato habitual de los criados de las grandes casas. Pero aquel puré de legumbres no excitaba precisamente el apetito de los magnates, los cuales preferían las tajadas sangrantes, que les daban, decían ellos, fuerza y alegría.

En la mañana del ocho de diciembre del año mil setenta y dos, Alfonso cumple sus promesas y otorga un diploma, que es firmado por Urraca y todos los caballeros, obispos y abades que le acompañan, según su categoría. El Cid es de los últimos en poner su nombre. Nadie, aparte de la infanta, parece notar el fuego en las pupilas del caballero, quien se apresura a ocultarlo tras las pestañas, al cruzar sus ojos con los de la princesa. Cuando el rey le invita a viajar con él a León, a pasar la Navidad, Rodrigo pretexta urgentes negocios en sus tierras que se lo impiden. Alfonso finge ceder a la necesidad y le ve alejarse por el salón, buscando la salida, seguido de sus hombres, quc parecen querer agujerear el suelo con sus botas de cuero.

Hace ya un mes que García, sabedor de la muerte de Sancho, regresó a Galicia. Los magnates de las tierras brumosas ha tiempo que han avisado al rey, quien parece no querer darse cuenta del peligro que le acecha. Por el contrario, se entretiene en Sahagún, organizando cacerías y festejos para que sus hombres se relajen, disfruten y olviden. Procura no hacer distingo entre castellanos y leoneses y proyecta distribuir, en lo posible, los cargos importantes a partes iguales, para evitar enfrentamientos que para nada servirían a su gran plan. Urraca está ojerosa. La observo a hurtadillas. Parece arrastrar un constante sopor y hasta una cierta indolencia. Quizás, pienso, sea el descanso normal después de las grandes tensiones vividas en el cerco de Zamora, cuando todas las responsabilidades cayeron sobre ella... Está quisquillosa y ninguna comida parece ser de su gusto. Ha adelgazado. No puedo evitar que me preocupe.

Escuchamos constantemente a viajeros, que nos cuentan de tierras extrañas y de extrañas costumbres. Hay gentes de distintas procedencias, que se detienen en Sahagún, en su viaje a Santiago. No nos es difícil hablar con ellos. Llevan meses y algunos, años, atravesando la península. Se expresan con bastante soltura en nuestro idioma. Además, en la villa hay muchos ya instalados, de más allá de los Pirineos, quienes, si es necesario, nos hacen de intérpretes. Urraca muestra gran curiosidad por los conocimientos de estos extranjeros. Le atrae sobre todo su religiosidad, capaz de caminar miles de leguas para poder rezar a los pies de la tumba del apóstol. Después de oír a muchos de estos hombres, dedujimos que echan a andar con el deseo inconsciente de convertir el Camino en el reflejo de su propia existencia. Quieren creer que las dificultades acabarán con el arribo y que el esfuerzo realizado les traerá la paz. "El funcionamiento normal de un rito"... supongo.

Anoche, después de la cena, las gentes de la princesa, que saben de sus querencias, acercaron a sus aposentos a un extraño peregrino moreno, de huesos imponentes y profundos ojos azules, llenos de saberes y tristezas. Portaba un gran cayado, absolutamente atípico, asunto que, ya de entrada, me llamó poderosamente la atención. Se lo hice notar a Urraca con un gesto que pasó desapercibido al resto, pues nuestra intimidad era tal que apenas necesitamos hablar para entendernos. Apoyaba el hombre su mano en la parte alta de la madera, sobre los brazos de una tau bellamente tallada con raras inscripciones que, entrecerrando los ojos reconocí como runas, las mágicas letras de los pueblos germánicos y escandinavos, cuya sangre corre por nuestras venas. Se entrecruzaban los dibujos formando misteriosos arabescos. Cubría su cabeza con un capuchón de donde escapaban los cabellos, espesos y grasientos, el fulgor de sus sorprendentes pupilas y una larga barba en la que ya brillaban hilos de plata. La princesa le observó durante unos segundos en silencio. El hombre no osó alzar los ojos del pavimento y se mantuvo arrodillado, esperando manso las órdenes de la infanta. Cuando pareció despertar ésta de su mudo estudio, hizo un gesto a sus hombres, que empujaron al forastero, el cual se levantó del suelo, aunque siguió con la mirada puesta en las piedras.

—¿Quién eres? –pregunté, captando la nueva indicación de la princesa.

—Ahora soy Guillermo de Poitiers.

—¿Qué quieres decir con eso de "ahora"? –hablé, adelantándome a la ira que brilló por un segundo en los ojos de Urraca.

El hombre me encaró un momento. Estudió mi cuerpo, que sentí desnudo a sus ojos y del que me avergoncé por sus marcas de tantos años, pero se detuvo sobre todo en mis pupilas, hasta el grado de hacérmelas cubrir con las escasas pestañas que me quedaban, al no poder resistir el fuego de su mirada.

—Sabes bien lo que quiero decir –aseguró sin alzar la voz y sin perderme de vista.

—Tal vez ella sí –explotó la infanta– pero yo no, así que empieza a explicarte o puede que no llegues nunca a Santiago.

—No podrás impedirlo, señora, pues vengo ya de regreso.

Urraca le miró, dudando si debía mandarlo azotar o seguir escuchando. Optó por lo segundo. En parte por su inmensa curiosidad y en parte también, seducida por la dulce y tranquila entonación del peregrino, que en nada se parecía a un desafío.

—Más de una vez he atravesado los agrestes muros de Roncesvalles, que unos dicen "valles de espinas" y otros de "rosas". También me arrodillé sobre la cueva donde Roldán esperó la muerte. Ya pasé por Ansón y estudié los enigmáticos dólmenes. Crucé el Arga y, en La Rioja, antes de que Domingo hiciera sus puentes, caminé por la Calzada. Vadeé el Ucieda y, despacio, sintiendo mi alma en el silencio, fui entrando en las tierras llanas. Cada vez con una esperanza nueva, creyendo que el Camino me llevaría a la purificación o a las respuestas. Descansé en Sahagún desde que está habitado. Sus gentes suelen ser hospitalarias, más antes que ahora, pero aún así, aquí me detuve días y noches por reparar mi cuerpo y endurecerlo para los difíciles pasos que me esperaban... Siempre buscando, entré en el Bierzo, donde anduve tras las huellas de Prisciliano, quien quiso conciliar el cristianismo con los saberes ancestrales de esas tierras y que fue ajusticiado, no pude conocer muy bien si porque estaba del todo errado, o porque sabía mucho más de lo que debía... –El peregrino calló unos segundos dubitativo; luego continuó–. Subir era ahora el destino. El monte de O Cebreiro me esperaba; así quería creerlo yo, con su oscura historia, que muchos empezaban a repetir, de ser guardián del Grial.

Enmudeció de nuevo, apoyándose con ambas manos en su extraño bordón, del que se balanceaba una calabaza que, por su meneo, parecía vacía. Urraca, impaciente, busca con los ojos una silla de tijera, que me apresuro a acercar al hombre, el cual me la agradece con una dulce sonrisa. Antes de sentarse, mira a la princesa quien, con irritado manoteo, ordena, más que consiente.

—Señora –implora el forastero– ¿podríais hacerme la misericordia de un cuenco de agua?

—Trae vino, Auria, y algo de comer al viajero –es la contestación de la infanta, quien se mueve ansiosa en su alta cátedra.

Inmediatamente, respondiendo a mi orden, las mujeres corren a las cocinas y, en pocos minutos, varios platos con carnes, frutas y dulces, aparecen delante del extraño, que se limita a beber un sorbo de vino y a mordisquear una manzana, antes de elevar los ojos hacia mí y preguntar con mansedumbre.

—¿Quiere tu señora que continúe, o ya conoce el final de mi historia?

Miré a Urraca, que asintió imperceptiblemente.

—Sigue, peregrino –dije–. Mi ama desea enterarse de todo aquello que sea posible, no sólo sobre ti, sino del universo que nos envuelve.

Despacio, pareciendo recelar de que su gesto fuera mal interpretado, Guillermo fue alzando la vista, hasta fijarla en los ojos de la princesa, quien le miraba a su vez interesada.

—Señora –habló ahora sólo para ella–. Lo que temes es cierto. No hallé, lo que algunos empiezan a llamar El Grial, ni en O Cebreiro, ni en Glastonbury, ni en San Juan de la Peña, ni en otras zonas de las que tuve noticia y que visité, engañado por las promesas de los que no habían ido nunca y de los que sí lo habían hecho. Mi alma no se confortó en Los Santos Lugares, ni en Roma, ni después de contemplar Santiago desde el monte, que dicen del Gozo. Y os aseguro que he hecho estos viajes muchas veces a lo largo de mi vida, intentando cada vez descubrir algo que se me hubiera podido escapar, porque mi mente o mi cuerpo no se encontraran en las condiciones requeridas. No sabía muy bien cuáles deberían ser esos requisitos. Pero no obstante, repetía una y otra vez, con la necedad de la esperanza, que parece estupidez exclusiva del hombre... –bajó un momento la cabeza para moverla despacio a derecha e izquierda, diciendo después casi en un susurro–. Ni eso siquiera es nuevo...

Desde el oratorio de los monjes llegaban los nuevos cantos del Salve Regina que compusiera Pedro de Mesonzo, basándose en las piezas que debían su nombre a Gregorio I, cuya memoria se perdía en la noche de los tiempos. El peregrino escuchó los bellos sonidos durante unos momentos, luego siguió.

—¿Conocíais, señora, que esas dulces notas tienen una base judía? Los romanos; ya sabéis, los grandes conquistadores del mundo, los copiaron de los hebreos, y después el papa, allá por el siglo sexto, y ahora nosotros... Y lo presentamos como novedad... El cerebro del hombre ha sido siempre el mismo. Se ha planteado idénticas cuestiones a lo largo de los siglos. Ha llegado a donde puede llegar y, como esas respuestas no le bastan, a veces, para poder continuar, fábula... Se convence a sí mismo, y si su ilusión tiene los ingredientes necesarios, los que todos anhelamos, algunos, o tal vez muchos, le siguen...

—Hablas del tiempo como si lo dominaras, o más aún, como si lo hubieras vivido. Y no aparentas mucha más edad que yo misma –dudó la infanta sin dejar de encararle. El hombre volvió su triste mirada hacia mí, al tiempo que contestaba a Urraca, quien no le entendió–. "Si quiero que él quede hasta que yo venga, ¿qué a ti?"

—¿Eres Ahasvero? –interrogué sintiendo temblar las rodillas, y no precisamente por el tamborileo de las uñas de la infanta sobre la madera de su sillón, gesto que habitualmente no presagiaba nada bueno.

—Sí –cabeceó el extraño, infinitamente cansado. Y luego, alzando la vista a la princesa, aclaró, sintiendo seguramente su enfado–. Señora, mi tiempo no se mide como el del resto de los seres. Y no me preguntéis por qué. Quizás sea porque una vez cometiera una tremenda equivocación. Creí que un Hombre que me suplicaba agua era sólo eso, un hombre y es posible que fuera un Dios... Nunca lo he sabido. Es por eso que busco. Busco siempre, como vos, respuestas. O ni siquiera respuestas. Me conformaría con la fe ciega del campesino, quien soporta su hambre con la seguridad de que será saciado; o la de la dama, que tolera los desaires de su amo sin levantar siquiera los ojos de la camisa que borda, pensando que otro Señor más alto la espera para recompensar su abandono; o la del monje, el cual tirita en su celda mientras da gracias a Dios porque la nieve no ha alcanzado aún el alféizar de su ventanuco... Quiero suponer que el conocimiento me traerá la fe, y con ella el descanso y el perdón –bajó la cabeza y calló unos instantes, luego la inclinó a derecha e izquierda, plegando los labios en un gesto de perplejidad–. Aunque –siguió despacio– hay momentos en que dudo de la sabiduría adquirida, e incluso llego a pensar que lo que debería hacer sería todo lo contrario... "De todos los árboles del paraíso puedes comer. Pero del árbol de la ciencia del bien y del mal no comas..." –citó dubitativo. Más tarde levantando el tono de voz, que había ido bajando poco a poco, como si hablara para sí mismo, pidió–. Y ahora, si me lo permitís, me retiraré. El día ha transcurrido como todos los demás. No ha habido cambios. Quiero reflexionar cuál será mi pesquisa de mañana y hasta es posible que tenga un invitado a jugar a los dados...

Urraca, contra su costumbre, pareció dudar ante la petición del extraño. Me miró, como en busca de ayuda, y yo bajé los ojos ignorando qué aconsejar. Alzó la cabeza la princesa y, sin la irritación que yo esperaba, concedió.

—Ve pues extranjero, si es tu deseo, pero no te atrevas a salir de Sahagún sin mi permiso. Intuyo que aún tienes datos que darme, pues no sé por qué, me parece ver que conoces algunas de mis inquietudes y deseos.

—Algo sé, mi señora. Tus ojos son libros abiertos para mí. Pero no tengas grandes esperanzas. En realidad, en lo que te he dicho esta noche, se resumen mis conocimientos.

—Entonces –intervine a riesgo de contrariar a la infanta, que quedó con la boca abierta para continuar su indagación– ¿por qué juegas aún a los dados?

Urraca nos miró alternativamente y esperó paciente la respuesta, tratando de alcanzar nuestro difícil diálogo.

—Cada noche juego con mi muerte, sin saber qué significa, sin lograr alcanzarla, sin poder morir. Pongo el alma sobre la mesa, pero ni el mismo diablo la consigue. No se si porque no puede hacerlo, o porque no existe... Al salir la luna, he ganado la partida...

Calló Guillermo y miró al suelo, esperando la decisión de mi señora. Ella le contempló intensamente, alzó la mano, y el peregrino caminó hacia la puerta sin darle la espalda. Antes de llegar a la salida, levantó un momento los ojos como recordando algo de repente.

—Señora, he oído por ahí que una mujer judía anda presumiendo de estar esperando un hijo del rey –y sin más, atravesó el quicio y partió.

A la mañana siguiente llegan a Sahagún dos hombres de García. Piden ser recibidos por el monarca. Alfonso caza en los montejos de los Campos Góticos perdices y liebres, aunque no se resigna a dejar de buscar jabalíes, que cada vez son más escasos, por la tala de árboles que se está haciendo en los alrededores de la aldea, para atender a las necesidades de los pobladores del lugar, quienes parecen multiplicarse de un día para otro. Urraca recibe a los gallegos. Son bajos y anchos, con manos de dedos cortos y gruesos y rostros cuadrados que no miran de frente. Parecen vasallos de medios pelos, a los que García ha prometido, seguramente, prebendas sin cuento, si consiguen la tierra que le dejó su padre. Apenas alcanzan a explicarse, hablando con una especie de desafío que ninguno de los presentes entiende. La princesa les pide que se alejen de su sitial, acercándose a la nariz el pequeño recipiente hueco de marfil, que representa un dragón enroscado sobre sí mismo, el cual contiene delicadas esencias, regalo, como casi todos sus tesoros, del monarca, quien lo compró a precio de oro a un comerciante que llegó por el Camino desde las tierras de los vikingos.

—Hablaré con el rey en cuanto vuelva –aseguró a sus visitantes–. Es mi deseo y, por supuesto el suyo, ver a nuestro hermano y tratar el asunto de vuestras tierras. Espero que a estas alturas estaréis enterados, vosotros y él mismo, que los magnates le han negado su apoyo. Partiendo de este hecho, buscaremos el mejor modo de arreglo. Algo que sea satisfactorio para las partes. Idos ahora –ordenó con un gesto de su mano derecha–. Mis gentes os darán acomodo y agua para que podáis, si así lo deseáis, eliminar la mugre del camino.

—Os damos las gracias señora, por el alimento y el jergón, pero no deseamos causaros trastornos con las aguas, ya que esta misma mañana, en el Cea, antes de venir a veros, nos hemos lavado las manos y la cara e, incluso, las orejas y el cuello...

—Bien –cortó la infanta los fétidos olores de caries o estómagos estragados, que le alcanzaban a pesar de la distancia– idos ya. En cuanto llegue mi hermano os haré llamar.

Alfonso regresó al mediodía sudoroso y eufórico. La caza había sido provechosa y los caballeros se habían cansado, que era lo que él perseguía sobre todo. El gran patio del cenobio bullía de señores, escuderos, campesinos, monjes, mujeres, niños, caballos, perros y halcones, cada uno con su idioma y todos pugnando por hacerse oír.

—Comeremos pronto –aseguraba el rey a García Ordóñez, quien le sostenía las riendas del alazán que montaba–. Sabes que esta tarde quiero ver pelear a los dos caballeros venidos de Aquitania. Busca algunos de los nuestros que quieran darles una lección. Vamos a bajarles los humos.

—Sí, mi señor –asintió el magnate–. Ya me he ocupado de ese asunto. No temáis. Los venceremos. Mirad, viene la infanta.

El monarca se apresuró a desmontar, de forma que, cuando Urraca y yo llegamos junto al caballo, la esperaba de pie, con los brazos abiertos. Se apresuró ella a desaparecer en el pecho de su hermano, susurrándole al oído frases que le hicieron reír con placer. Se separó luego sin soltarse y, mirándole a los ojos, le espetó.

—García ha enviado a dos hombres. Quieren verte.

—¡Al diablo con ese inútil! –bufó el rey, tomándola de la mano y caminando hacia sus aposentos–. ¿Qué espera que haga yo, si sus propios vasallos no le quieren? Que regrese a tierras de moros y que se dé por contento que no le cargue de cadenas y lo haga cegar.

—¡Chiss! –susurró Urraca mirando a sus espaldas, al tiempo que colocaba la mano sobre la boca de Alfonso–. Que no te oigan, querido. Nunca sabe uno como van a reaccionar las gentes cuando se ataca a su señor natural.

—Yo soy su señor natural –se ofuscó él– o al menos eso es lo que juraron, no ha mucho.

—Sí, pero no sabemos lo que García ha podido ofrecerles. No le aman, pero la ambición es mala consejera... Recíbeles. Escucha sus condiciones y...

—Pero –se asombró el rey, parándose en seco y mirando a su hermana desorientado–. ¿Pretendes que entre en negociaciones sobre si Galicia le pertenece o no?

—Desde luego que no. Eso ya no es cuestión. Pero ellos no lo saben, o no lo quieren saber. Déjales hablar. Conoce las intenciones de nuestro hermano y, si es posible, concierta una entrevista con él. No creo que te sea difícil. De lo poco que he conseguido de sus hombres y de las indagaciones de Auria y algunas de mis mujeres, deduje que es eso precisamente lo que pretende. Lo que ocurre es que pedirá garantías y no sé qué podríamos ofrecerle que después no nos veamos en la obligación de cumplir. En fin, ya pensaremos algo. De momento escúchales y dales largas hasta que tengamos claro qué debemos hacer. Estoy segura que García vendrá en cuanto le propongas algún tipo de garante...

—¿Para qué? No tengo ningún deseo de soportar bravatas o súplicas, según su humor, el día que nos veamos.

—Si te aseguro que será la última ocasión en que tengas que aguantarle, ¿no te sentirías acaso recompensado? –casi silbó, dejando escapar las palabras por entre los fruncidos labios.

El rey sonrió, entrecerrando los ojos al tiempo que apretaba la mano de Urraca, perdida en la suya.

—¿Puedo saber qué estás pensando, o me enteraré cuando tenga que firmar la orden?

—Vamos, tonto –hizo mohínes la princesa, buscándome con la vista detrás de ella–. Sólo tú eres el rey. Sólo tú, por tanto, decidirás si esto que se me ha ocurrido es lo correcto o si, por el contrario, deseas actuar de otra forma...

—Auria –me ordenó Alfonso– encarga el servicio de la comida para mis hombres. Hazles saber que urgentes asuntos me mantendrán alejado de ellos. Quiero... –dudó un momento y pareció cambiar de idea–. Mejor, di a García Ordóñez que venga a verme. Le explicaré a él lo que deseo para esta tarde.

Y, tirando de Urraca, que le siguió con una carrerita, se dirigió a sus aposentos privados, donde sólo algún elegido entraba en contados momentos.

Me apresuré con las órdenes, pues intuí que la comida sería hoy para la pareja en solitario, y de la general se encargarían el mayordomo y el copero, pero de la de la sala privada, sería yo la única responsable. Mandé buscar a Ordóñez y le introduje ante el rey, que le impuso la tarea del entretenimiento de los hombres durante la tarde. La cena, aseguró Alfonso, ya sería en común y el mayordomo se encargaría de organizar a juglares venidos de tierras de África, que traían consigo instrumentos raros como el tambor, a más de la cítara, la vihuela, la tuba y el oboe.

—Tendremos músicas, bailes y, para los más tranquilos, partidas de ajedrez y dados –terminó Alfonso, despidiendo a su hombre de confianza–. ¡Ah!, García, se me olvidaba –exclamó haciendo volver el rostro al caballero– quiero que los de Aquitania sepan quiénes somos...

—Estad tranquilo, señor –sonrió el aludido, hablando cachazudo–. No puedo responderos de los guisos, los vinos o las músicas, pero sabéis que de combates algo entiendo...

—Lo sé, amigo –palmeó el rey los hombros del fiel vasallo–. En cuanto dé fin al asunto que me urge, estaré con vosotros.

—Bien, señor. Os esperaremos con impaciencia –dijo el hombre mientras observaba a la princesa que, sentada entre cojines, tendía ya la mano a Alfonso.

3

Aquella noche, antes del ágape, el rey estuvo amable y divertido. Insistió incluso en que el abad permitiera a sus cofrades compartir la cena de los magnates, invitación que el clérigo agradeció pero desestimó, ya que sólo en ocasiones muy señaladas los monjes se salían de su dieta habitual, que era, según aseguró el responsable de la salvación de los hermanos, "el camino más seguro para entrar en el cielo". "Además, no es conveniente romper la regla del silencio, a no ser absolutamente necesario." No obstante, y "por no desagradar al señor, que tanto interés muestra por nuestra presencia en su mesa, asistiremos el prior y yo mismo, en representación del resto..."

Cuando el servicio estuvo dispuesto, tarea complicada, pues Urraca deseaba que nada faltara en sus banquetes, los señores, según su categoría, fueron ocupando los lugares previamente asignados. Había dispuesto la princesa que se colocara un mantel de hilo con listas de seda y, ante cada comensal, un gran tazón y una cuchara de plata, a más de una artística copa dorada para vino y otra de cristal tallado para agua, un cuchillo, una servilleta, moda que ella había traído de tierras de moros y que los cristianos no solían apreciar, y un buen pedazo de pan, el cual, cuando llegaran las carnes, haría, si necesario fuera, las veces de soporte para la tajada a medio comer.

Ya empiezan a entrar los siervos con aguamaniles de plata para que el rey se lave las manos. Después, hacen otro tanto el resto de los invitados, quienes se secan con toallas que, en la corte leonesa, están siempre escrupulosamente limpias, cosa que no ocurre en otros lugares, donde se utilizan varias veces hasta que su color se vuelve indefinido, entre marfileño y marrón oscuro, dependiendo de quienes hayan sido los convidados que han ido usándolas.

Se van los higiénicos fámulos y aparecen otros, portando soperas de plata, que cada uno va sirviendo en su cuenco. Es sabroso el caldo y calienta los estómagos, algo estragados del yantar de mediodía. Muchos de los comensales podrían pasarse muy bien sin la cena, mas no desean que nadie dude de su hombría, confundiéndoles con enclenques monjes o mujerucas resecas. Todos son fuertes y quieren demostrarlo, trasegando los manjares con buen ánimo, pues aunque ahora no tengan demasiado apetito, mañana seguramente necesitarán la resistencia que van a proporcionarles los alimentos. Mastican con fuerza y a boca llena, las berzas, los nabos, los pedazos de tocino y de carne que nadan en el caldo, escondiéndose a veces entre las finas tajadas de pan que lo espesan. Algunos, en su afán por demostrar apetito, no han esperado la bendición del abad y han tenido que detener su movimiento, con la cuchara a medio camino, sintiéndose un poco ridículos, maldiciéndose por no recordar a tiempo la costumbre habitual del cenobio. Acabado el rezo, el ruido de los cucharones sobre la plata casi ahoga la conversación, que se generaliza al notar que Alfonso habla en privado con García Ordóñez, mientras Urraca, a su derecha, sonríe todo el tiempo, siguiendo la charla general de los magnates y mujeres que tiene cerca. A veces los hombres comen solos, pero no es habitual esta práctica con Alfonso, quien prefiere ver a las señoras compartiendo su mesa, para placer, como él dice, de todos los caballeros.

Se da fin a la sopa y en fuentes de plata aparecen piernas de cordero y lomos adobados de cerdo, bien cargados de pimienta, laurel y tomillo, despidiendo olores que, hasta los que comenzaron más reacios, notan como su saliva se incrementa, haciéndoles tragar antes de seguir su plática. La princesa anima a servirse al abad y al prior, que hacen ascos al manjar, pues dicen "alienta la lujuria y empuja al pecado".

—Estos caballeros, buenos padres –disculpa la infanta– corren todas las mañanas los montes y justan por las tardes en el patio. ¿Creéis que al llegar la noche les queda algo de lo ingerido durante el día? Estoy segura, señores, que el buen Dios aprueba que llenen los vientres, para que las fuerzas de sus brazos aumenten, a su mayor gloria. Y, en cuanto a vos, hombres santos, que nunca gozáis de los placeres de las carnes, sé que tampoco erraréis, pues vuestros estómagos, acostumbrados a los sanos alimentos que ingerís cada día, en vez de gusto, esta noche os darán dolor, el cual, estoy segura, ofreceréis por la salvación de todos nosotros. Así que todo sea a la mayor gloria de Dios –repitió juntando las manos en la actitud orante del aspirante a caballero que se ofrece a su señor, humilló la cabeza que luego alzó, para incitar sonriente–. Comed, comed, santos padres, que el mundo es culpable y necesita de vuestro sacrificio para que sus pecados sean perdonados.

Llegan después las aves, deshuesadas y embutidas unas en otras, llenando los escasos huecos con grasa de cerdo, cebollas, ajos y aceitunas, manjar escaso y exquisito que Urraca se hace traer de Zamora y hasta de tierras de moros. Los comensales eructan con satisfacción. Trasiegan vino de la tierra, claro de tono y con agujas que cosquillean el gaznate, que los coperos y las miradas de Urraca y las mías propias, se encargan de mantener en los vasos. Agua beben pocos. Algunos sólo para enjuagarse la boca. Quitan así un sabor y hacen espacio al siguiente. Llegan las truchas, las bogas y los barbos del Cea, ahumados y conservados en las despensas del cenobio. Es preciso probarlos al menos. Los señores no son amigos del pescado, por eso se ha servido después de las carnes. La princesa lo ha hecho en atención a los monjes, por si se negaban a comer los asados. Mas su argumentación del sacrificio ha sido tan elocuente, que los dos hermanos, ahítos de doradas y crujientes tajadas, hacen melindres con un mínimo pedazo de trucha que se han visto obligados a servirse.

A un gesto del mayordomo, se retiran los restos y entran de nuevo los sirvientes con aguamaniles y jofainas. Esta vez se mantienen separados de los comensales, esperando una orden, para acercarse al señor que desee lavarse los dedos pringosos de sebos. Pocos sienten la necesidad de hacer uso de las aguas. Los más, se chupan con fruición las manos y hasta hay alguno que, con las uñas de unos dedos intenta limpiarse las de otros, en los que han quedado pedazos de carne o pescado, rebeldes de salir con un simple lametón. Algunos se dedican a idéntico trabajo, sólo que hurgándose los dientes, porque las hebras del cochino no son tan delicadas como la grasa que, bien asada, salta en pedacitos en cuanto las dentaduras entran en contacto con ella. Se van los siervos un poco defraudados, pues, siguiendo mis órdenes, habían cambiado las aguas usadas al principio, lavado las jofainas y repuesto las toallas, que colgaban perfectamente dobladas de su brazo izquierdo. "En fin, qué le vamos a hacer –parecen pensar al alejarse suspirando–. Al menos, nosotros hemos cumplido". Se cruzan con las bandejas de frutas. Llegan peras de invierno y manzanas. Los higos conservados en miel. Es una pena que no sea época de melones, pues los hermanos, en un rincón soleado de su huerta, los cultivan cada año y, aunque pequeñitos, son de una exquisitez única. En fin, tal vez en el verano... Los comensales enseguida se cansan de las fuentes de frutos, a pesar de que las hemos hecho colocar artísticamente, combinando colores y formas, sobre hojas que se han recogido en el bosque. Tienen más aceptación los higos, pero enseguida pasan a segundo plano, cuando entran los cuencos, conteniendo una especie de papilla que hacen los monjes, con huevos, harina, leche y miel, en la que remojan unos dulces que cuecen en el horno con las hogazas de pan, pero de los que sólo ellos conocen la receta. Lo cierto es que Urraca y yo misma, sabemos ya cómo los fabrican, pero no queremos quitarles la ilusión del secreto, que les hace presumir en cualquier banquete. La golosina está para chuparse los dedos y, mira por donde, ahora no es necesario, porque se come con cuchara, como si fuera una sopa, sólo que deliciosamente dulce y ligeramente espesa.

En el transcurso de la cena, algunos juglares han cantado sus coplas, que nadie ha escuchado, y varios saltimbanquis han hecho cabriolas y corrido y realizado juegos de manos, que a pocos han sorprendido, ocupados como estaban haciendo sitio para los manjares y observando al rey, quien apenas ha probado bocado, por hablar con Ordóñez, el cual asiente todo el rato, mientras mordisquea unas migas del pan que tiene ante sí. No ha bastado la sonrisa y las bromas de Urraca para despistar a los magnates, quienes intuyen que algo ocurre y empiezan a mover las posaderas sobre las sillas de tijera, apartando con furiosos patadones a los perros, que intentan coger las tajadas que los mismos caballeros les han arrojado durante la comida. La princesa, sin perder la sonrisa, murmura algo al oído del monarca y éste encara a sus hombres con franca mirada, que les hace dudar de la conspiración que acaban de estar temiendo.

—Señores –empieza el rey– he de pediros perdón por no prestaros la atención que merecéis, pero cuando os explique el asunto que me ha mantenido apartado de vosotros casi todo el día, comprenderéis que no lo he hecho por gusto.

Alfonso se detuvo y miró al cuenco de dulce que tenía ante sí y que no había probado. Estaba serio y hasta podía decirse que triste. Pedro Ansúrez quiso quitar hierro al momento y, aún a riesgo de cometer un error, por evitar que los castellanos, siempre quisquillosos, pensaran que algo iba contra ellos, bromeó.

—¿Vais a hablarnos de vuestra boda, señor?

El monarca alzó los ojos y sonrió imperceptiblemente. La infanta, más bella y complaciente que nunca, miró a Pedro, quien sintió que se le helaba la espina dorsal al alcanzarle las chispas de las pupilas de la mujer.

—No por el momento, Ansúrez. Este es un asunto que, aunque tan importante como la sucesión, ha de resolverse con mayor premura –dejó de sonreír el rey y hasta los canes callaron, acostándose a los pies de sus amos–. Mi hermano está en Galicia. Vosotros, señores del oeste, sabíais de este asunto y, con vuestra lealtad y honradez conocidas, me habíais enterado tiempo ha. No quisiera yo que la unidad del reino, conseguida desgraciadamente a costa de la sangre de seres muy queridos para muchos de nosotros, sea puesta en peligro de nuevo.

Murmullos de aprobación se alzaron entre los leoneses y gallegos y, hasta algunos castellanos cabecearon asintiendo. Dejó el monarca que sus palabras calaran en las entendederas, de forma que todos los presentes fueran conscientes de que no iba a consentir nuevas algaradas, aunque para ello hubiera de correr otra vez la sangre de quien fuera. Mientras, volvió de nuevo su vista al cuenco de dulce, pareciendo prometerse acabar con él en cuanto el asunto fuera a los cauces que deseaba llevarlo. Alzó los ojos serios y preocupados y siguió.

—Vosotros, magnates de Galicia, que no yo, quisisteis que mi hermano dejara de ser vuestro señor, y no os culpo –cortó con un gesto de su diestra un murmullo de los gallegos, que temió de justificación o de descontento– porque, aunque sea mi hermano, he de reconocer que no supo, o no quiso –añadió esto último por avivar el fuego– llevaros por los caminos que merecía vuestra honradez y fidelidad a mi padre. Hoy, de nuevo, me encuentro con el problema que pareció resuelto hace semanas, cuando todos me jurasteis como señor y rey vuestro. García quiere verme. Sé que va a pedir sus tierras y yo, señores, si vosotros lo deseáis, estoy dispuesto a dárselas, pues esa fue la voluntad de Fernando. Ahora –tornó a levantar la mano para apagar nacientes murmullos que no se detuvo a dilucidar si eran de satisfacción o descontento– si seguís deseando que Galicia sea un reino orgulloso, que extienda sus fronteras hasta los confines del Tajo, si continuáis pensando que el hombre capaz de llevaros al esplendor es el que os habla, soy presto a luchar por vosotros, si preciso fuera, contra mi propio hermano. Asunto, como podéis suponer, doloroso en extremo para mí, pero la ilusión de grandeza de mi padre y vuestra propia ilusión, harán que nada me detenga.

Sus últimas palabras casi desaparecieron en los vítores y aclamaciones de los gallegos, coreados inmediatamente por los leoneses y más tarde por los castellanos, quienes pensaron, aunque tardíamente, que aquello de "los confines del Tajo" también era para ellos.

—No quiero engañaros –siguió el rey cuando los gritos se acallaron–. Deseo lo mejor para mi hermano y no me gustaría ver correr más sangre. Buscaré una solución satisfactoria para él, pero sobre todo para vosotros y para el reino.

Nuevos gritos de apoyo que hicieron sonreír a Urraca, quien me miró de soslayo cuando me adelanté a colocarle el manto que se le escurría de los hombros.

—Ya está, Auria –murmuró.

—Sí, señora –admití, abrigándola con las pieles, pues sentí miedo de su palidez.

—No quería, señores– continuaba Alfonso– tomar decisiones sin consultaros, pues sabéis que tengo a mucho vuestra opinión y deseos. El reino será de todos o no será –nuevos vítores, ahora espontáneos, con castellanos incluidos–. Divertíos amigos, ya que estamos de acuerdo y el asunto zanjado. ¡Mayordomo! –llamó–. Muéstranos a los músicos.

El jolgorio se generalizó. Sobre todo después de que Urraca ordenara al copero que sirviera la sícera que los monjes guardaban en sus bodegas para ocasiones especiales. El abad veía correr su tesoro, como ríos en invierno, por los gaznates de los señores quienes, al poco, habían olvidado el complejo asunto que el rey les había expuesto momentos antes. La princesa sonrió al monje, y ella misma se levantó a servirle, obligándole a trasegar la copa hasta el fondo, lo que le hizo ver las cosas con otra cara y hasta llegó a imaginar el gran futuro del monasterio si Alfonso seguía haciendo de él su cuartel general en invierno.

Urraca se retiró, una vez comprendió que nada se opondría a sus deseos. Estaba agotada, dijo, y se apoyó en mí para alejarse del salón, donde los hombres empezaban a caer en las esquinas, roncando sonoramente o perseguían por pasillos y rincones a las damas que, aparentando rechazo, o sintiéndolo en muchas ocasiones, los apartaban como moscas en estío.

Ayudé a la princesa a desprenderse del pesado brial, bordado en oro, y de los velos que la hacían sudar. Cuando quedó sólo con la camisa de seda, se dejó caer sobre el lecho sin esperar a que deshiciera su peinado.

—Es cierto, Auria –dijo al tiempo que cerraba los ojos cansada.

—¿De qué hablas, niña? –interrogué despistada, intentando destrenzar sus cabellos sin tirarle demasiado del pelo.

—He mandado espías para verificar lo dicho por el peregrino el otro día, y es verdad que una judía anda presumiendo de esperar un hijo de Alfonso.

—¡Bah!, señora, cualquiera intentaría yacer con el rey. Eso sería un seguro de vida, pero del dicho al hecho... –quise quitar importancia al asunto, porque en verdad no la tenía.

—Pero –insistió ella– ¿te imaginas lo qué ocurriría si fuera cierto?

Sí, podía imaginármelo muy bien. En un momento tan conflictivo como el que vivíamos, que el rey tuviera relaciones con una judía podía ser motivo de levantamientos y problemas de todas clases. Ningún noble aceptaría un heredero descendiente de hebreos. Si el monarca se encontrara en un momento estable, podía hacer lo que deseara, pero no ahora, en que todo parecía sujeto con hilos de araña.

—Pero –insistí un poco menos segura– puede ser mentira. Quizás sea una aprovechada que quiere unos cuartos o, simplemente una loca...

—Tienes razón –aceptó Urraca estirando los brazos por encima de la cabeza–. Puede que esté magnificando una tontería. De todas formas –añadió levantándose para que pudiera acabar de peinarla– no debemos perderla de vista.

4

García llega a Sahagún para las celebraciones navideñas. Acude con sus hermanos a los rezos de los monjes, que en estas fechas se intensifican, sacando horas de no se sabe muy bien dónde. Come a su mesa y participa en sus cacerías y juegos. Alfonso le trata con cariño, pero demora el momento de hablar. Como efectivamente el rey había previsto, García, dependiendo de su talante, tiene momentos encantadores, en que recuerda sus travesuras de niños en los campos, o en los castillos y palacios de su padre. Se entrega con pasión a las justas y pierde o gana, según la suerte, con nobleza y caballerosidad. Por el contrario, algunas mañanas, se levanta airado, empuja a los criados, quienes se zafan de él, como de maldición de bruja, se burla despiadadamente de los caballeros caídos o equivocados, y revienta a patadas a sus perros favoritos que, en su agonía, le miran con ojos mansos, sin comprender. Las mujeres huyen de él porque tan pronto es un amante perfecto, como las golpea o tortura; hay quien dice que, a veces, hasta la muerte. Incluso sus halcones revolotean asustados cuando le sienten cerca. Alfonso deja pasar los días. Permite que actúe con entera libertad mostrándose como en realidad es. El rey simplemente espera.

—Señor –se acerca García Ordóñez alterado, mirando de reojo a Urraca, que aguarda junto al monarca su llegada–. Fuera –y señala las puertas del monasterio– hay dos francos que quieren veros. He querido arreglar el asunto por no molestaros –titubea volviendo a mirar a la infanta– pero insisten en que es a vos a quien dirán lo ocurrido. No obstante, me he enterado que vuestro hermano, anoche, corrió la aldea de Gordaiza, mató algunos hombres, quemó sus casas y violó a dos doncellas que los padres tenían ya prometidas.

Alfonso y Urraca se miran. Ninguna de las mujeres de la princesa, excepto yo, comprende la importancia del hecho. Ha llegado el momento.

Es el día trece de febrero de mil setenta y tres. Hace mucho frío. La ventisca nos impide casi respirar. Marchamos en fila, de uno en uno, por los caminos que entre la nieve, de madrugada, han hecho los legos y los escuderos de los señores y que, cruzando el patio en distintas direcciones, unen las cocinas con el refectorio, la capilla con los dormitorios, los establos con los almacenes, la despensa con la cocina, la capilla con...

—Ordóñez –ordena el monarca envolviéndose en la capa– haz preso a mi hermano y reúne a los magnates y obispos para esta tarde en el refectorio de los monjes. Pide a esos hombres que esperan fuera que se lleguen para el juicio.

Los señores han tomado una pequeña colación poco antes de mediodía. Ahora esperan impacientes en el salón del refectorio, el cual hace las veces de lugar de reunión, ya que el cenobio no dispone de otro más grande. Dos enormes chimeneas, una a cada lado del gran rectángulo, queman troncos que despiden alegres chispas, ajenas por completo a los rostros graves de los caballeros quienes, en pequeños grupos o paseando con las manos a la espalda, aguardan la entrada del rey. Alfonso, contra su costumbre, se retrasa. Los monjes se han llevado los tableros que hacen las veces de mesas y, en la pared larga que queda frente a la puerta, han colocado un gran sitial, con un escabel, sobre una alfombra. Se empeñan en olvidarse de Urraca. Yo, como conozco muy bien las ideas de los hombres, me ocupo personalmente de que un nuevo sillón de alto respaldo, adornado con incrustaciones de cuerno, quede junto al ya instalado y hasta riño, siempre sonriendo, al abad Julián, quien acaba pidiéndome disculpas, ya que... "estos legos, no saben... En fin..." Todavía no ha olvidado cómo las gasta Alfonso con las gentes que no le son absolutamente fieles. Aún muchas noches se le erizan los cabellos, recordando el destino del anterior abad, Fernando de nombre, quien, aunque no aceptó a Sancho abiertamente, tampoco lo rechazó. Fue acusado de alta traición, cegado y arrojado a las mazmorras de Luna donde se pudrirá. Julián confía que en poco tiempo, ya que el tal Fernando no era muy joven y ya andaba algo achacoso...

—Pienso, padre –sigo para hacerle entender, si es que aún duda de quiénes son sus señores– que no estaría de más que hicierais traer algunos escaños mullidos con una culcitra rellena de lana, cátedras, para obispos y magnates, y taburetes de tijera, que podéis dejar plegados junto a las paredes por si hicieran falta, pues ya sabéis que hay varios caballeros que sufren de los terribles dolores en los dedos del pie, y alguno de otros huesos, y me temo que la sesión será larga...

—Os doy las gracias, Auria, por la sugerencia –me sonríe untuoso el abad–. Siempre sabéis qué es lo mejor para la corte.

—Os equivocáis, reverendo padre –deniego bajando los ojos ante su mirada de halcón–. Yo no sé nada. Es la princesa la que se preocupa de su hermano y sus gentes. Seguramente, dentro de poco tendréis aquí al mayordomo con idénticas órdenes...

El monje, sin contestar, gira dándome la espalda. Manda a sus legos, con voz apenas audible y movimientos enérgicos, que dejan bien a las claras que sabe quién es y conoce la regla de Benito, el cual aconseja a los abades: "Reprende, exhorta, amenaza"... "A los soberbios y desobedientes castíguenlos con azotes luego que pequen, sabiendo que está escrito que el necio no se enmienda con palabras..." No cabía duda, que Julián dominaba su oficio. Tenía un hermano que hacía las veces de camarero o de tesorero, quien en teoría, debía encargarse de la ropa de cama, de la enfermería, la iluminación, la biblioteca, los dormitorios, de los novicios y de las limosnas, pero los ojos del abad estaban en todas partes, contando sueldos o modios de trigo, pergaminos o ropa de cama, así como utensilios de cocina, que tienen que ser exactamente cuarenta y seis, y deberían estar a cargo del cillerero, quien tampoco es imprescindible cuando el prior anda por el monasterio. Hasta de los días en que hay que cambiar los paños de cocina se ocupa...

Yo continué supervisando, sin dejar de observar y escuchar todo aquello que pudiera ser de provecho a mi princesa, la cual había dejado al cuidado de algunas de sus mujeres, con encargo de acicalarla para la ceremonia que estaba a punto de empezar. Ha tiempo ya que los caballeros esperan. Algunos bufan impacientes, otros empiezan a decir que total, no sé qué hacen allí si todos conocen lo que va a ocurrir... "No hay alternativa, el rey ha hecho lo que ha podido. García no tiene arreglo..." "Desde luego Alfonso lo ama, sino hace tiempo que debía haber terminado con sus salidas de tono..." "Es Urraca quien lo contiene. No desea repetir... aquello..."

—Sí –afirma un gallego casi entre dientes, sin levantar los ojos del suelo– pero el que sea su hermano, no justifica que nosotros hayamos de aguantarle... Vosotros –y se encara con un leonés que le escucha con las manos a la espalda– aquí no sabéis nada. No podéis imaginaros la cantidad de estupideces que cometió en el poco tiempo que dominó nuestras tierras... Yo –titubeó al darse cuenta de que había hablado demasiado para su costumbre– no es que quiera decirle al rey qué debe hacer, pero pienso que cuando uno no vale... no vale... –Y después de la profunda reflexión, se separó de sus oyentes, algo temeroso de las palabras dichas, pero harto ya de soportar chiquilladas.

En un rincón cercano a la puerta, los dos francos de Gordaiza, aguardan también recelosos de las miradas de los señores y los monjes, que los observan de vez en cuando, con un ligero desdén. Una cosa es que García no sirva para rey y otra muy distinta que dos campesinos, aunque sean libres, se hayan atrevido a pedir justicia. Los hombres mantienen la vista baja, tirando constantemente de su sayo que, demasiado corto, deja parte de sus pantorrillas al aire. Desde que entraron, viendo a los monjes con capucha y a los magnates destocados, dudan si mantener la caperuza de su capa sobre los cabellos o por el contrario, dejarla caer a la espalda. En el rato que llevan esperando, se la he visto poner y quitar varias veces, según quien pase por su lado, sea caballero o monje. Se les nota arrepentidos de haber realizado su acto de protesta. Saben que el señor es importante y que pueden salir mal parados, pero ya no tienen nada que perder. Ambos han visto arder sus casas y perecer a sus hijos varones a manos de García, cuando pretendieron defender a las hermanas de sus caprichos. Ahora tendrán que devolver la dote recibida por las jóvenes, y mantenerlas el resto de sus vidas, o permitir que se conviertan en prostitutas, ya que ningún hombre querrá hacerlas su esposa. Parecen asustados, pero no demasiado, porque su cúmulo de desgracias es tan grande, que el dolor los hace casi indiferentes a la suerte que van a correr.

Pasan aún varios minutos antes de que Alfonso y Urraca entren por las puertas, que la guardia se apresura a abrir. Lo hacen precedidos del abad y varios obispos, quienes ocupan sitiales alrededor del trono. El resto de los caballeros, guardando por instinto su jerarquía, van sentándose, con las gentes de su casa a la espalda. Cuando todos están instalados, García hace su entrada, flanqueado por dos centinelas, los cuales, a buen seguro, hubieran preferido estar en el infierno, si alguien les hubiera dado la posibilidad de elegir. Viste ricos ropajes musulmanes de sedas de vistosos colores, que hace crujir con galanura, obligando a girar la cabeza, aún sin quererlo, a todos los presentes. Un turbante envuelve y oculta sus cabellos y parte de su cara, como si acabara de preparar una travesía por el desierto y deseara defenderse de los ardores del sol africano. Su intención es, como siempre, la provocación. Pretende irritar a sus hermanos, no por su indumentaria, que es bastante corriente entre algunos señores en determinados días, sino por no mostrar el rostro ante un tribunal que va a juzgar sus faltas. Alfonso ignora los brillantes colores de su atavío y no osa mirar siquiera el semblante, parcialmente cubierto, de su hermano. Abre el juicio con las palabras de costumbre: "Veritatem loquimini michi de hanc rempor quo uso inconcilio pulsantur". El rey no desea ser juez del caso y designa a García Ordóñez para que oiga a las partes y falle lo que tenga a bien. Llama el magnate a los dos campesinos, que, temblando, se adelantan hasta el centro del salón. No se atreven a levantar los ojos de las piedras del suelo y contestan a las preguntas de Ordóñez casi con desgana, como quitando importancia a los terribles hechos que horas antes les hicieron clamar justicia. Cuando acaban su narración, los murmullos de la sala no dejan lugar a dudas. Todos se han pronunciado ya. En realidad, el príncipe estaba sentenciado antes de comenzar. El juez se limita a decir en voz alta lo que todos piensan y el rey desea. García no se ha defendido. Es consciente de que su falta no tiene excusa, pero, sobre todo, sabe que Urraca no le quiere cerca. Que la princesa no desea un nuevo sitio de Zamora... Que el juicio es una pantomima. Que ha caído en la trampa y que está perdido. Por unos instantes teme por su vida. Mira a su hermana, quien le sostiene la mirada serena y fríamente. El fiel vasallo ha dado fin a su trabajo. Ha encontrado culpable al antiguo rey y se vuelve hacia Alfonso el cual, mirando a García, habla por vez primera.

—Conocéis señor, la ley, igual que yo mismo. Sois consciente de que habréis de pagar lo que sea de razón a estos hombres por la muerte de sus hijos –hizo una pausa tragando aire para que los delitos no fueran cubiertos unos por otros. Deseaba que se notaran. Que los presentes percibieran que no eran acumulables. Que todos tenían, por si solos, entidad suficiente para castigar al príncipe. Siguió luego, después de un suspiro, que sonó en la sala a cansancio y tristeza.– Por la violación de sus hijas, sabéis también que el castigo es la muerte, ya que son mujeres libres. En cuando a la quema de sus casas, conocéis de sobra la sentencia. Trabajos forzados para vuestros hombres y el destierro para vos, como noble que sois. Me avergüenza tener que tratar este asunto ante los señores de las tierras que mi padre honró. Espero que ellos, honestos, leales y justos, no confundan a toda una estirpe, con una de sus ramas podridas. Es mi voluntad que no haya más sangre. Así que he decidido que pases el resto de tu vida en nuestro castillo de Luna, custodiado por su alcaide, aunque gozando de las comodidades que hubieres menester, por ser hijo de rey, pero con la pérdida de todos tus derechos y libertades. Que así se cumpla.

García, sin una palabra, abandona la sala. Sus guardianes no se atreven a acercarse. Es él quien dirige la marcha hacia sus aposentos, donde los criados esperan órdenes. Están preocupados por la suerte de su amo. Saben que donde él vaya, habrán de seguirle. Cuando lo ven entrar altanero, no sospechan la sentencia que trae. Sonríen tranquilizados.

—¿Qué es lo que os hace gracia, estúpidos? –gritó el príncipe, dando una patada a un taburete, que se estrelló contra la pared deshaciéndose en pedazos–. Reíd mientras podáis, que me temo que en Luna no tendréis demasiados motivos –aclaró al tiempo que empujaba a uno de los fámulos, el cual siguió la suerte de la banqueta, golpeándose el cráneo poco más arriba del lugar donde lo había hecho el mueble. Sus berridos eran perfectamente audibles desde el refectorio. Alfonso mandó cerrar las puertas y envió a varios hombres más, con la orden de impedir la salida de sus aposentos a García sin su expreso consentimiento. Al día siguiente, un destacamento especial partiría para el castillo de las montañas, con el mandato de guardar para siempre al destronado rey.

Un tímido sol brilló sobre la capa de nieve al amanecer arrancándole chasquidos de luz. Las gentes del cenobio andaban ligeras, casi sin hablar. Alfonso no había salido de sus aposentos y Urraca, aunque llevaba horas levantada cuando la claridad empezó a deslizarse sobre las piedras, se demoraba junto al fuego, en camisa, sin prisa por asearse o tomar algún bocado. De pronto, respondiendo a uno de sus impulsos, me hizo una seña. Quería vestirse. Le acerqué una jofaina con agua caliente y le froté el cuerpo con un paño. Se dejó hacer, respirando algo impaciente. Acorté en lo posible el lavado y comencé a ponerle la camisa, que me arrebató para hacerlo con mayor presteza. Comprendí sus motivos y me apresuré con el resto de los ropajes y con el peinado, que recogí sencillamente bajo el velo. La abrigué con la capa, tomé la mía y la seguí por el fino manto de nieve, que la noche había dejado sobre los senderos abiertos el día anterior, hacia los aposentos de García. Mientras caminábamos, discurría yo en la posibilidad de que su hermano no quisiera verla y temblaba sólo de pensar en las consecuencias, ya que si estaba vivo, se lo debía exclusivamente a la princesa, quien convenció a Alfonso, y a través de él a los señores gallegos, que querían hacerle pagar sus humillaciones, de que su óbito no cambiaría nada, y que ya estaba bien de muertos en el mismo reino.

No se detuvo la infanta ante las puertas a esperar ser anunciada. Con zancadas rápidas, siguió al criado hasta el cuarto donde el condenado se vestía. Nos miró éste con desdén e, ignorándonos, siguió con su atuendo, el cual, ante el duro viaje que tenía por delante, no eran precisamente vestidos árabes.

—No he venido a despedirte –aclaró Urraca, avanzando unos pocos pasos–. Sólo estoy aquí para advertirte. Si deseas seguir viviendo, limítate a holgar en Luna. No voy a volver a interceder por tu vida. Si llego a enterarme de alguna conjura que tú hayas inspirado, morirás. Pero también quiero que sepas que no será una buena muerte. Me encargaré de ello personalmente, ya que soy la responsable de dejarte ir.

Sin esperar la contestación de su hermano, se giró, haciendo que los criados corrieran hacia los batientes para abrirlos inmediatamente. Salí tras ella, admirando su altiva marcha por entre las resbaladizas piedras.

—Auria –me ordenó al entrar en sus habitaciones–. Manda buscar al extraño peregrino. ¿Cuál era su nombre? –y antes de que le pudiera contestar aclaró–. El de ahora. El otro prefiero no saberlo; al menos de momento.

—Guillermo, señora –recordé.

—Sí, Guillermo –repitió algo soñadora–. Tráemelo.

—¿Quieres que, antes de que él llegue, te sirva alguna fruta?

Denegó con la cabeza, plegando los labios como cuando era chica y estaba caprichosa.

—Tal vez te apetezca más un dulce, o –insistí ante la nueva negativa– unos huevos frescos batidos con leche, o...

—¡Ah, cállate! ¿No ves que me estás fastidiando? No deseo comer; así que ve de una vez a hacer lo que te he ordenado.

Busqué a Guillermo y, aún a riesgo de soportar su malhumor, mandé por unas bandejas de frutas, un cuenco de leche de oveja y algunos dulces, que dejé, como por descuido, al alcance de su mano. Mientras el hombre llegaba, comentábamos los últimos acontecimientos.

—Sabes, querida Auria –me decía la princesa, mientras picoteaba las migas de unas pastas que previamente había deshecho sobre la bandeja– que este asunto de García me ha quitado el sueño desde la muerte de Sancho. Espero haberlo resuelto satisfactoriamente. No deseo tener que deshacerme de él, aunque, si fuera necesario, no lo dudaría. Son muchos y muy buenos los planes que tenemos para León. Deseo estrechar lazos allende los Pirineos; pues pudiéramos necesitar ayuda con los moros... Mejorar El Camino, que nos traerá gentes y conocimientos, con hospitales, puentes y monasterios. Llegar hasta el Tajo, no sólo conquistando, sino repoblando. Quiero una catedral para el Apóstol y acabar de embellecer la leonesa, convertir San Isidoro en un centro de piedad, de estudio y de trabajo, en que los peregrinos hallen consuelo y los artesanos empleo de sus saberes... –calló unos instantes, como dando a entender que sus proyectos eran interminables. Suspiró soñadora y siguió–. Busco un reino poderoso y para eso no puede haber más de un rey.

—Señora –me atreví, mientras le acercaba a los labios el cuenco de leche, que ella bebió sin darse cuenta– has de contar con otro problema, que veo que pospones, pero que es inevitable. Apartó despacio el recipiente de su boca y miró al suelo, suspirando.

—No me dejas un poco de sosiego. Hablamos de grandezas que parece no se podrán realizar sin mí y quieres dejarme de lado.

—Tú siempre serás la reina, señora. Recuerda las palabras de Alfonso cuando te coronó sobre las murallas de Zamora.

—Para él sí, supongo... –dudó– pero una mujer, tiene mucha fuerza desde el lecho...

—Sí, es cierto. Pero él te ama y eso es difícil de tapar, por mucho que su esposa se empeñe. La deseará, seguro, es un hombre... –aclaré obviando otras explicaciones– pero nosotras nos encargaremos de que no la ame.

—Auria, querida, ¿eres consciente de que tus palabras me parten el corazón?

—Sí, señora, y tu dolor es el mío. Pero sabes que no hago más que decir en voz alta lo que tú piensas a cada momento. El rey necesita descendencia.

—Tienes razón, amiga; como siempre –aceptó con una gran tristeza que poco tenía que ver con la altanera princesa que conocía la corte–. Busquemos una esposa para Alfonso... Y... si fuera posible –siguió, sonriendo– que sea fea y tonta.

—Sí, señora. Eso será muy sencillo. Haremos un conjuro que recuerdo de mis tiempos de Luna para que... –no pude terminar la frase, una mujer se acercó para decir que Guillermo esperaba fuera.

—Hazlo entrar –habló ya la infanta, sin rastro de penas, como si acabara de salir del lecho después de haber dormido doce horas. Se adelantó el hombre, arrodillándose callado, mirando las losas del suelo, esperando.

—Levanta, peregrino, y acércate. Come algo conmigo –invitó risueña de nuevo–. Auria, acerca un taburete.

—Gracias, señora, pero ya he desayunado. Los monjes del cenobio atienden bien a los transeúntes, aunque creo que ya andan quejosos, pues son demasiados días los que estoy demorando la marcha –advirtió sin reproche, pero recordando que sólo cumplía órdenes. Urraca me miró y entendí que debía platicar, sin falta, con el abad, pidiéndole asilo para el peregrino durante tiempo indefinido.

—Háblame, Guillermo. Enséñame algo de lo mucho que has aprendido en tu largo tiempo.

—No sé qué más quieres saber, señora –se removió el hombre inquieto en la sedilia, que crujió lastimera–. La otra noche te dije que mi filosofía de la vida era la que te expliqué en pocas palabras. Estoy cansado de buscar y no he encontrado nada. Apenas unos pocos conjuros que mueven, o que yo creo que lo hacen, porque a lo mejor, lo que estoy propiciando es lo que ya estaba previsto, pequeños hechos, cosas sin demasiada importancia. Pues, te aseguro señora, que los asuntos trascendentales, ocurren sin nuestro concurso.

—¿Quieres decir –le cortó la infanta, mordisqueando una manzana– que mis proyectos para León, se realizarían sin mí?

—No, princesa. No es eso. Vos estáis aquí para llevar a cabo esos logros que soñáis.

—Por tanto no soy más que una pieza de ajedrez –dedujo rápida la mujer.

—Eso me temo. Cada uno de nosotros ha nacido para llevar a cabo una tarea determinada y la vuestra es la de ser reina.

—Te confundes, extranjero. Yo no he nacido para ser reina. El rey es mi hermano.

—Las leyes de los hombres a veces son estúpidas –manoteó el peregrino, como espantando una mosca pesada– pero el destino se encarga de compensarlas. Vuestros proyectos para el reino lo engrandecerán, no tanto como ambicionáis, pero sí lo suficiente para hacer de él el primero de la península, ahora y en muchos de los años venideros. La lucha será dura y habrá momentos en que pensaréis que os han derrotado. No temáis, a pesar de lo que digan los envidiosos, o los que os guarden rencor, o aquellos que, empujados por sus propias ambiciones, no sean capaces de ver que, si el bien es de todos, ellos también tendrán parte, ahí quedarán vuestros logros y, aunque haya mentes pequeñas que deseen taparlos, vendrá un tiempo en que saldréis a la luz y alguien, anodino tal vez, pero sincero, hará que os reconozcan, y vuestra muerte no será tan terrible.

El hombre quedó callado y con él también nosotras, queriendo entender sus palabras, que no resultaron extrañas y que nos sonaron a advertencia o, incluso, a profecía. Después de unos momentos de silencio, Urraca sacudió la cabeza, alzándola con altanería, expresando tal vez, con este gesto, que sus acciones no dependían ni dependerían jamás del juicio externo. Ella era una reina y como tal debía actuar. Pasó por alto los comentarios del peregrino excepto aquel que, de darse, sería el único que podría impedir sus proyectos.

—¿Por qué me hablas de muerte, amigo? ¿Es quizás porque está cerca?

—No, señora. Aún queda mucho trabajo por hacer. Pero, aunque tu desaparición es cierta, no te envidio. Eres fuerte y has de aparentar fragilidad; sabes y debes velar la mirada con tus pestañas; respiras autoridad y la cubres con una sonrisa... –Guillermo se detuvo un momento, dando a entender que podría seguir enumerando, pero bajó la voz y resumió–. Tu vientre nunca concebirá y tu inteligencia desaparecerá contigo –calló, abrumado por sus propias visiones–. Urraca miraba al frente, con la vista perdida en los arabescos del tapiz que cubría la pared. De pronto, me encaró y dijo.

—Hemos de escoger esposa para Alfonso.

Ignoro por qué fue ese el momento elegido para tomar una decisión que había venido alargando indefinidamente. Quizás, las recientes palabras le hicieron ver ante sí un cáliz que decidió apurar hasta las heces, aceptando su destino.

—Aquella Inés de Aquitania. La que deseaba Hugo –me aclaró–. Seguramente andará por los doce o trece años ya. Es suficiente para ser madre, pero no pretenderá ser reina. Nos creará pocos problemas. Complaciendo al de Cluny, conseguiremos un poderoso aliado en contra del papa, y nuestros reinos se unirán a los cristianos de allende los montes –calló un momento como si imaginara ya las relaciones que pretendía; luego continuó, encarándose con el extraño–. Porque, ¿sabes, Guillermo, tú que pareces estar al día de tantas cosas, que el viejo chocho pretende ser dueño de la península, invocando no sé qué testamento de un romano que dejó nuestras tierras a San Pedro?

—Sí, lo he oído –afirmó el hombre cabeceando–. Pero en el fondo es consciente de que nunca las tendrá. Lo que busca es presionar, para alcanzar otros logros, que habréis de darle a cambio.

—Ya –admitió la princesa, confirmándose en su idea–. Conozco bien que no dejará de fastidiarnos. Habremos de hacernos fuertes, y si para eso el rey tiene que llevar a la cama a una francesa, tendrá que hacerlo. Y ahora, Guillermo, déjame, estoy muy cansada y además he ver a mi hermano.

—Señora –habló el aludido levantándose– no olvidéis a la judía. Me he informado y parace ser cierto, que acompañó a la comitiva de vuestro hermano desde Toledo...– retrocedió y, apoyándose en sus extrañas runas, salió, dejándonos una sensación de vacío.

5

Era el día veintinueve de marzo de mil setenta y tres. Elvira acaba de llegar. Hacía muchos meses que no sabíamos nada de ella. Cuando los problemas de Sancho y Alfonso se hicieron serios, la infanta desapareció de la corte; no sólo de León, sino también de Burgos. Ninguno de sus hermanos tuvo noticias de ella mientras duraron los conflictos. Hoy la hemos recibido con los honores que merece como infanta del reino, pero lo cierto es que nadie la echaba de menos. Su presencia no es provechosa; al contrario, crea inquietud en los señores y terror en los criados, que desaparecen de su vista en cuanto pueden. Viajan con ella unas pocas mujeres a las que mantiene y educa, y algunos caballeros que no suelen ser demasiado valerosos o cultos, pero sí gallardos y muy jóvenes.

—Vengo de las Asturias –explica a sus hermanos durante la cena, mordiendo con fruición una tajada de pato que le chorrea salsa por la barbilla–. He ido de un lado a otro, visitando monasterios. Quiero que no olviden quién es su señora, je, je, je... Por cierto, hice noche en Luna... –calló, esperando las preguntas que supuso surgirían. Al no ocurrir, explicó de todas maneras–. García está muy bien. Corre los montes, organiza desafíos, juega a los dados, persigue criadas y doncellas, a las que sus padres esconden cada vez que él se acerca, como si temieran que las aojara. Claro que su inquietud es otra... –Arrancó una buena tajada y, con la boca llena, siguió–. Es una pena que no siempre sea un buen amante... Me han dicho que cuando quiere es insuperable y esto es algo importante, porque la mayoría... En fin, que no se ha creído que es un cautivo y hace que el alcaide y sus hombres suden, corriendo tras él constantemente. Hasta ha engordado. Por cierto, Urraca, a ti también te encuentro más gorda. Me alegro, pues si os soy sincera, algunos días me sentía culpable de que yo estuviera divirtiéndome, mientras vosotros aquí, con los problemas... Pero ya veo que lo habéis resuelto todo a la perfección. Dime querida –siguió sin transición– ¿amas a García más que a Sancho? –y sin esperar la respuesta de la interpelada continuó, haciendo un esfuerzo para colocar la tajada a medio masticar en un lugar donde no le impidiera modular sonidos inteligibles–. Nunca lo hubiera imaginado. El Castellano al menos era hermoso. García, el pobrecito, además de feo es idiota. En fin, os felicito por la solución del espinoso asunto –se detuvo exhausta de su propia verborrea, lamió un churrete de grasa, que se le escurría por la palma de la mano y tomó otra porción, que al parecer no fue de su gusto y la arrojó de nuevo en la fuente, escogiendo una tercera que mordisqueó mientras seguía–. Ahora tiene una mujer, García me refiero, a la que parece querer, aunque con nuestro hermano nunca se sabe... –dejó de comer y estiró los brazos por encima de su cabeza–. ¡Puff! Estoy rendida. Me voy a dormir. Mañana queréis que firme no sé qué historias, ¿no?. Bueno, si me decís dónde... Además deseáis ir a Burgos en pocos días. Me temo que me haréis trabajar demasiado. –se puso en pie, separando la cátedra ruidosamente–. No sé si en cuanto pase la boda, si es que es pronto, no volveré a irme. Este ajetreo que os traéis no es nada bueno para los humores. Me lo ha dicho mi galeno, –aclaró por si hubiera duda ante la muestra de sus conocimientos médicos– un mozárabe muy sabio que se escapó de Toledo. Por cierto, hermanito –dobló el tronco para apoyarse con ambas manos en la mesa, dirigiéndose a Alfonso– les traes fritos con lo de las parias. Muchos se van porque no pueden pagar. Ten cuidado con eso o acabarás con la gallina de los huevos de oro. No me contestes –cortó la intención del rey de dar explicaciones, con un tajante movimiento de su mano derecha–. Estoy demasiado cansada. Además, mientras no falten los sueldos en la corte, me importa un rábano de dónde los saques. Os deseo buenas noches.... –sonrió mirándoles– A los dos...

En cuanto cesaron las lluvias, comenzamos a preparar el viaje a Burgos. Alfonso deseaba ver a Hugo de Cluny para el asunto de su boda con Inés de Aquitania, pariente del papa negro. A los dos les interesaba el casamiento por distintos motivos. Hugo estaba harto de reclamar al rey los atrasos de los dineros que su padre, Fernando, había prometido a la orden. Pagos que el monarca dilataba, alegando que las parias eran escasas y que, en cuanto consiguiera lo que se había propuesto, habría sueldos, no sólo para pagar los débitos, sino para estudiar un posible incremento. El abad necesitaba mucho oro para terminar su ingente obra en el monasterio, así que decidió conceder tiempo y credibilidad a Alfonso y mediar con su pariente para traer una reina a León. Para abrir boca, el rey regala a la orden el monasterio de San Isidro de las Dueñas. Se entienden bien los dos hombres. Ambos son inteligentes y saben lo que les conviene. Urraca apenas interviene. Sólo observa. Su trabajo ha sido previo. Al acabar la entrevista les advierte que se han olvidado de algo.

—Señores, El Camino –sonríe dulce.

Durante un par de horas más se trata el tema. La orden seguirá entrando poco a poco en la península y traerá consigo riqueza, repoblación y misterios que confortarán a los pobres mortales, perdidos en las angustias del vacío vital. El rey pondrá sus dineros al servicio de los caminantes, de forma que no carezcan de hospitales, albergues, puentes y rutas bien guardadas, por las que puedan marchar sin el terror impuesto por los malhechores e, incluso en muchos casos, por los propios habitantes de los lugares que atraviesan.

—Ya sé qué vamos a hacer –dije de pronto, sobresaltando a Urraca, que dormitaba a mi lado en el carro que nos traía de vuelta a Sahagún, para pasar los calores del estío. Corría ya el mes de junio y las laboriosas negociaciones de la boda nos habían apartado de los "pequeños detalles" como Urraca decía cuando le recordaba el asunto de la judía. Ahora que regresábamos, con el enlace ya arreglado, corría prisa deshacerse de la mujer quien, según nos habían advertido nuestros espías, seguía presumiendo por la villa, del padre de su hijo.

—Qué vamos a hacer, ¿para qué? –interrogó la princesa, con la voz pastosa por la somnolencia que le producía el traqueteo de las maderas del carro, el bochorno de la tarde y el cántico de las ruedas sobre las piedras del camino.

—Para acabar sin ruido con la joven que asegura estar esperando un hijo de vuestro hermano. Hasta aquel momento, todas las soluciones que se me había ocurrido habían chocado con alguna traba por parte de la princesa, quien parecía no querer ver el alcance que el asunto podía tener y mucho más ahora que Alfonso tenía elegida esposa. O quizás, lo que ocurría es que, al no tener pruebas fiables en uno u otro sentido, temía tomar una decisión de la cual tuviera que arrepentirse en el futuro.

—¡Ah, si! –exclamó sin molestarse en abrir los ojos–. Y, ¿bien? –demandó haciendo un visible esfuerzo.

—Pues diremos que deseas peregrinar a Santiago.

—Ya –admitió aburrida–. Y... ¿para qué?

—Pues... –contesté indecisa– para lo que van todos, a rezar... Nos llevaremos con nosotros a la mujer y haremos que de a luz lejos de la corte. No creo que fuera oportuno que vuestro hermano llegara a enterarse del caso y se empeñara en acercarse a la judía, si es que en algún momento tuvo tratos con ella, y es cierto que el hijo que espera es suyo.

—Sólo hay un problema. Y a mi parecer muy importante –cabeceó, con un batir de pestañas para despejarse y un mohín de los labios.

—¿Un problema? –dudé–. ¿Cuál?

—Mejor dicho –aclaró levantando el dedo índice, que enseguida acompañó del corazón de la misma mano–. Uno no, dos.

La miré interrogante, temerosa de que el plan que yo había creído perfecto y que acababa de quitarme el peso que me agobiaba desde hacía meses, resultara ahora inviable... Porque... dos inconvenientes eran demasiados...

—Uno –aclaró mostrando el índice que colocó ante mis narices–. Alfonso sabe que lo que más me interesa del Camino es la apertura al resto de los reinos cristianos, el movimiento económico y la posible repoblación que pueda traernos. Para rezar ya tengo mi querida iglesia de San Isidoro. Y... dos –repitió la operación con el dedo corazón, que también quedó a una pulgada de mis orificios nasales haciéndome bizquear– que no se va a creer que, para pocos meses que nos quedan sin esposas por medio, quiera irme de su lado –inadvertidamente, respiré hondo cuando la princesa apartó la mano de mi cara.

—Señora, es cierto cuanto decís, pero también lo es que vuestro hermano conoce muy bien las obligaciones de un reino, como vos misma opináis siempre. Persuadidle de la necesidad. La princesa calló y toda su actividad de momentos antes, cuando me convencía de lo imposible del plan, se hundió con ella entre los almohadones sobre los que se dejó caer.

—Tienes razón, Auria. No sé qué haría sin tu sentido de la realidad. No habrá ningún problema, es más, creo que el rey se aburre conmigo –agregó con una infinita tristeza en la voz.

—Eso no es cierto –me apresuré a rebatir–. Él os ama. Lo que ocurre es que los asuntos de estado cada vez...

—Calla, mujer –casi bufó–. Me parece estar oyéndote, cuando era muy pequeña y le contabas esta misma historia a mi madre...

Bajé la cabeza. A veces me olvidaba de su prodigiosa memoria. Era cierto que Sancha se lamentaba de que Fernando la dejara para irse de caza, o a correr tierras levantiscas o para inventarse juegos de luchas... Y sus mujeres la consolábamos con los mismos cuentos... Que las obligaciones... que la guerra... que la preocupación... Nada de eso existe cuando un hombre desea a una mujer. Esas cosas sólo ocurren cuando la ama simplemente...

—Mañana llegaremos a Sahagún. Recuérdame que esta noche le cuente la historia del peregrinaje. Lo comprenderá enseguida...

—Sí, señora. Lo haré.

El día siguiente entramos en la villa cerca del mediodía. Urraca aseguró que deseaba acostarse y, sin esperar a tomar ningún bocado, entró en sus aposentos, llevándose fardos por delante y tropezando con los arcones que los sirvientes iban entrando desde el patio.

—Este monasterio es una birria. Demasiado pequeño. En cuanto volvamos de Santiago, ordenaré algunas obras para ampliarlo y mandaré hacer una nueva iglesia y la sala donde está el scriptorio la uniré a la torre para... –se calló y se dejó deslizar en un escaño mullido con una culcitra de lana. Quedó con la espalda apoyada en el respaldo y los brazos y piernas abiertos. Activé en lo que pude la descarga de bultos, para que los fámulos desaparecieran cuanto antes y dejaran de ver el mal humor de la princesa.

—¿Te gustaría charlar con Guillermo? –pregunté, tratando de distraer su entrecejo y el repiqueteo de las uñas de su mano derecha sobre el brazo del banco. Al tiempo que hablaba, azuzaba a las mujeres, quienes deshacían fardos para guardar su contenido en las arcas de tapa de doble vertiente, donde se apilaban con cuidado las tocas, los velos, los mutebag, las almexias y los varios mantos y capas que hoy parecían multiplicarse por doquier. Al final, alarmada por el tableteo de los dedos de la infanta, eché fuera a las féminas y me ocupé yo misma de la tarea.

—Llama al peregrino –decidió después de un tiempo en que se mantuvo callada, concentrada en sus propios pensamientos, que yo sabía no eran buenos.

Sorteando ropas, salí al patio a ordenar la búsqueda de Guillermo, pidiendo a todos los dioses que no se le hubiera ocurrido, en ausencia de la princesa, marcharse de Sahagún. Seguí con mi tarea, empezando múltiples conversaciones para distraer a Urraca, que cayeron en el vacío porque no obtuve de ella ninguna palabra. Ya casi había finalizado el plegado y acondicionamiento de los vestidos, cuando su voz me sorprendió.

—Me dijo que le encantaba la idea.

—¿Qué? –demandé volviéndome, pues ignoraba de qué hablaba.

—Que me fuera. Sí, que eso daría buena imagen. "La infanta peregrina a Santiago..." Hasta se entusiasmó. "Así se hablará en todo el reino de la importancia del Camino y de tu acendrada religiosidad. Nos vendrá muy bien". Ni por un momento deploró el hecho de tener que separarnos... –Urraca dejó de golpear el escaño y cruzó las manos sobre su vientre–. Y yo –reflexionó triste– guardando su nombre y su reino...

—Tú misma dijiste ayer que era una buena idea, y que él iba a aceptarla –recordé.

—Sí, Auria, pero no pensó en nosotros –repitió desconsolada–. En que me iba durante meses... Creo que, si no lo sentía, podía al menos habérselo inventado.

—Los hombres son así, señora. Incapaces de sentimientos más allá de su propio cuerpo. Carecen de imaginación...

—Bien, pues me iré –dijo levantándose–. ¡Vaya! –exclamó, al notar que ya había desempaquetado toda su ropa–. ¡Cuánto lo siento Auria! No debería haber consentido que deshicieras los fardos. No me di cuenta siquiera en qué te ocupabas. En fin, ordena que los rehagan de nuevo. Partiremos al amanecer. ¿Dónde demonios está ese idiota de Guillermo? –gritó, cruzando la estancia arriba y abajo–. ¡Vamos, muévete! –me encaró con el entrecejo fruncido–. Manda guardar los vestidos y tráeme al peregrino... Lo recibiremos en el refectorio para que las mujeres puedan trabajar con libertad –y sin más, salió dando un portazo, que hizo vibrar las arcas pegadas a las paredes. La seguí, llamando a las criadas para ordenar el nuevo movimiento. El hombre entraba en ese momento por los portones.

—¡Ah, Guillermo! –saludó la infanta–. Ven, quiero que me guíes a Santiago.

—No necesitarás llegar si no lo deseas, princesa –comentó el hombre caminando detrás, sin levantar los ojos del suelo. Ella se detuvo unos segundos a mirarle, pero no dijo nada y continuó hasta desaparecer en el refectorio de los hermanos. La seguimos en silencio. El sol se derramaba, desde las puertas, por las piedras del salón, haciéndolas brillar allí donde los pies de los monjes las habían desgastado. Acerqué una cátedra para Urraca y un par de sedilias para nosotros. Esperamos en pie a que la princesa tomara asiento y a que nos permitiera hacer lo propio.

—¿Por qué dices que no necesitaré llegar? ¿Sabes que consigues intranquilizarme, y hasta hacerme creer imbécil? –le increpó, recuperando su malhumor de hacía poco.

—No es mi intención ni una cosa ni otra, princesa. Sólo puedo decirte lo que veo.

—¿Dónde lo ves? –inquirió curiosa, olvidando por completo su enfado.

—Pues... –dudó él, asentando sus posaderas como si buscara mejor acomodo–. No tengo ni idea. Lo sé, sin más.

—Bien, pues dime todo lo que sabes y así no estarás sobresaltándome cada dos por tres.

—No puedo hacer eso, señora. Las inspiraciones vienen cuando lo desean. No responden a órdenes o intenciones.

—¡Vaya! ¡Pues sí que estamos listos! Osea, que piensas pasarte el viaje haciéndote el profeta cuando te plazca...

—No, sólo cuando la iluminación llegue –aclaró él ligeramente cansado–. ¿Qué buscas en Santiago?. Ella respiró hondo y me miró. Entendí y dije al peregrino.

—Nada, Guillermo, sólo queremos alejarnos de la corte para que ese niño, que todos nos tememos, sea de verdad un príncipe, nazca.

—Ya –cabeceó como si estuviera al corriente de todo. Y así debía ser por sus siguientes palabras–. En ese caso, conque nos alejemos un par de cientos de leguas será suficiente. He estado haciendo algunas indagaciones en estos meses, en que he vagueado por los alrededores. Espero que nos dé tiempo a llegar cerca de un monasterio que en el Bierzo llaman de San Miguel. Si pudiéramos llevar a la mujer a parir allí, tendríamos resuelto todo el problema.

Urraca miró al hombre, desorientada. Aquel extraño estaba tomando decisiones que nadie le había pedido, y lo raro del caso es que no se sentía enfadada. Me encaró perpleja. Leí en sus ojos y le sonreí confiada. Giró la vista de nuevo y esperó, sin una palabra.

—Veréis, señora –continuó él sin parecer apercibirse del desconcierto de la princesa–. Conozco a un caballero que vino por el Camino hace meses. Se detuvo junto al monasterio del que os hablo para descansar y reponerse de unas heridas que, pocos días antes, recibió en un enfrentamiento con ladrones de los montes cercanos. Asistió a misa cada mañana, observando a las hermanas quienes, tras los barrotes, escuchaban La Palabra. Tras varios días de oración en compañía de las monjas y unos pocos rústicos, viejas más bien –las cuales una vez cumplidos los ritos a los antiguos dioses, doblan también la cerviz ante el Dios cristiano, por si acaso– el hombre se fijó en una de las novicias que mantenía la cabeza girada en su dirección, desatendiendo los rezos que se desgranaban en el altar. La penumbra de las naves le impedía ver con claridad a la mujer. Y, aunque en los días sucesivos fue acercándose cada vez más a las rejas que separaban las monjas del resto de los orantes, apenas pudo distinguir un fulgor, bajo las tocas, como de intensa mirada o de sonrisa complaciente. No obstante, el caballero, intrigado por el hecho, demoró su estancia en el lugar, acudiendo cada mañana a la misa del monasterio. Y un día, el velo se deslizó sobre los cabellos, que brillaron un instante a la luz de las velas, y otro, al salir, la casi monja tropezó y su capa se vino al suelo descubriendo la esbelta cintura, y un amanecer, nuevamente el velo, que parecía estar de acuerdo con los deseos de su dueña, se enganchó en un saliente de los barrotes y, mientras sus hermanas se apresuraban a ayudarle tratando de desprenderlo, ella miraba al hombre sonriendo imperceptiblemente con los ojos llenos de promesas. Aquella mañana, al acabar, en vez de salir enseguida como hacía habitualmente, se quedó en su puesto, viendo alejarse a las hermanas hacia el interior del claustro. La joven, antes de perderse en las oscuridades del convento, se volvió a mirarle de nuevo... –Se detuvo el peregrino y, antes de que dijera nada, Urraca ya me había hecho un gesto y yo ya había corrido fuera a pedir bebida. Después de un sorbo de vino, que todos parecimos tragar, siguió el relato–. Aquella noche, el caballero, acompañado de un criado, merodeó las tapias del cenobio hasta que el alba les sorprendió a ambos cansados y hasta irritables, sin que ningún indicio hubiera siquiera mantenido sus esperanzas. Ya se levantaban para irse cuando, tras las cercas, sintieron las risas de las hermanas que acudían a la huerta a realizar sus tareas cotidianas. Venían entonando estrofas del Cantar de los Cantares. La dulzura de las voces femeninas y el erotismo de las letras, les mantuvieron pegados a los muros con el oído atento.

¡Arrástranos tras de ti, corramos!
Introdúcenos rey en tus cámaras,
y nos gozaremos y nos regocijaremos contigo,
y celebraremos tus amores más que el vino.
¡Con razón eres amado!

Así decía el coro, que enmudeció para dar paso a una sola voz que moduló las letras con tal armonía y belleza que pareció hacer callar hasta a los pájaros, los cuales daban también su bienvenida al nuevo día.

Mientras reposa el rey en mi lecho,
exhala mi nardo su aroma.
Es mi amado para mí bolsita de mirra,
que descansa entre mis pechos.
Es mi amado para mí racimito de alheña
de las viñas de Engadí.

El canto siguió, pero al caballero se le grabaron sobre todo unos versos que parecían tararearse sólo para él, o al menos, así deseó creerlo.

Como manzano entre los árboles silvestres
es mi amado entre los mancebos.
A su sombra anhelo sentarme,
y su fruto es dulce a mi paladar.
Me ha introducido en la sala del festín,
y la bandera que contra mí alzó es de amor.
Confortadme con pasas,
reanimadme con manzanas,
que desfallezco de amor...

Continuó la tonada, unas veces a cargo del coro, otras de la bella voz, pero el hombre ya no oyó nada. Se limitó a explorar las tapias alrededor del cenobio hasta dar con unos viejos manzanos que asomaban largos brazos por encima de las piedras. No faltaba nada. Junto a ellos, una parra retorcida y torturada por los años, dejaba caer sus ramas hacia el exterior del muro, en un vano deseo de libertades. Detrás de los sarmientos, casi cubierto por ellos, un pequeño portón medio podrido, con enormes clavos, cargados de herrumbre, parecía una promesa.

El día se le hizo eterno. No pudo comer ni beber y cuando el sol empezó a volverse rojo, ya andaba nuestro hombre rondando el monasterio, haciendo que murmuraba, como si en profundos rezos estuviera inmerso, por si algún rústico o señor se topaba. Salió la luna y, cuando ningún ser viviente, a parte de nuestro enamorado y su fámulo, se atrevía a transitar los caminos próximos al cenobio, "no por nada", como cualquiera hubiera dicho alzando la barbilla, "por puro respeto a los muertos", chirrió el portillo y la novicia apareció por él sin velos, ni tocas, ni capas... Con el sencillo camisón de lino que usaba para dormir. "Para evitar pérdidas de tiempo", pensó el caballero con muy buen sentido, haciendo señas a su criado, quien se apresuró a esfumarse, al notar que las manos ansiosas de su amo, subían ya por los blancos muslos, llevándose de paso el camisón... seguramente por aprovechar el gesto ascendente...

Se lamentaba el hombre –continuó Guillermo, una vez trasegado otro buche de vino– un poco tarde, me parece a mí, del pecado que llegó a cometer, sobre todo porque la dama, según ella misma le contó, es de alta cuna. Está en el cenobio obligada por su padre quien desea asegurarse así, con los rezos de por vida de su hija, una cómoda eternidad. Además no tiene buenas relaciones con la abadesa, la cual está deseando humillarla por compensar su inferior alcurnia. Para no cansaros, señora, la joven parirá un niño por fechas aproximadas a las de la judía, de nombre Raquel, por cierto, y me temo que en este caso su superiora, no sólo no lo ocultará sino que se preocupará de que llegué a oídos del obispo y de la familia, para hundirles a todos en el barro. O, como alternativa, sus gentes, para mantener el honor, podrían verse incluso en la obligación de condenarla a ser apedreada. Porque no creo que este caso pueda quedar zanjado con una simple paga...

—¿Y bien? –se interesó la princesa absolutamente despistada, pues no veía en absoluto la relación entre el parir de la dama y el de la susodicha Raquel, nombre que sus espías no habían conseguido, por otra parte. Lo cierto es que yo misma no alcanzaba, aunque intuía que lo que el peregrino intentaba, era hallar una madre para el hijo de la judía, que, en ningún caso había de criarse junto a su madre, por si algún día llegaba a demostrarse la realidad de la paternidad del rey. Pero, como vimos después, los planes de Guillermo iban mucho más allá de conseguir leche para el recién nacido.

—Estás dando por supuesto que la mujer va aceptar nuestros manejos sin chistar –objeté mirándole–. El que se haya dedicado a proclamar el hecho, me hace pensar que sus miras son mucho más altas que esconderse con su hijo.

—Seguramente –contestó él volviéndose a la infanta con una cierta ironía en la voz– que vos, señora, conocéis y contáis con medios que a mí ni siquiera se me ocurren para convencer a alguien de cualquier cosa que deseéis.

Urraca bajó la cabeza. Efectivamente, sus poderes sobre hombres y tierras eran ilimitados; quizás por eso, no había querido escuchar aquellos "chismorreos", como les llamaba quitándoles importancia. Parecía temer que, en realidad, como decía la judía, el niño fuera de su sangre, y eso le había impedido deshacerse de ella desde que comenzaron las murmuraciones. Era como si esperara un milagro que evitara su intervención. Tal vez Raquel se iría con alguien de vuelta a su tierra, o quizás comprendiera que sus pretensiones eran vanas, sabiendo la maldición que su raza arrastraba o... hasta podía morir... Pero, no. Nada de eso había ocurrido y el parto estaba cercano y cabía la posibilidad que naciera un varón y que Alfonso se enterase y que, si fuera de verdad su padre, quisiera llevar a su hijo consigo, y eso no iba a ser aceptado por los señores y mucho menos por la Iglesia... Alzó la barbilla. Debía acabar con aquello. Siempre estaba la posibilidad de que todo fuera un invento de la mujer, pero el único que podía corroborarlo, y sin demasiada seguridad, era el rey, y éste era el último que debía saberlo.

—Bien –aceptó pasando por alto las palabras del peregrino–. Esta noche mandaré por la judía y mañana, al amanecer, partiremos.

Baltario y sus legos han vuelto. Vienen contentos. El abad los ha felicitado por su trabajo. Han traído provisiones y semillas, y sobre todo pergaminos nuevos y varios libros que reproducir. He estado ojeándolos. Con bastante trabajo, pues parece que cada día que pasa veo un poco peor. Se trata del Tetrabiblos de Aecio, el Hexameron de San Basilio y el Scriptoribus de San Isidoro. Raras joyas que el cenobio acaba de conseguir prestados y que Baltario debe copiar para devolver pronto a sus dueños. Pero lo más chocante de todo, es una niñita que los monjes han recogido y que mi amigo trae para que me haga compañía. No sé si estoy contenta o enfadada. Cuando la vi no supe qué decir. Me quedé con la boca abierta mirándola. Comprendí enseguida cuáles eran las intenciones del hombre. Sabía que, al menos durante el verano, no me movería de mi casa, así que, para que yo no estuviera sola y ella tuviera cobijo, se la trajo. Tuve ganas de reñirle por tomar semejante decisión sin mi consentimiento, pero viendo los ojos enormes, fijos en mi cara, como esperando una sentencia, me derretí por dentro y sonreí a la pequeña diciendo.

—Me gusta que estés aquí, niña. Siento que mi compañía no va a ser divertida, pero al menos comerás todos los días. Ella sonrió a su vez, bajando las pestañas que dieron sombra a sus pómulos y tartamudeó.

—Me llamo Teresa, señora. Y estoy aquí para servirte.

Había aprendido bien la lección. Le acaricié la cabeza de pelo negro, encrespado, no supe si por ondas naturales o porque no hubiera visto el peine desde hacía mucho. Me prometí comprobarlo en cuanto pudiera. Ahora vamos a sentarnos a comer los manjares que Baltario ha traído. Así tomaré pan, que no he vuelto a catar desde que se fueron. No he tenido tiempo para zarandajas. Los pergaminos me ocupan el día. Sobre todo porque, más que hacer letras, he de adivinar que las trazo, pues apenas las veo, lo que hace que para caligrafiar una frase esté mucho más tiempo del habitual, ya que en vez de escribir, dibujo, así de lento lo hago...

6

Como Urraca había dispuesto, al día siguiente de la conversación con Guillermo, apenas amanecido, salimos para Santiago. En el carro, junto a nosotras, que no dejábamos de vigilarla, dormía Raquel, desde hacía horas, un pesado sueño inducido por la infusión que le preparé mezclando pétalos de adormidera con flores de espino y meliloto. Se lo hice beber muy concentrado, así que espero que se mantenga amodorrada durante bastante tiempo. El suficiente para adentrarnos en tierras poco habitadas. Luego, le explicaremos lo que pensamos hacer. Esperamos que acepte... Bueno, en realidad no vamos a dejarle alternativa. La princesa partió sin despedirse de su hermano, quien, según me contó luego uno de los criados, cuando se enteró, no fue capaz de saber qué falta había cometido para que la infanta le castigara de esa manera. Aunque tampoco debió de sufrir demasiado, pues aquella misma noche, ocupó su lecho una jovencita, a la cual había visto en el patio a mediodía.

Guillermo no viajaba con nosotros. Se había adelantado para arreglar lo necesario para el nacimiento del niño. Nosotras traqueteábamos en el carro, que nos habían rellenado, como siempre, de almohadas bien repletas de lana, pero aún así, los cuerpos iban y venían al compás de las ruedas. La mañana era muy hermosa, todavía fresca, pero con el brillante sol de estas tierras que hace que sus gentes se levanten con las mejores intenciones. No íbamos nosotras muy en consonancia con el ambiente. La infanta miraba a menudo a la bella joven dormida. Parecía pensar, viéndola, en que para ella habían pasado los mejores años. Sabía que su vida como mujer estaba a punto de acabar. Sólo había utilizado su belleza para resolver asuntos de estado, pero, en un mundo de hombres, aún en esos casos, es importante. Ahora que otra fémina se acercaba al rey, iba a depender exclusivamente de la inteligencia, y de que el monarca siguiera, o no, necesitando sus consejos. Cierto era que la labor que quedaba por hacer en el reino era ingente y que, a pesar de su pesimismo, ella se sabía imprescindible para llevarla a cabo. Pero es muy duro estar siempre en segundo plano, allanando, en la sombra, el camino de otro. Al menos, mientras se sintió hermosa, aunque no fuera desde el trono, palpaba la admiración que suscitaba. ¿Qué le quedaría ahora? Sus ojos perdidos en las tierras que atravesábamos se centraron y su cara se alzó. Respiré tranquila, adiviné que seguiría luchando por lo suyo.

Subíamos y bajábamos constantemente pequeñas lomas, que poco a poco nos alejaban de la villa. El paisaje era aburrido. Tierras aún verdes, aunque dentro de poco los cereales madurarían completamente y sólo serían amarillas y marrones. Muy de vez en cuando, algunas encinas de ramas fuertes y sombrías, chopos y hasta pequeñas charcas, donde croaban infinidad de ranas. Majestuosas cigüeñas se cruzaban con palomas delicadas y grandes pájaros negros que acudían presurosos a desconocidas citas, atravesando el azul profundo, que era el dueño de todo. Tardaríamos unas tres jornadas en llegar a León, allí podríamos parar algunos días para que la princesa descansara, aunque ella aseguraba y parecía bastante cierto, pues comía y dormía bien, que se encontraba estupendamente y que lo que deseaba sobre todo, era llegar a su punto de destino, por miedo a que el parto se adelantara y los planes, que tan cuidadosamente habíamos trazado días antes con Guillermo, saltaran por los aires.

El viaje nos estaba resultando largo y tedioso. En otras ocasiones, varias mujeres nos acompañaban en el carro. Ahora, por miedo a que algún contratiempo nos descubriera, íbamos solas con Raquel, y la verdad, echábamos en falta el buen humor y la ingenuidad de las jóvenes.

—Cuéntame algo, anda –pidió la princesa poniendo morritos para hacerme reír. Quería recordarme los tiempos en que con esa frase daban comienzo los cuentos e historias que yo conocía de mis lecturas de Luna y los que me inventaba cuando fallaba la memoria. Miré a la infanta viendo en ella a la niñita que fue. Reí, efectivamente y comencé.

—Sabéis que vamos hacia una tierra aislada y bella. Es verde y triste. Con castaños gigantescos y nieblas eternas que se agarran a los valles durante días. Hubo un tiempo en que sus gentes adoraban dioses extraños, como Bodo, Deganta, Camenio, Mandica, Cossue, Candamo, Taranis y Lug. Algunos de estos se veneraban también en León. La diferencia es que ahí, siguen escondidos y, en secreto, se les sigue rindiendo culto. Los buscan en las rocas, las aguas, los árboles... Es una tierra sagrada desde tiempo inmemorial. Sus montes, El Teleno y La Aquiana guardaron y guardan deidades de las cuales no recordamos ni el nombre, pero, a pesar de su aparente silencio, parecen exudarlos los arbustos, las fuentes, las tierras... Y los hombres sienten la necesidad de arrodillarse y orar. Ya sabéis que sus bosques y grutas están llenos de ermitaños, y sus valles de monasterios...

De repente, Raquel abrió los ojos y nos miró sin comprender. Luego, asustada, intentó librarse de las ligaduras que la sujetaban. Sin duda hubiera gritado pero, previsoramente, su boca estaba sellada con telas fuertemente atadas a la nuca. Hizo una serie de inútiles intentos que nosotras contemplamos sin movernos y, cuando se convenció de su impotencia, se quedó quieta, encogida, como esperando un golpe.

—Bien, querida– habló la infanta buscando mejor acomodo entre sus almohadones–. Espero que seas lo suficientemente lista para comprender que si hubiera querido matarte ya lo habría hecho. Aseguras que eso –y le señaló el voluminoso vientre– tiene sangre real. Yo no lo creo, pero al parecer hay algunos indicios que confirman lo que dices. No deseo que me expliques ni justifiques nada. He hecho indagaciones y no he podido llegar a una conclusión. Puedes estar mintiendo o decir una verdad como la Biblia. Por eso estás aquí y no has muerto aún.

Los ojos de la joven se agrandaron de terror. La frialdad de la voz de la princesa le había convencido de que no bromeaba. Comenzó a temblar visiblemente y se encogió en su rincón queriendo probablemente desaparecer para no enfrentar la dura mirada que la traspasaba.

—Te he traído para hacer un arreglo. Mejor dicho –se corrigió para que sus palabras no dejaran escape– para mostrarte cual va a ser tu vida futura, si es que quieres seguir viviendo... La judía asintió repetidas veces. En esos momentos de terror hubiera admitido cualquier cosa. Probablemente estaba arrepintiéndose de sus parloteos por la villa y de sus sueños de grandeza, que la habían conducido a una situación de la que no tenía ninguna seguridad de salir con vida. Es probable que pensara en que una vez nacido su hijo, aquella princesa que ahora la miraba como a un objeto molesto, la aplastara sin compasión, puesto que ya no sería necesaria.

—Estarás bajo mi vigilancia personal hasta que nazca el bebé –continuó Urraca sin dejar de mirarle a los ojos–. Disimularás tu embarazo para que ninguna, de las personas que nos acompaña, pueda siquiera sospecharlo. Ni que decir tiene que no volverás a mencionarlo. Cuando llegue el tiempo, te pagaré bien. Dejarás en mis manos a tu hijo y retornarás a tu tierra, escoltada por hombres de mi confianza. Siempre, aunque tú no lo veas, alguien vigilará tus actos. Si alguna vez mencionas de nuevo este hecho, morirás. Suéltala –me ordenó, girando la cabeza hacia la estrecha mirilla que le permitía ver el exterior–. Detén el carro para que vaya con las otras mujeres.

Fuimos pasando el tiempo sin volver a hablar de Raquel. Una de las damas la vigilaba de cerca, asunto por otra parte innecesario, pues la judía, inteligente y práctica como todos los de su raza, había comprendido perfectamente y aceptado su papel, sin rebeldías estúpidas. Para entretenernos, a veces yo me exprimía la memoria y Urraca escuchaba; otras, ella pensaba en voz alta y atendía yo... Ella apuraba el viaje, yo lo frenaba. Al anochecer, cuando acampábamos, caminaba con una silenciosa Raquel, antes de la cena, por los alrededores de las tiendas. La infanta deseaba que aquel niño naciera sano y fuerte. Se ocupaba de revisar, personalmente, los alimentos que se servían a la madre. Esas eran las únicas relaciones que mantenía con ella. Apenas la miraba si no era para constatar que el vientre seguía creciendo. No podíamos separarnos demasiado del campamento, aunque siempre íbamos protegidas por soldados. Los malhechores eran corrientes a la orilla del Camino. La princesa no olvidaba su papel, y una forma de no sentir que perdía su precioso tiempo, era la de ir tomando nota de las deficiencias que hallaba, para luego, al regresar, conseguir de Alfonso el arreglo.

Subimos sin prisa el Irago y después de Foncebadón, tomamos una gran curva a la izquierda, atravesamos un arroyo y comenzamos a ascender hacia los montes que los antiguos decían de Mercurio y donde era tradición que todos los caminantes pusieran una piedra que habrían portado desde sus lugares de origen, nadie sabe si como purificación, pago, o rito propiciatorio a los dioses locales. Se lo conté así a Urraca, que se empeñó en detener la marcha para bajarse a cumplir el rito, tomando uno de los cantos que nos servían para calentar los carros en la noche. A pesar de llevar viviendo con ella casi cuarenta años, todavía me sorprende. Poco a poco, con el gran valle del Bierzo a la vista, fuimos descendiendo, hasta que a la izquierda nos quedó el poblado donde, hace ya siglos, San Fructuoso fundó su primer monasterio, cerca de un antiguo lugar de asentamiento astur que llamaban de Rupiana, en el ángulo que forman los arroyos de Valdecorrales y Pico Tuerto. El resto del camino, hasta el sitio en que Guillermo nos esperaba, lo hicimos en una agotadora jornada, porque no hubo forma humana de convencer a Urraca de que un día antes o después poco iba a importar, ya que llegábamos con más de un mes de antelación, según los cálculos que teníamos de cuándo sería el nacimiento del niño.

El monasterio de San Miguel, situado en un valle verde y ancho. Era una gran construcción de piedra con varios edificios anexos de madera. Estaba rodeado de barracas hechas de troncos, techadas con ramas y hojas, por entre las que escapaban los humos de la hoguera que ardía en el centro, sobre el suelo de tierra. Había algunos refugios que aprovechaban las oquedades de los montes próximos, cuya entrada cerraban malamente maderos que unían sogas trenzadas con juncos. Visto desde fuera, el convento, después de una jornada agotadora, invitaba a llamar a sus portones y descansar a la sombra de los cerezos, castaños y manzanos que se veían por encima de las tapias. Pero no era ese nuestro destino, Guillermo nos esperaba ya y nos guió aún más allá del cenobio y de las chozas que lo rodeaban. Nos hizo atravesar un regato y penetrar en un bosque de robles, hayas y castaños que, a la hora que era, con el sol arrastrándose a nuestros pies, casi imponía. Pero él, montando el caballo con una destreza que nunca hubiera sospechado en un hombre de sus características, parecía conocer y dominar la tierra y los gigantescos árboles, por entre los que se movía como si aquella hubiera sido siempre su casa. Personas, animales y carros, nos arrastramos por el difícil sendero, entre la maleza, hasta desembocar en un gran claro, donde a todos nos sorprendió ver de nuevo el sol. En un pequeño montículo, rodeada de un muro muy alto, una casa de piedra, con tejado también de piedra, pero ésta negra, nos esperaba. Nadie salió a recibirnos. Por toda explicación, Guillermo afirmó que pertenecía a un amigo que estaba en peregrinación a Tierra Santa. Había hecho irse a sus criados, quienes sólo regresarían cuando la princesa hubiera partido. No nos detuvimos en demasiados melindres y bajamos, buscando el acomodo y el descanso, sin exigir que fuera excesivamente confortable y mucho menos lujoso. La casa estaba bastante limpia y los lechos tenían plumacios, riqueza poco común, pues los colchones de pluma, forrados como estos con tapicería bizantina, eran caros y escasos. Se veía que el amigo de Guillermo era un alto señor berciano, cuyo nombre no quisimos saber. Tenían además almelehas y dos tapetes o mantas a más de un cobertor y un alifafe, la colcha forrada de pieles de conejo, que nos apresuramos a apartar, pues la noche prometía ser calurosa. Urraca dijo que no deseaba cenar, y sin más, la ayudé a acostarse y yo lo hice a su lado, en un pequeño lecho que Guillermo, pendiente de todo, había hecho colocar en el cuarto. Excepto a Raquel, dejamos fuera al resto de las mujeres, que andaban quejosas pensando que la infanta estaba enfadada con ellas por alguna historia que no eran capaces de recordar.

El amanecer fue hermoso. Antes de salir el sol, grandes velos de niebla aparecían prendidos en los rumorosos árboles. El bosque estaba aún en penumbra. Todo aparentaba dormir. El rocío nos mojaba los pies cuando acompañé a Urraca fuera de las tapias de la construcción, caminando por el borde de la espesura. Estábamos sobre una meseta. La tarde anterior habíamos ido subiendo, sin darnos cuenta, por el camino, pero ahora, en la cumbre, se veía un desnivel bastante grande por el que descendía la floresta hasta el pequeño valle que atravesaba el regato. No quise seguir el capricho de la princesa, que deseaba internarse en la arboleda.

—Espera, señora, a que alguien nos acompañe. No conocemos el lugar. Puede que sea refugio de ladrones. Vamos a tomar algún alimento y después volveremos con hombres para explorarlo.

—Está bien, miedica –aceptó la infanta–. ¿Sabes qué me apetecería comer? –interrogó caprichosa.

—Lo que desees, mi señora –me apresuré, pues su apetito en los últimos días, probablemente debido al cansancio, había disminuido.

—Castañas hervidas en leche con miel. Hace siglos que no las como. Y esta es la tierra de las castañas, ¿no?

—Sí, señora. Pero como en las despensas no las haya, nosotros no las hemos traído. En León y en Sahagún hace meses que se acabaron. Preguntaremos a Guillermo; él sabrá lo que se guarda en la casa.

Sí había castañas, además de manzanas y cerezas rojas y amarillas y carne de vaca y cerdo, salada y curada al humo de leña de roble, y miel y queso. Uno muy raro, que Guillermo aseguró que traían de lejos y que parecía podrido, con vetas azuladas y un gusto picante y mantecoso que, una vez se empezaba a masticar, no se podía parar...

Mientras comíamos, Urraca interrogaba al hombre sobre la vida y costumbres de las tierras que pisábamos.

—Si lo deseáis –decía el peregrino– podréis verlo vos misma. Esta noche celebran la fiesta de San Juan. En todos los lugares habitados habrá hogueras, alrededor de las cuales bailarán y hasta puede que caminen sobre el fuego con los pies descalzos. Luego, en compañía de sus ganados, se bañarán en las fuentes, pues creen que una especie de hadas, que llaman janas, como los antiguos, viven en ellas y salen en la medianoche para llenar de gracias a sus adoradores. Al amanecer se revolcarán desnudos por los prados, porque el rocío tiene propiedades curativas y protectoras para todo el año. También, antes de la salida del sol, sacan a las praderas las ropas de la casa, suponiendo que esto les libera de malos espíritus –calló Guillermo para morder un pedazo de manzana, que parecía ser su alimento favorito y casi único y entonces, la princesa, que le había escuchado sin interrupciones, dijo.

—Y tú, ¿qué crees?

—Yo –contestó él, tragando, lo que hizo que su enorme nuez se moviera visiblemente– ni creo ni dejo de creer... Lo que sí os aseguro es que hay cosas de difícil explicación. No sé si son propiciadas por nuestra mente, por una situación o por una gran carga de energías dirigidas a una misma intención. No puedo concretaros nada, princesa –se disculpó al ver que ella bajaba la cabeza después de haberle escuchado con toda atención–. ¿Cómo queréis que os dé respuestas cuando ni yo mismo sé que está ocurriendo conmigo?

—Saldremos esta noche –decidió la infanta.

—¿Será peligroso? –me preocupé, temiendo por la vida de la princesa.

—Si a lo que te refieres es si hay ladrones en este bosque –contestó Guillermo– te diré que no. No hay caminos importantes cerca. En cuanto a que sea o no arriesgado, creo que no debemos hacernos notar si queremos observar los ritos, pues estas gentes son muy desconfiadas. Si ven extraños, una de dos, o pasan la noche rezando padrenuestros o nos atacan por la espalda y nos cortan el gaznate para poder cumplir con sus dioses, porque, como habréis adivinado, lo de San Juan, no es más que una tapadera...

El día fue brillante aunque no demasiado caluroso. Lo dedicamos a recorrer la casa y ordenar algunos cambios. La construcción principal estaba orientada al mediodía. Se accedía a ella por una gran puerta con arco de herradura. A los lados había ventanas pequeñas, con las mismas formas de la entrada. Dentro estaban las cámaras que se utilizan como comedor o salón según el momento, y las cellas, dormitorios para los señores y sus invitados, con lechos de madera tallada que sostienen el armazón de tablas donde se apoyan los plumacios, las sábanas y los facenzales, a más de la colcha. Tienen también banquetas, lucernas de latón y un gran conco que, con su aguamanil, completan el ajuar. A ambos lados de la construcción, otros edificios, estos de madera con tejados de paja y barro, dan cabida a la cocina, en cuyo centro se encuentra el fuego, que encauza sus humos por la gran chimenea que lo corona. A ambos lados, unos enormes escaños permiten, en tiempos de invierno, disfrutar del calor, que cuece los alimentos en las marmitas, apoyadas en las trébedes. Fuera, están también los establos, los gallineros, el palomar, la cochiquera, el lagar y las habitaciones de los criados, y los depósitos, excavados en piedra, que los señores usan para bañarse en invierno, llenándolos de agua que se calienta con grandes cantos al rojo, recién sacados de las hogueras. En el buen tiempo, lo habitual es hacerlo en los ríos o en las fuentes, aunque para eso haga falta poner una buena guardia cuando son las señoras las que disfrutan del agua. Al lado estaban las trístigas, letrinas que un siervo se encargaba de mantener medianamente limpias y un poco más allá la apoteca o bodega, zona importantísima de la casa, ya que en ella se guardan los alimentos para todo el año. Las llaves de este recinto cuelgan siempre del balteo de la señora. Ahora yo las llevo encima y, la verdad, no es nada agradable cargar con su peso y que todo el mundo sepa quién se acerca, sólo con escuchar el tintineo. Pero es un signo de prestigio y hay familias donde la suegra y la nuera, la madre y la hija, o la hermana y la cuñada, disputan por el honor. En el centro del patio, un pozo, con una armadura de hierro que sujeta un caldero, nos provee de agua.

Después de una buena cena que la princesa ha vuelto a hacer con apetito, salimos a la noche seguidos nada más que de dos hombres, a los que armamos hasta los dientes por si hubiera necesidad de lucha. Guillermo, además de su báculo, portaba una gran espada colgada del cuello y un puñal. Yo misma, sin que nadie me viera, dejé las llaves que me otorgaban categoría y en su lugar puse mi pequeña daga, que no sería muy espectacular, pero que, en caso de necesidad, buscando el sitio justo, podía con absoluta comodidad, enviar al infierno a cualquier intruso.

Siguiendo al peregrino, fuimos penetrando en el bosque. Descendimos la suave ladera, buscando caminos imposibles por entre la maleza, hasta llegar al riachuelo cantarín que saltaba entre las piedras, en el fondo del valle. Era cerca de medianoche y la luna llena brillaba en un cielo sin más nubes que una estela transparente que cruzaba el astro, como el velo en la cara de una virgen. Guillermo escuchó, y siguió avanzando por la orilla sigilosamente. Al poco, los cánticos nos llegaron a todos y el resplandor del fuego iluminó un claro, presidido por un roble gigantesco que perdía sus ramas en la profundidad del cielo nocturno. Una gran hoguera daba luz a los hombres y mujeres que, en dos ruedas separadas, giraban alrededor, cantando con extrañas voces canciones desconocidas, cuyas letras ni siquiera entendimos. Bailaban y bebían y las ropas, poco a poco, se iban desprendiendo de los cuerpos, siendo extendidas lejos, sobre la hierba del bosque. En un altar de piedras, un toro mugía, tratando de vez en cuando, con fuertes movimientos de sus patas, de liberarse. De repente, cuando ya todos los integrantes de la danza estuvieron desnudos, el cántico se interrumpió y los dos corros, siempre separados, rodearon el altar, donde una mujer bajita de negros cabellos, grandes pechos y amplias caderas, levantó un cuchillo hacia la luna, entonando una letanía que fue contestada sólo por las féminas. Al acabarla, el brazo descendió con una tremenda fuerza sobre la garganta del animal, quien comenzó a mugir desesperadamente, acelerando con cada grito o movimiento, la salida de la vida por el agujero que el cuchillo había hecho en su carne. El griterío se hizo ensordecedor y todos, hombres y mujeres, corrieron a bañarse en la sangre derramada. Se empujaban, reían y resbalaban sobre el líquido caliente aún. Se untaban unos a otros sin hacer distingos entre hombres o mujeres y las humedades y las caricias, servían para que su excitación aumentara. Después de un buen rato de chapoteos y jolgorio, respondiendo a un grito de mujer, todos corrieron hacia las aguas, que en aquel claro hacían remanso tranquilo y transparente. Los toqueteos siguieron en el pequeño lago, sin importar a quién o donde se hacían. Luego, poco a poco, las parejas se fueron estableciendo y saliendo del arroyo. Tomaron lugar alrededor de la hoguera, donde ya se asaban los mejores pedazos del animal sacrificado, para consumar su acto de reproducción y fertilidad, que sin duda aseguraría las próximas cosechas.

Urraca, llegado a este punto, se alzó y, dándose la vuelta, caminó hasta el sitio donde habíamos dejado a los dos guardias, que roncaban sonoramente. Los pateó furiosa.

—¡Malditos haraganes! ¿Creéis que os he traído conmigo para que durmierais bajo la luna? ¡Idos, estúpidos! Mañana recordadme que os mande azotar.

Corrieron los hombres hacia la casa y nosotros, despacio, comenzamos a subir la ladera, procurando buscar las sombras, aunque bastante tranquilizados, pues ahora, durante un buen rato, los danzarines, ocupados en satisfacer sus instintos más elementales, no estarían para muchas vigilancias.

Cuando entramos en el patio, después de que se nos abrieran los portones de gruesos maderos, unidos con clavos de cabeza labrada, una débil claridad empezaba a intuirse en el horizonte. Urraca decidió esperar a ver la salida del sol.

—Hemos pasado la noche al raso –sonrió mirando a Guillermo–. Eso nos dará suerte, ¿verdad, amigo?

—No lo sé, señora, pero uniré mi deseo al tuyo... –aseveró el peregrino, bajando los ojos.

7

Guillermo me hace visitar el monasterio. Oficialmente vamos a cumplir una promesa que hemos hecho a San Miguel si nos ayudaba en un mal trance. Como la cosa ha salido bien, allí estamos los dos a ejecutar lo pactado. Vamos a entregar un cáliz por el que Urraca ha pagado cincuenta sueldos, buenas telas de bellos colores y trama de tapiz de los que se usan en las iglesias para ocultar el ara consagrada. También les traemos albas de seda, listadas en amarillo y blanco y una almenara, lámpara de buena plata, con quince lucernas de vidrio para el altar mayor, que casi ha costado tanto como el cáliz. Con todos estos tesoros, esperamos que las hermanas nos reciban calurosamente y nos permitan acercarnos y hasta charlar. Llamamos a los portones y al poco rato, una pequeña ventana defendida por barrotes se abre a la altura de nuestras narices.

—Ave María –saluda una vocecita invisible.

—Ave María –respondo yo, porque siempre es más tranquilizadora la palabra femenina–. Qué Dios os guarde –insisto por hacer más fuerza, o por parecer más piadosa, o más de fiar... Guillermo no pierde el tiempo.

—Hermana, venimos a cumplir un voto –y sin esperar la pregunta que llegaría a continuación, expuso a qué clase de voto se refería. Uno de los portones se abrió inmediatamente.

—Pasad, amigos –saludó la vocecita untuosa–. Dejad a vuestros hombres fuera –se apresuró, cuando los dos criados que nos acompañaban, hicieron intención de entrar, cargando los presentes que traíamos–. Llamaré a las hermanas para que metan vuestros fardos –y se alejó presurosa por el claustro.

El hombre, mientras esperábamos, observaba los muros que rodeaban el patio, tratando de ver el portillo del que le habían hablado pero, al menos en lo que abarcaba nuestra vista, aquel era un lugar inexpugnable, al que de ninguna manera se podía acceder si la entrada no era franqueada. El peregrino se maldijo por no haber hecho preguntas claras sobre la situación exacta de la puerta.

—Si les ha dado por cegarla, estamos perdidos –murmuraba bufando, cuando la comunidad en pleno acudió a darnos la bienvenida o, bueno, mejor, a hacerse cargo de los bultos.

La abadesa, una bola redonda tras velos negros, con voz aflautada y movimientos oscilantes, nos agradeció el regalo, después de haber abierto los fardos en el mismo suelo del claustro. Pero, como su gratitud no iba más allá y vimos claramente que su idea era despacharnos enseguida, se me ocurrió la idea de pedirle una misa, "pues así se lo prometimos a San Miguel". Si accedía, pensé, podríamos estar un poco más en contacto con las monjas, porque hasta el momento, por mucho que había observado a las mujeres que nos rodeaban, entrecerrando incluso los ojos, aún a riesgo de parecer cegata o medio lela, no había visto a ninguna que me pareciera preñada, entre otras cosas porque todas estaban provistas de anchos contornos y unas buenas ancas que lucían sin empacho mientras manoseaban los paquetes dispersos por las losas del suelo.

—¡Oh! –dudó la mandamás– pues es que... acabamos de oír misa... Sí –sonrió de forma embarazosa–. Tal vez –quiso arreglar viendo nuestro gesto de desagrado– a San Miguel no le importe que en vez de celebrar una eucaristía, recemos unas oraciones. Es que nosotras pues... ya íbamos al refectorio...

—¡Dios nos libre, hermanas –dijo Guillermo llevándose las manos a la cabeza– de alterar la vida del monasterio! No nos atreveríamos a pediros el rezo si no fuera imprescindible para nuestro trato con el santo. Pero si vos pensáis que con unos salmos bastará... –se encogió de hombros, no supe muy bien si para indicar que respetaba al máximo la opinión de la abadesa, o para decir que le importaba un cuerno lo que pensara San Miguel–. No tenemos prisa, aunque hoy aún no hemos probado bocado... –añadió bajando la voz, hundiendo los hombros y los pliegues de los labios, lo cual le dio aspecto de cansado y hambriento peregrino, al tiempo que se sentaba en un escaño del patio–. Id al refectorio –continuó, haciendo un visible esfuerzo por animarse y sonreir–. Esperaremos a que acabéis vuestra colación y después haremos los rezos.

La abadesa calló durante unos segundos. Probablemente sopesaba los regalos y el inconveniente de soportarnos. La balanza tenía que inclinarse por fuerza de nuestro lado, así que, cariñosamente, con una mueca complaciente que casi podía adivinarse tras el velo, dijo.

—Nadie con hambre se va de este monasterio. Y mucho menos personas tan devotas. Os invitamos a compartir nuestra pobre comida. Entrad ahí –y señaló una puerta a su derecha–. Las hermanas os atenderán.

—¡Oh, no! –se apresuró el hombre–. No es necesario tanto agasajo. Comeremos en las cocinas, con los siervos...

—Insisto –contestó la monja, ahora autoritaria–. Se adivina que sois señores y como tal, seréis tratados. Hermana –se volvió a una de las presentes– encargaos de servir a nuestros huéspedes –la aludida bajó la cabeza acatando y entonces me di cuenta que los dioses estaban con nosotros. Ella era la embarazada.

Los tratos con la joven fueron rápidos y concisos. Aseguramos que era el caballero quien nos enviaba a buscarla, pues, aunque era casado y no podía llevarla consigo, no deseaba que el dulce amor que habían vivido, fuera la causa de sus problemas. Teníamos todo dispuesto para esconderla hasta que diera a luz y las monjas se cansaran de buscarla. Luego, cuando el niño hubiera nacido, la conduciríamos a un lugar donde sería tratada según merecía y podría criar a su hijo sin miedo. Efectivamente había una entrada, o una salida en este caso, y sí, se iría con nosotros cuando quisiéramos, pues el bebé estaba a punto de nacer y todo lo que sabíamos por el caballero era cierto. Si nosotros estábamos dispuestos, "esta misma noche, después del oficio nocturno, a la hora octava, que es cuando más profundamente se duerme, puedo salir por el portillo de la huerta".

No hubo tiempo para más. La madre abadesa, a contra luz, con el sol a la espalda, nos contemplaba desde la entrada. Enmudecimos los tres y nosotros sorbimos el caldo, haciendo mucho ruido para tapar el eco de nuestros susurros, por si alguna sílaba le había llegado. La preñada se retiró rápida, portando la sopera de plata de donde nos había servido y Guillermo, haciéndose el sorprendido, se levantó.

—Ah, madre! No os había sentido. Estaba disfrutando tanto de vuestro caldo que no me di cuenta de que nos observabais. Frugal ha debido ser vuestra comida, pues apenas habéis tenido tiempo...

—Aún no he terminado –aseguró la monja con voz confidencial– pero si os soy sincera andaba algo inquieta. Esta novicia que he elegido... –bufó ligeramente, balanceando la cabeza a derecha e izquierda– es díscola y respondona. Precisamente por eso le encargo tareas, para ver si consigo bajar su orgullo que, como muy bien sabéis, es uno de los pecados más abominados por el Señor... Y... no estaba yo muy tranquila que cumpliera con vos como merecéis –luego supimos por la monja que nos abrió las puertas, que la abadesa no había estado en el refectorio, sino viendo y tocando con detalle nuestras ofrendas–. Voy a ordenar que, además del sopicaldo, os traigan un poco de carne.

—De ninguna manera –se ofendió Guillermo–. No deseamos hacer dispendios al monasterio. Con la sopa de los peregrinos nos conformamos...

—¡Bah, bah! –manoteó la mujer, que empezaba a considerarnos de la familia–. Vendrá la carne y no se hable más. Y perdonad que nos os invite a nuestra mesa. Pero ya sabéis... la regla...

—¡Por Dios, buena madre! –se escandalizó el hombre, alzando ambas manos como si estuviera haciendo alguna extraña imprecación– no debéis justificaros. Entendemos muy bien... Es más, estamos violentos por permanecer aquí tanto tiempo, así que dejad la carne para otra ocasión. Ya habéis cumplido más que de sobra. Nos vamos ahora mismo, y no me protestéis –cortó con un gesto enérgico de su diestra–. Volveremos a visitaros en cualquier momento. Seguramente al santo, viendo nuestra buena voluntad y la vuestra, no le importará que los rezos se hagan hoy u otro día...

—Bien, amigos, si ese es vuestro deseo... –aceptó la mujer dulzona y descansada a la vez–. Pero quiero que os llevéis la idea de que siempre seréis bien recibidos... cuando deseéis hacer algún voto al santo...

—Ya –comprendió Guillermo saliendo–. Volveremos, madre, no lo dudéis.

Despedimos a los hombres que nos esperaban junto a los portones y nosotros nos dirigimos a la cabaña que el peregrino había preparado para que fuera el albergue de la futura parturienta. Pasamos antes por una covacha, en el lindero del bosque, donde una vieja reseca salió en cuanto oyó las cabalgaduras. El hombre le avisó que estuviera preparada, pues al amanecer siguiente vendría a buscarla. No habíamos pensado que Beatriz, pues ese era el nombre de la novicia, aceptara tan rápidamente nuestra propuesta, pero su miedo debía ser tal, que se habría ido con el mismo diablo, si éste se lo hubiera insinuado. Seguí a Guillermo por entre castaños y hayas, monte arriba, hasta una meseta de hierba verde que se extendía buscando los próximos montes y brillando al sol. A nuestra derecha, una cabaña construida con troncos y techada con paja, aparecía solitaria, mal disimulada por los últimos árboles del bosque que acabábamos de atravesar.

—Aquí es –confirmó él descabalgando, mientras trababa las riendas con holgura para que el caballo pudiera hocicar los hierbajos. Me ayudó a hacer lo propio y entramos en el abrigo, pues era sólo eso, un refugio para pastores que subían hasta allá con sus ganados para aprovechar los jugosos pastos. Iba yo con la idea de tener que poner manos a la obra en el arreglo del recinto pero, como en anteriores ocasiones, Guillermo se había encargado de todo. Los avíos eran los imprescindibles para atender a una mujer de parto y un bebé durante algunas semanas. Noté, no obstante, la falta de algunas cosas que memoricé para traerlas en cuanto fuera posible.

Pasamos allí las horas hasta la noche. Cuando nos pareció oportuno, después de bajar los caballos hasta un riachuelo próximo para hacerles beber, tornamos al monasterio, ahora con muchas más precauciones y sigilos. El bosque era de una oscuridad casi impenetrable. Sólo algunos rayos de luna encontraban camino entre los escasos huecos que las ramas de los árboles centenarios les permitían. Yo marchaba tras el hombre, mirando de tanto en tanto a mis espaldas, pues aquella negrura imponía. Llegué a pensar que no había perdido el miedo, como creía, a fuerza de vivir. Conocía que no había nadie, a parte de los animales, que no eran peligrosos, pues los lobos, en el buen tiempo, preferían las alturas a la proximidad de los hombres, no obstante, mi cabeza fabulaba fantasmas como cuando era niña y oía aullar el viento en las cumbres de Luna. Tuve que poner orden en mi conciencia a base de repetir consignas y movimientos de los aprendidos de mi abuela, que servían para espantar aparecidos y espíritus, aunque ahora sabía, o al menos hasta este momento creía saber, que los espectros habitaban sólo en mi mente. Pero por si acaso...

Llegamos junto a las tapias, dejamos los caballos entre unos chopos que bebían del riachuelo y nos acercamos buscando el portillo indicado, para esperar la salida de la dama. De lejos nos llegaban las voces de las monjas que cumplían con sus normas de oración nocturna. Los puros cantos me hicieron pensar que los delicados tonos estaban más cerca de los dioses que muchas de las mujeres que los modulaban. Aún tendríamos que esperar a que acabaran sus plegarias, a que volvieran al lecho y a que se durmiesen de nuevo. Una hora, calculamos. Nos sentamos en el suelo, apoyando las espaldas en los muros. La temperatura era dulce y la noche nos hablaba por medio de los diálogos de las ranas, los movimientos rápidos de los cazadores nocturnos, los susurros de los árboles y los mágicos aromas, que durante el día se esconden para sorprender a los caminantes cuando el sol se va. Repasamos, en murmullos, los planes trazados. En cuanto la mujer saliera, nos la llevaríamos a la cabaña, donde la guardaríamos hasta que naciera su hijo y el de la judía... Mucho antes de lo que pensábamos, unos roces contra las paredes nos hicieron levantar alarmados. Alguien maniobraba detrás de la puerta. Nos acercamos, pensando que todo sería tan fácil como tomar a la joven y montar los caballos, hasta que su voz, desde dentro, nos advirtió por el hueco de la cerradura.

—No puedo abrirla –dijo–. Está trancada.

—Por todos los demonios –juró Guillermo, sin levantar el tono–. Y ahora, ¿qué vamos a hacer?

—Traparé por el árbol –decidió la novicia.

Fuera, sólo nos miramos. Ninguno habló, pero fuimos conscientes de que no era la mejor manera de salir para una embarazada. Estaba claro que la mujer tenía mucho más miedo a seguir dentro que a matarse, así que ambos cabeceamos y empezamos a mirar alrededor, buscando el medio de hacerla bajar, pues, aunque consiguiera llegar a lo alto del muro, luego tendría que descender y como nos las habíamos prometido fáciles, no teníamos ni una cochina soga. Mientras Guillermo renegaba por los alrededores, miré la luna, que iluminaba la noche calladamente. Busqué soluciones imposibles, hice rápidos conjuros pero, no sé si por su precipitación o por que en realidad no servían para nada, no me dieron la solución. O sí... Calculé el alto de las tapias. Dos hombres, bien a gusto. Mientras discurría el medio de conseguir el descenso, empecé a oír voces desde más allá de la huerta de las monjas. "¡Dios! –increpé para mí–. ¡Se han dado cuenta!" Empujada por su miedo, la mujer no había esperado a que todas se durmieran y alguien había visto sus meneos por el exterior. Miré por el ojo de la gran cerradura. Efectivamente, en el monasterio se veían luces, moviéndose apuradas.

—Vienen por mí –gritó la monja desde arriba del muro. Así que había llegado... Corrí hacia los caballos y, con ellos de la rienda, arrastrando a Guillermo, quien por primera vez parecía desesperado, los coloqué junto a las tapias.

—Sube –ordené. Él me miró unos segundos indeciso, luego comprendió. Trepó a la silla y, de pie sobre ella, tendió los brazos a la mujer. Aún faltaba un buen trecho para alcanzarla, pero las voces se acercaban. La mujer miró un segundo a su espalda y, sin dudarlo, se dejó deslizar hasta quedar colgada sólo de las manos. No se atrevía a soltarse, pero no sé si la proximidad de sus hermanas o su propio peso, hicieron que los dedos se escurrieran, dejando la piel pegada a las piedras. Guillermo tomó las piernas que se le venían encima. Trastabilló sobre el lomo del caballo, y resbaló a su vez con la carga, hasta el suelo. Yo frené en cuanto pude la caída, pero los tres rodamos en confuso montón, oyendo nuestros propios quejidos, pero sobre todo, el hurgar de la llave en la cerradura. No nos detuvimos a ver si nos habíamos roto algo. Corrimos a montar, lo que nos hizo deducir que al menos las piernas y los brazos estaban en perfecto estado. Otra cosa sería la cabeza, la cual dudábamos de mantener aún sobre los hombros. El portillo se abrió y el convento en pleno, con la abadesa al frente, sosteniendo una antorcha, salió a tiempo de vernos partir a todo galope.

El bosque nos acogió piadoso y, en cuanto dejamos de escuchar los lamentos de las mujeres, que gritaban para despertar al pueblo buscando su ayuda, frenamos la marcha, por no lastimar más a Beatriz, que se quejaba de mareos y dolores de espalda. Apenas llegados a la cabaña, al bajarla del caballo, la mujer vomitó abundantemente. Y, mientras temía por su vida y por nuestros planes, aún tuve tiempo de pensar que las cenas de las monjas no debían ser precisamente la sopa con que nos habían obsequiado a mediodía. Guillermo me ayudó a acostarla y él volvió a buscar a la vieja, pues, aunque no había sido esta su primera idea, yo le convencí de que una mujer sola y un bosque no suelen hacer muy buenas migas. A pesar de mi miedo, no encontró a nadie preocupado en buscarnos. Los campesinos, al parecer, habían hecho oídos sordos a las llamadas de sus dueñas. Quizás más tarde el obispo les pediría cuentas, pero eso sería más tarde... Y, además, siempre podían disculparse diciendo que al estar tan cansados, dormían profundamente y no habían oído nada. Era preferido que los amos resolvieran sus cosas en solitario. "Los asuntos de los nobles...", cabeceaban dubitativos, después de tener experiencias en que los ricos se abrazaban, echando la culpa de sus malos entendimientos a cualquier pobre hombre que no había hecho más que obedecer órdenes... Entre tanto, preparé una infusión con manzanilla, albahaca, espino blanco y adormidera, para tranquilizar a Beatriz, induciéndole un buen sueño.

Cuando Guillermo regresó con la anciana, le di instrucciones para cuidar de la mujer, aunque vi enseguida que no eran aceptadas. Ella sabía tanto como yo y además mantenía sus ideas con una cabezonería digna de mejor causa. Conocía perfectamente las hierbas que, en saquitos individuales, el hombre había colgado de la pared. Aunque desechó algunas que no eran de la tierra, asegurando que las bercianas eran, sin duda, las mejores y que no creyéramos que por venir de fuera, y en este punto, calló esperando la explicación del lugar de dónde proveníamos, al no llegar tal aclaración, se encogió de hombros y siguió, afirmando, que no íbamos a enseñarle nada nuevo, al tiempo que cabeceaba, plegando los resecos labios, que se hundieron en su boca sin dientes, dejando sólo un corte del que parecía colgar la picuda barbilla. Venció mis razonamientos con su proverbial terquedad. Así que, aburrida, le volví la espalda, convencida de que no habría poder que le hiciera cambiar de ideas. Oí asegurar a Guillermo que volvería cada mañana, por ver si necesitaban algo. Nos fuimos, dejándolas, aunque no demasiado tranquilos, después de las experiencias de la noche, las cuales no sabíamos de qué forma iban a manifestarse en el cuerpo de la futura madre.

El tiempo transcurre lento en estos valles. Guillermo trae cada día noticias de la cabaña. Beatriz no ha vuelto a levantarse, pero el bebé se mueve y la vieja ha asegurado que está vivo "gracias sin duda, a mis cuidados". No ocurre nada. Nos limitamos a comer, dormir, esperar.... Es curiosa la gran diferencia de vida que hay entre la corte y los montes. Allá, a cada segundo, alguien trae novedades, asuntos que resolver, peticiones, cartas... Aquí sólo la luz cambia. Urraca patea furiosa los salones, los patios, el bosque. Mira con rabia el vientre de Raquel y bufa, a veces hasta dormida... El calor es agobiante y pegajoso. La tremenda humedad ambiente nos hace sudar, consiguiendo que los velos se peguen al rostro. Nos hemos ocupado del bienestar de todos y hasta hemos mejorado la casa y ordenado limpiar patios y establos. Urraca ha mandado forrar las paredes de sus aposentos con acitharas. Dice que los bellos paños de trama de seda le hacen imaginar que se encuentra en alguno de sus palacios. También hemos colocado su escrinio y algunos sillones de guardamecíes cordobeses de los que fabrican los judíos de León y que siempre acompañan a la infanta en sus viajes. Cerramos las ventanas con lienzos encerados, para evitar las fuertes corrientes de aire que hacen intransitables los pasillos, a pesar del calor. Cuando el dueño regrese, si es que regresa, verá las mejoras y no le pesará haber cedido su hogar a unos desconocidos... Guillermo sale a menudo en la noche. Le veo partir cuando deambulo cansada, aburrida, sin sueño, por culpa del húmedo calor que me está machacando los huesos, por los alrededores de la casa buscando algo de frescor nocturno. No sé dónde va, ni deseo preguntárselo...

—Señora –dice hoy, sin saber qué inventar para entretener a la infanta– mañana es primero de agosto, la fiesta del dios Lug. Habrá celebraciones en el bosque. Tal vez os guste verlas...

Urraca le miró desganada. Raquel, que ahora, debido a su vientre descomunal, pasa mucho más tiempo con nosotros que con el resto de las mujeres, ante las cuales sólo se muestra portando amplios mantos de seda, se aburre también por la forzada inactividad que es casi una prisión para ella. La judía se vuelve esperanzada a la princesa. Si ella aceptara salir, parecen decir sus ojos, quizás... Respiro sus ansias de novedad y siento pena por ella.

—Si no hay que ir muy lejos... –apunto precavida– hasta Raquel podía acompañarnos. Un buen paseo le vendría bien. Hace días que apenas se mueve de las habitaciones. En realidad –sigo envalentonada por el silencio de la infanta– a todos nos convendría un poco de distracción. Aunque –reflexiono, creo que ya un poco tarde– no sé si deberíamos hacerlo... –titubeo– el parto está próximo y... –la judía se atreve a interrumpirme.

—Sí, por favor –demanda como una chiquilla que desea un juguete.

—Es cierto que el parto está cercano –acepta Urraca levantándose para pasear nerviosa, pero también lo es que, como se alargue demasiado, vamos a acabar todos locos. El aburrimiento empieza a pesarme como una losa. ¡Maldita cría! –se giró para encarar a Raquel, que se encogió sobre sí misma– ¡Qué tiempo más hermoso me estás haciendo perder...! No, –elevó el tono cada vez más enfadada–. No quiero ver de nuevo ridículos ritos a dioses que no conozco. Id vosotros tres si lo deseáis. Yo tengo qué hacer –y salió dando un portazo.

Guillermo bajó la cabeza y enarcó las cejas, dudando de que su idea hubiera sido acertada. De momento había conseguido todo lo contrario de lo que se había propuesto. Me miró indeciso, con un cierto miedo de haber cometido una falta. Lo cierto es que yo tampoco deseaba en absoluto salir. Hacía tiempo que no encontraba ya novedades en nada, pero miré a la judía y vi sus hermosos ojos, temerosos ahora, pero tan llenos aún de curiosidades, que decidí.

—Bien, iremos. Sólo –me apresuré a añadir– en el caso de que el lugar no esté lejos o el camino sea difícil.

—No –aclaró el hombre– precisamente lo propuse por eso, porque está muy cerca, siguiendo el sendero del bosque.

Cuando salimos del recinto marcado por los muros. La noche nos sorprendió con su belleza. Yo iba temiendo por Raquel, quien ya estaba a punto de parir, pero no pude por menos de inspirar profundamente el aire perfumado, agradeciendo la inoportuna idea de Guillermo. Todo era infinito silencio y armonía. Miré las estrellas que se arracimaban sobre nuestras cabezas. Quise saber. Tal vez, como decían algunos, sólo fueran agujeros por los que escapaba la luz del paraíso, o no... Daba igual, eran tan hermosas... Sentí rabia por ese deseo de indagar constante, que no podía explicar. Sólo con estar allí, para poder ver y sentir, debería bastarme. Igual que al gato que se estira al sol. La joven alzó también los ojos y su alma se llenó de la armonía que nos rodeaba. Sendas lágrimas se deslizaron por sus pómulos. Las dejó caer. Sin sonreír, empezó a caminar, pensando tal vez en la noche de amor que creyó cambiaría su vida... Yo me había negado a llevar escolta de ninguna clase.

—¿Para qué quieres un par de haraganes? –había demandado a Guillermo cuando éste lo sugirió–. ¿Para hacer ruido?

Marchamos despacio, disfrutando del frescor y de la penumbra plateada de la luna. De pronto, un resbalón hizo que Raquel diera con sus posaderas en el suelo. Nos precipitamos a ayudarla. Tenía un gesto de dolor en la cara y no hizo ademán de levantarse. Asustada, la tomé de un brazo, tirando de ella hacia arriba.

—Espera, Auria –gimió–. Creo que he hecho una tontería. En vez de venir al bosque debimos acercarnos a la cabaña...

—¡Dios! –murmuró Guillermo–. No me digas que ya tenías dolores antes de salir...

—Sí– afirmó apretando los dientes–. Pero eran poca cosa. Supuse que sería como otras veces... –En los últimos días había sentido molestias que indicaban que su cuerpo se preparaba para el gran momento.

—No importa –dijo el hombre resuelto–. Volveré a la casa y traeré un caballo.

—Espera –frenó la mujer el movimiento del peregrino–. Me habías dicho que no estaba lejos, ¿verdad?

—No, no lo está. Si lo deseas, yo mismo te llevaré –se acercó y, tomándola en brazos, la levantó.

—Gracias, amigo –sonrió ella– pero aún conozco –quiso bromear–. Puedo caminar sola. Déjame en el suelo antes de que te salten las vértebras de la espalda.

Guillermo la depositó, con infinitos cuidados, en tierra y ella se apoyó en él, cerrando los ojos.

—Estoy algo mareada, pero podré andar –aseguró al tiempo que empezaba a hacerlo–. Bueno –se paró mirando al hombre– ¿Es por aquí?

—Sí –contestó sin soltarla–. Es por aquí.

No fue fácil llegar al refugio, aunque, como Guillermo había asegurado, no estaba muy lejos. Debíamos parar cada poco trecho, pues los dolores se sucedían con rapidez. Yo temblaba de que no hubiera tiempo y el niño naciera en pleno campo, sin agua siquiera para lavarlo. Por otra parte, sabía que el andar no le venía mal a las parturientas, ya que así solía acelerarse el nacimiento. Lo cual no era nada desdeñable en el caso de una primeriza. Las estrellas estaban desapareciendo. A lo lejos sentíamos bramar la tormenta y, de tiempo en tiempo, los relámpagos rompían la noche. Caminábamos inclinados, porque el viento había arreciado en pocos minutos. Todo parecía concatenarse para hacer difícil el sendero hasta la cabaña.

El peregrino había buscado un segundo refugio, donde la joven pudiera dar a luz sin oídos y ojos extraños. Entre los dos, habíamos traído todo lo necesario y el lecho le aguardaba limpio y dispuesto con ropas. Había también leña, varios recipientes de agua y todo el repertorio de hierbas que Guillermo y yo conocíamos y que podían precisarse. La judía se dejó caer sobre el jergón, sin fuerzas. La despojamos de sus vestidos y, mientras el hombre la arropaba con un cobertor, yo me dediqué a poner cerca todo aquello que nos pudiera ser de utilidad. Me temblaban las manos. El momento era terrible. Si realmente era hijo de Alfonso y le ocurría algo, Urraca me mataría... Un grito de Raquel me hizo acudir junto a ella. Le toqué el vientre. No había duda, el niño estaba llegando. Calenté un poco de cera al fuego y, con cuidado, después de envolverla en finas tiras de seda, de las que dejé un colgajo, para tirar luego de ellas, se lo introduje en los oídos. Ella se dejaba hacer sin oponer resistencia, hundida en las sensaciones del terrible dolor que la ahogaba. Gritaba por encima de los truenos y el golpeteo de la lluvia, mientras nos acusaba de no hacer nada para liberarla de aquel mal.

Cuando me pareció que el momento estaba próximo, con la ayuda de Guillermo, pusimos a la joven sentada en el borde del lecho. El hombre apoyaba su espalda y yo me dediqué a maniobrar entre sus piernas. Después de un par de dolores más, vi aparecer la cabecita, que tomé con cuidado, ayudándola a salir. Giré más tarde el cuerpo para sacar un hombro y luego el otro. Un nuevo dolor, que hizo gritar a la madre como si quisiera parar el mundo y que marcó el final de la tormenta, dejó al bebé en mis manos. Era un hermoso varón, con el cráneo cubierto de un escaso vello rubio, que me hizo pensar en los brillantes cabellos de Bermudo. Guillermo, como habíamos acordado, tendió hacia atrás a Raquel y la mantuvo en esa posición, mientras adecentaba al bebé, que me apresuré a envolver en un grueso paño. Volví al lado de la madre, quien sufría de nuevo y que, gracias a los tapones que más tarde retiré, no había oído el vagido de su hijo. Hice señas al peregrino, el cual abandonó su puesto junto a la cabecera y tomó al bebé, saliendo con él al húmedo amanecer.

El parto, para mi asombro, fue sencillo y hasta llegué a creer que rápido, aunque luego me di cuenta que no era medianoche cuando dejamos la casa y ya había luz cuando el hombre partió con el niño. Después no impedí a la joven que durmiera. Yo me encargué de vigilar la hemorragia, durante las horas siguientes, hasta la vuelta de Guillermo.

Había dejado al crío junto a una mujer que ya le esperaba, y le amamantaría hasta que naciera el hijo de Beatriz sin preguntas indiscretas. Lo único que le interesaba, eran los buenos sueldos que Guillermo le prometió, si al cabo de esos días, el niño estaba sano, bien alimentado y nadie se había enterado de que hubiera permanecido en su cabaña. Ella aceptó todas las exigencias del hombre, pensando que aquel invierno, sus cuatro hijos no pasarían hambre.

Cuando regresó, después de cumplir su misión, Raquel aún dormía. Además de dejar al bebé colgado ya de las ubres de su nodriza, había pasado por la mansión, informando a Urraca y asegurando a nuestras gentes que habíamos sido invitados por un señor berciano y seguramente permaneceríamos unos días en su casa. Viendo a la joven descansar tranquila, los dos cabeceamos algunas horas, esperando su despertar.

Abrí los ojos desorientada. Guillermo dormitaba a mi lado y el sol se filtraba por entre las pieles que habíamos colocado en la entrada y en la única ventana del refugio. Recordé todo de repente y miré a Raquel. Yacía en el lecho, boca arriba, con los ojos clavados en el techo de pajas. Me asusté y corrí a su lado, despertando bruscamente a Guillermo, quien se sobresaltó, levantándose también.

—Pequeña –dudé qué decirle al ver su perdida expresión–. ¿Estás bien? –No me atreví a separar la manta para comprobar de nuevo la cantidad de sangre, y esperé su respuesta apretándome las manos, entrelazando y soltando los dedos como si esa fuera la tarea de mi vida, compadeciendo, a pesar mío, a la muchacha.

—Sí –contestó sin mirarme.

—¿Me permites que... –titubeé– compruebe si...?

—Haz lo que sea menester –respondió en un susurro.

El hombre se afanaba ya con el fuego, poniendo también en la tarea los cinco sentidos, para así olvidarse del verdadero problema.

La pérdida era normal. Cubrí a la mujer con la compasión de la madre que fui. Era un momento difícil. Debería vendar sus pechos para evitar que se llenaran de leche. Ella lo sabía pues ya lo habíamos hablado. Facilitó mi tarea.

—¿No se te olvida nada?

—Sí –admití cariñosa con ella quizás por vez primera–. Lo haré inmediatamente. –y tomando las vendas de seda que tenía preparadas, comencé a fajarle fuertemente los senos.

—Ha sido un varón, ¿verdad? –me interrogó sin quejarse del mal que, sin querer, yo le estaba ocasionando con los vendajes.

—Raquel –contesté seria sin dejar mi tarea– sabes que no puedo hablar.

—No importa. Sé que ha sido un niño. Lo he sentido siempre. Y, ¿sabes?, aunque yo no esté y no pueda verlo, sé también que un día reinará... Por eso me voy y no volveré a molestaros jamás. Si me quedara junto a él, nunca podría ser reconocido por su padre. Así, cuando los años pasen, nadie me recordará y podrá tomar la corona. Por favor –imploró mirándome con lágrimas en los ojos– Prométeme que cuidarás de él.

—Yo... –dudé, al no saber si me estaría permitido atender la súplica de la madre, sin traicionar a mi señora. En unos segundos pensé que el bienestar del niño era también querido por Urraca, así que acepté, tomando una de las manos que me tendía–. No sufras por él. Su vida no corre peligro. Le protegeremos. Pero no creo que debas alimentar sueños imposibles –cambié de tono, soltándola y volviendo a fajarla–. Alfonso tendrá hijos legítimos –aclaré un tanto amoscada por la seguridad de la judía–. ¿Qué te hace suponer que será tu descendencia la elegida?

—No soy más que una débil mujer –habló dejando salir un suspiro de alivio cuando terminé mi tarea– pero te aseguro que será así, o no será.

—Voy a prepararte algún alimento –dije cortando un diálogo que estaba consiguiendo alterarme.

—No tengo apetito.

—Ya –concedí– pero como necesitas comer, te haré una cosa ligera. Un caldo de carne. Más tarde, si no lo vomitas, comerás algo sólido –nunca estuve de acuerdo con la costumbre de mantener a las recién paridas a líquidos durante días "para limpiar", porque nunca las vi sucias de nada.

—Bien –admitió sin discutir.

Se bebió el sabroso líquido, no supe si con ganas o con voluntad. El caso es que acabó el cuenco y se tendió de nuevo sin una palabra. Conocí que ese mutismo no era bueno y quise hacerla hablar, pero se limitaba a contestarme con monosílabos y al poco volvió a dormirse gracias a las hierbas que añadí al agua del brebaje. Guillermo y yo aprovechamos para comer algo. Los dos estábamos callados y taciturnos, a pesar de que, hasta el momento, las cosas iban saliendo como las programamos. Al atardecer, después de preparar un sabroso guiso, desperté a Raquel, quien me miró seria.

—Debes volver a comer.

—Bien –aceptó. Y sin más, empezó a ingerir lo que le presentaba. Cuando acabó, me pidió bajo–. Dame más hierbas.

—Espera un poco. Son cosas muy suaves, pero aún así no se debe abusar...

Cerró los ojos e hizo como si estuviera amodorrada, pero yo la sentía despierta. Dejó pasar unas dos horas y, ya de noche cerrada, me urgió de nuevo.

—Quiero dormir.

Pensé que quizás el estar despierta le hiciera mucho más daño que las hierbas, así que le preparé una infusión de amapola, que sorbió, acostándose a continuación a esperar el sueño. Poco después de media hora respiraba profundamente.

—Creo que debemos acomodarnos lo mejor posible –dije a Guillermo, que no se había movido de su taburete, buscando sólo de vez en cuando, mejor acomodo–. No debemos pasar otra noche sentados.

Improvisamos un par de lechos y nos acostamos. Pensé que no podría dormir, pero al parecer mi agotamiento era tan grande, que cuando abrí los ojos, aunque hubiera jurado no sentir sueño en ningún momento, el sol penetraba por las rendijas. Guillermo, despierto ya, me miraba serio.

—¡Vaya! Creí que tú también habías tomado amapola... –susurró.

Me levanté inmediatamente y me acerqué a la cama. Raquel dormía aún. Pensé que antes de despertarla le prepararía algo sustancioso para comer. Así lo hice y, cuando estuvo dispuesto, le acaricié la frente, verdaderamente conmovida por su desgracia, aunque sin poder dejar de sentir una extraña intranquilidad. Abrió los ojos y me miró un instante despistada; luego recordó y, sin apartarme, dejó que las lágrimas corrieran por sus mejillas. La abracé. En aquel momento sólo me pareció una madre a quien acabábamos de robar un hijo. Guillermo, silencioso, se acercó al lecho con el cuenco humeante.

—Raquel –dijo–. Ahora debes comer. Todo está bien.

—Sí, querida, come. Lo necesitas.

Le sequé las lágrimas y empecé a darle el alimento a la boca. No se negó. Separaba los labios, mascaba y tragaba la comida junto con sus lágrimas. Antes de acabar, apartó el recipiente, se secó la cara y dijo, al tiempo que se acostaba.

—Me encuentro bien. Cuando queráis estoy dispuesta para partir.

Debido a que teníamos que esperar el nacimiento del hijo de Beatriz, seguimos en el caserón, cuidando de Raquel, quien contó a todo el mundo que el señor berciano, nuestro supuesto anfitrión, nos había dado alimentos en mal estado, que le hicieron enfermar. Empecé a acompañar a Guillermo, para vigilar la salud de la otra mujer.

Una mañana, al llegar cerca de la cabaña, oímos los gritos de la dama. Cuando entramos, la vieja se afanaba con recipientes y hierbajos, atendiendo en lo posible las necesidades de su pupila. Suspiró descansada cuando nos vio entrar y cabeceó a un lado y otro, lo que me hizo temer lo peor. Beatriz, en el lecho, con los ojos extraviados, gemía incansable. Sudaba abundantemente y no paraba de moverse, en un intento de escapar a aquel tormento. Toqué su vientre y constaté que efectivamente el parto estaba en marcha, pero al separar sus piernas, vi también que la dilatación necesaria para que el bebé saliera, no se había producido ni mucho menos. Le preparé un brebaje con hipérico, alquimila, y un poquito de bolsa de pastor y neguilla, que había mandado traer de tierras de moros. Con las dos últimas tuve mucho cuidado, pues ambas pueden ser tóxicas, aunque usadas con tiento ayudan mucho en los partos difíciles.

No sé el tiempo que transcurrió hasta que vi coronar la cabecita; fue laborioso y agotador. Cuando esto sucedió, le hice beber a la madre una infusión bien cargada de valeriana, lúpulo y brezo, de forma que, mientras le hacía efecto, terminara el trabajo del parto y luego enseguida quedara dormida. Al propio tiempo ordené a Guillermo que saliera a realizar otro de los pasos que habíamos proyectado.

—Llévate a la buena madre –dije–. Ahora ya no la necesitamos.

La vieja tomó sus cosas y, aconsejándome, u ordenándome más bien, la mejor manera, según ella, de llevar un parto difícil, siguió al hombre, que pagó generosamente sus servicios y la dejó a la puerta de su choza.

Mientras ellos se iban yo continué con mi labor, ahora más tranquila, pues una vez que la cabecita estaba a la vista, lo peor había pasado. Los siguientes pasos fueron sencillos y cuando el bebé gritó, su madre sonrió medio dormida. Yo era consciente de que los brebajes relajantes no eran demasiado buenos después de un parto, pero la necesidad era extrema, así que confié en que la naturaleza pudiera suplir mis manejos. Vigilé intensamente la hemorragia, que al principio fue realmente copiosa, haciéndome arrepentir de haberle administrado el sedante, pero cuando Guillermo entró con el hijo de Raquel, parecía haberse detenido y no era más que un flujo normal.

Me entregó al pequeño, quien inmediatamente comenzó a hocicar mi pecho buscando alimento. Estaba precioso. Apenas contaba ocho días y, aunque había perdido algo de peso, sus ojos, de un intenso azul, miraban a todos lados con aparente curiosidad. Coloqué a los dos niños junto a la madre y esperé su despertar, preparándole un caldo sustancioso. Cuando pasaron un par de horas decidí espabilarla, pues su intensa palidez me asustaba.

—¡Vamos dormilona, despierta! ¿O no quieres conocer a tus hijos?

Con trabajos infinitos, Beatriz abrió los ojos y su sorpresa fue mayúscula al ver que sus dos brazos estaban ocupados. Trató de sentarse, pero su agotamiento era tan grande, que hubo de dejar caer la cabeza de nuevo. Tomé a un bebé y luego al otro y se los mostré.

—¡Dios mío! –casi gimió–. Ahora me explico por que tenía una barriga tan descomunal y porque el parto fue tan difícil...

—Sí, ha sido laborioso –corroboré– pero aquí están y todo ha pasado.

—Muéstramelos de nuevo, por favor –pidió.

Con paciencia, volví a enseñarle los rostros de los pequeños. Milagrosamente los dos eran rubios, pero sus rasgos absolutamente distintos.

—Qué raro, ¿verdad? –dijo la mujer–. No se parecen en nada. –Las piernas me temblaron, no supe si de agotamiento o de miedo–. Éste

–siguió ella señalando a su hijo verdadero– es igual que su padre. Y éste otro –y ahora tocaba al extraño– tiene todos los rasgos de mi hermano mayor...

—Sí, es curioso –admití soltando el aire contenido–. Pero a veces pasa que los mellizos no se asemejan mucho. Mas –quise quitarle hierro al asunto– no me negaréis que el pelo lo tienen de idéntico color...

—Es cierto, sí –cabeceó ella–. Eso sí que es extraño, pues en mi familia nadie tiene el pelo rubio...

—Ya, pero quizás en la de su padre... –apunté, mirando a Guillermo quien se apresuró a intervenir.

—Sí, yo conozco a algunos parientes y son rubios. Es más –abundó queriendo zanjar la cuestión de una vez– vuestro amor tiene el pelo muy claro.

—¿De verdad? –dudó ella–. Ya –admitió luego cabeceando convencida– como yo lo vi en la penumbra de la iglesia o de noche... –y tomando a los dos niños, hizo intentos de sacarse los pechos para ofrecérselos. La ayudé en la tarea y, aunque poco podrían dar tan pronto, los dos empezaron a mamar con fuerza, mientras la madre se extasiaba en su contemplación.

Permanecí varios días yendo y viniendo de la mansión a la cabaña, para cuidar de las dos mujeres. Al cabo de tres semanas. Beatriz, aunque no del todo repuesta, había mejorado bastante, así que, después de dictarme un pergamino con las órdenes oportunas para el señor de Luna y de despedir a Raquel sin mirarla apenas, pagando, eso sí, generosamente su renuncia, Urraca se decidió a seguir viaje a Santiago.

—Asegúrate –le dije a Guillermo cuando le di el escrito– que el alcaide lo destruye. Ya va ahí la orden, pero aún así, no lo dejes en sus manos. No queremos que pueda quedar ningún resto de este asunto.

El peregrino me contó más tarde, cuando volvimos a encontrarnos en León, que, a pesar de ver que la salud de Beatriz no era muy buena, no quiso esperar más, pues temió que las aguas y el mal tiempo hicieran su aparición. Así que tomó a la mujer y los dos niños en un carro y se puso en camino, por valles angostos y difíciles senderos, hasta el castillo de Luna. Buscó algunos campesinos, a los que pagó buenos cuartos, para que lo acompañaran, pues la ruta era larga y poco podía hacer un hombre sólo contra los malhechores y los múltiples problemas con los que podía encontrarse en tan extenso viaje.

Llegaron a Luna a mediados de octubre. El frío empezaba a hacerse sentir, aunque hubo suerte y no se produjeron lluvias, que en el escarpado sendero, hubieran sido lo más temible. Cuando avistaron el castillo, erguido sobre la roca, el sol buscaba ya el abrigo de las montañas. La mole, iluminada por los últimos rayos, parecía casi inocente dentro de su salvaje belleza. Guillermo, desde el río, mirándola en lo alto, la comparó con una hermosa virgen campesina, que, detrás de una dulce mirada y una sonrisa tierna, esconde el olor de las cochiqueras y la mugre de toda su existencia, acumulada en los rincones del cuerpo. A su memoria acudieron las noticias de asesinatos y tormentos, las batallas, las traiciones... Todo se guardaba entre sus torres y por un instante vislumbró fugazmente las que aún quedaban por llegar. Sus carnes se estremecieron involuntariamente. Sabía que todo era cierto, sin embargo, ahora, mirando brillar las piedras con la luz decadente, casi se dejó engañar. Uno podía fácilmente imaginarse un tiempo en que nadie recordara el dolor... En que las risas de los niños o de los enamorados buscaran entre las ruinas el recuerdo de otros amores... Un tiempo en que no quedara piedra sobre piedra y los ayes lastimeros de las noches sin luna, dejaran de oírse... Estuvo a punto de conseguirlo, es más, casi hubiera jurado que ese sería el futuro de la fortaleza, pero otros dolores, distintos de las torturas o las guerras, entraron en su mente y vio reatas de gentes, cargadas con sus hatillos, caminar, dejando a la espalda las casas, los campos, los cuerpos de sus queridos muertos, defendidos apenas por tapias temblonas, que cedían empujadas por masas de agua que se tragaban la tierra.... Mas lágrimas, al fin. De otra clase, pero igualmente lacerantes. Bajó la cabeza sintiendo la maldición del lugar. Quizás todo llegara a pasar y el tiempo y el olvido limpiaran el polvo...

Apresuraron la subida. Se había levantado un viento fuerte que no iba a facilitarla precisamente. Si esperaba la oscuridad, sería prácticamente imposible remontar el difícil sendero, que, como casi todo en la fortaleza, se había hecho excavando la roca. Dejaba a un lado el precipicio, por el que trepaba la voz del agua, con dulces cantos, llamando a los caminantes desde el río, y del otro, una pared de aristas cortantes, a la que no era conveniente arrimarse demasiado.

El alcaide recibió las órdenes de Urraca: "Proteged a esta mujer y a sus hijos de todo y contra todos. Se les dará lo que hubieren menester para un cómodo pasar y los dos niños han de tener instrucción con algún sacerdote, a más de la enseñanza del oficio de las armas, pues son de alta cuna. Este asunto es secreto. Confío en vos para llevarlo a cabo, sin dar excesivas explicaciones del hecho. Cuando acabéis de leer estas órdenes hacedlas desaparecer por medio del fuego."

El alcaide acabó el texto y alzó los ojos hacia Guillermo. Comprobó de nuevo el sello de la princesa y luego, sin una palabra, lo arrojó a la chimenea que ardía ya en sus aposentos.

—Decid a la infanta que sus deseos serán cumplidos.

El peregrino descansó aquella noche en la fortaleza y al día siguiente, al amanecer, cabalgó hacia León.

Pocos meses después nos llegó la noticia de la muerte de Beatriz. Nunca supe si fue por resultas de su huida del convento y complicado parto, por los recuerdos de su efímera pasión, o por la soledad y el abandono que hubo de sufrir entre gentes que la servían pero que no la amaban...

8

Aquel invierno transcurrió tranquilo, con las negociaciones finales de la boda, que celebramos en primavera. No fue especialmente solemne. Urraca no parecía de humor para hacer fiestas y los hombres... ya se sabe. No había vuelto a interesarse por el hijo de la judía, después de que en su nacimiento me interrogara sobre si era un varón y estaba sano, pero yo a veces, la sorprendía con los ojos perdidos, no sé si imaginando, o analizando, o arrepintiéndose. Creo que nunca tuvo muy claro el asunto, ni tampoco si su decisión de dejar vivir o, luego, la de apartar al niño, habían sido las correctas.

Enseguida nos trasladamos a Burgos para presentar a la reina y hacerles partícipes de la marcha de los asuntos de gobierno. El dieciséis de junio de mil setenta y cuatro, toda la corte, con Inés de Aquitania incluida, confirma al monasterio de San Millán todas sus prebendas. Rodrigo nos acompaña desde que estuvo en León para el enlace. Hace poco que se ha hecho una expedición a La Rioja contra Sancho de Navarra, que le disputa a Alfonso las parias de Zaragoza. Como el rey ha nombrado alférez, y en breve conde, a García Ordóñez, la participación del Cid ha sido bastante incolora. Urraca urge a Alfonso para que favorezca especialmente al castellano, pues teme que acabe por volverse contra el rey. Además, en un viaje a Córdoba, el toledano, Al-Mamun, acaba de ser envenenado. De todos es conocido que su hijo Al-Qadir es un ser débil, cuyo oficio preferido es el de escribir largos versos y estudiar antiguos legajos. La infanta intuye que la oportunidad de extender las fronteras hasta el Tajo está próxima y de ninguna manera quiere tener enfrente a Rodrigo. Así que, después de un par de noches de diálogo con el rey, buscando una candidata oportuna para honrar al vasallo, la elección recae sobre Jimena, dama de alta cuna, muy por encima del Cid, que además es leonesa, de familia asturiana. El caballero se apresura a aceptar, aunque torciendo algo el gesto cuando sabe que ha de ceder a su esposa la mitad de sus bienes, como reza El Fuero de León. En Castilla sólo sería un tercio.

Pero la dama no es castellana y, si desea tomarla, así ha de ser. De forma que asiente y, para la firma de arras, Urraca organiza un solemne acto al que hace acudir a toda la corte. Los fiadores del contrato serán Pedro Ansúrez y García Ordóñez, quienes vienen esperanzados de que el gran honor que va a recibir el castellano acabe con su resquemor. Ambos firman y abrazan sinceramente al caballero, que sonríe. Siguen los honores y la propia Urraca, Elvira, el Conde de Lara y el sobrino del Cid, Álvar Fáñez, ponen su firma, después de aceptadas las condiciones que Rodrigo ha cedido graciosamente "por decoro de su hermosura y por el virginal connubio".

Después de la boda, Alfonso se dirige a Granada a cobrar parias a Abd Allah, que ha dejado de pagar. Todos los caballeros acompañan al rey, incluido el Cid, que marcha tranquilo pero silencioso junto al monarca. No es necesaria ninguna acción de guerra. El granadino, al recibir las noticias de la llegada de Alfonso, se apresura a abonar los treinta mil dinares que adeuda, más la promesa de otros mil por año transcurrido. Los hombres descansan del fatigoso viaje, esperando a que pase el calor. Luego, sin prisas, regresan a León para el invierno.

Urge entonces contentar otras tierras. Después de la celebración de la Navidad en Sahagún, con un frío de todos los demonios, nos ponemos en marcha. Esta vez a Santiago. Quiere el rey atender una súplica del obispo Diego, quien le ha pedido ayuda para comenzar una nueva catedral. Así que, haciendo como que no lo sentimos, ignoramos el mal tiempo para satisfacer los deseos de Alfonso y las necesidades del reino.

Viajamos en los carros con mantas y piedras calientes, pero aún así, los aires se cuelan por todos los resquicios, consiguiendo que vayamos encogidas y con poco humor. Urraca vigila a su cuñada Inés. Es una niña dulce y tímida, que se pliega a los deseos de todos y a quien es difícil odiar. La infanta la ha tomado bajo su protección. Ni siquiera el despecho le es permitido. Es consciente de que la pobre muchacha no tiene culpa de nada y que sólo busca cariño y amparo en un lugar extraño. Ha dejado de ser una rival para convertirse en un medio para dar un heredero al trono; hecho que realmente preocupa a la princesa, quien vigila constantemente a la reina por ver si adivina algún síntoma que le haga saber antes que nadie la buena nueva. Pero los meses transcurren y no parece que la semilla real encuentre buena tierra.

—No desesperes –contento a Urraca durante el viaje–. Es demasiado pronto y ella es muy joven...

—Espero que no la hayamos errado –reflexiona ella preocupada–. No me gustaría empezar de nuevo. Al menos ésta no me crea problemas.

Desde luego así es. La reina busca su consejo para todo y cuando los dos hermanos se reúnen, supone que es por asuntos de estado y se retira prudentemente, puesto que es consciente de su ignorancia al respecto. No conoce las tierras ni las gentes. Por ignorar, hasta la lengua le crea problemas, aunque hay un clérigo que le enseña todos los días y que sonríe cada vez que la princesa le urge el aprendizaje de la reina.

Pocos días paramos en Santiago. Los justos para hacer algunas celebraciones religiosas, algunos banquetes con los señores gallegos y poco más, pues, además del frío, en esas tierras debe uno enfrentarse a la humedad, presente en cada rincón o en cada gesto. Hoy, cuando escribo esto, han pasado treinta años, o tal vez más, desde aquel viaje y aún experimento la desagradable sensación de acostarme en un lecho húmedo. Urraca urgió a Alfonso, el cual tampoco deseaba permanecer demasiado entre los gallegos, pues son gentes con las que uno no sabe nunca qué decisión tomar, ya que nadie es capaz de imaginar qué están pensando claramente. Eso desazonaba al rey, poco amigo de dar vueltas a los asuntos o de dejar para mañana las decisiones que se deben tomar. En cuanto los dineros estuvieron en manos del obispo, que pasó por alto el comentario de la infanta, quien, con muy poco tacto, aseguró que el lugar elegido para el templo, había sido un castro celta, mostró a la corte sus proyectos para la nueva catedral, respetando a regañadientes el deseo de Urraca, que quería "una iglesia abierta, donde el peregrino pudiera seguir andando, pues no es bueno hacerle detener de repente, después de meses o años de marcha..." Así que el clérigo, pensando en los cuartos del rey, proyectó un pasillo que diera la vuelta al altar para que las gentes deambularan a sus anchas por el templo.

Nos pusimos en marcha hacia Asturias. También allí quería Alfonso hacer sentir su presencia e interés. Les lleva un arca de plata con escenas grabadas de la vida de Jesucristo y un magnífico Pantocrator, que sin duda enriquecerán su iglesia, para asombro de propios y extraños. La infanta desea guardar las sagradas reliquias, que ahora están en una pobre arqueta de doble vertiente de madera carcomida, en la nueva, la cual ha mandado forrar de ricas sedas. Estos presentes, a más de otras muchas prebendas, acabaron con las reticencias del clero asturiano de tener que abrir el Arca Santa, ya que aseguraban, meneando la cabeza dubitativos, mientras se retorcían las manos, sin levantar la mirada de los bordados en oro del brial de la princesa, que la última vez que se intentó, una gran luz salió de ella, dejando ciegos a todos los asistentes.

—Pero decidme, santos padres –habló Urraca la noche en que se había debatido el asunto– ¿Estáis seguros que, antes de acometer semejante acto, las personas presentes invocaron el favor de Dios e hicieron los rezos, ayunos y mortificaciones oportunos?

—No, señora –admitió el clérigo–. No tenemos noticia de que se haya hecho como vos decís. Tal vez, con esos preliminares y teniendo por fin, como en este caso, mejorar y enriquecer el continente de las reliquias, el Señor nos permita acceder a esos tesoros que, por su infinita misericordia custodiamos.

De modo que vamos camino de las Asturias, por senderos difíciles, donde las curvas se suceden de forma interminable, soportando el frío, la humedad y el traqueteo, con el mejor talante, ya que todo será para mayor gloria de Dios y del reino.

Llegamos a Oviedo a primeros de febrero. No recuerdo exactamente el día. Sólo sé que la cuaresma empezaba el dieciséis y que Urraca decidió que la primera semana la pasáramos todos en rezos y ayunos por propiciar el favor divino para poder así trasladar las reliquias al arca nueva. En el escaso tiempo libre, entre canto, salmo y mortificación, seguían resolviendo asuntos pendientes que, por su complejidad, esperaban la llegada del rey para que él decidiera. Hay uno que ha traído de cabeza al conde Vela Oviéquez y al obispo de Oviedo. Disputan ambos un viejo asunto de posesiones que quieren presentar a Alfonso. Urraca, siempre pendiente del Cid, aconseja a su hermano que le convierta en juez, a pesar de que el cargo está muy por encima de su categoría. Así lo hace el rey y, por unos días, a todos nos parece que Rodrigo está dentro del reino. Sólo había un pequeño problema que intranquilizaba a Urraca. El caso debía juzgarse basándose en el Fuero Leonés, puesto que leoneses eran los litigantes, o bueno, asturianos que a veces los confundo, y temía que el Campeador no admitiese regirse por un derecho que no fuera el consuetudinario germánico e hispanorromano que gobernaba sus tierras. Pero, para nuestro asombro, no hizo ninguna objeción y decidió basándose en el leonés. Esto hizo concebir esperanzas a la princesa sobre la situación del Cid. Parecía plenamente integrado en la corte. Su esposa era mimada por la infanta y para él tenía siempre un gesto cómplice o una palabra cariñosa. El caballero lo agradecía con una sonrisa, que lograba intranquilizar a Urraca, a pesar de que un momento antes, hubiera jurado que todo iba bien.

El día elegido para la apertura amaneció destemplado y gris. Una espesa niebla ocultaba la ciudad cuando nos dirigíamos a la iglesia. La procesión era imponente. Eso era lo que se pretendía, pero la maldita bruma hacía desaparecer el fasto, aunque, como observó la princesa pícara, aumentaba el misterio.

—Puede que tengáis razón, señora –le susurré a Urraca, a la que ayudábamos a montar una bella yegua blanca– tal vez el toque fantasmal sea oportuno.

Sonrió ella apenas, tomando las riendas y adoptando el aire de reina, que hacía desaparecer a Inés aunque cabalgara junto al rey. Iba éste precedido de sus lanceros y arqueros y seguido, detrás de las mujeres y algunas damas, de los magnates de la corte y de la milicia del palacio, mandada por el alférez, el bueno de García Ordóñez, que porta el estandarte real y que no pierde de vista a las gentes, por si hubiera algún altercado. Pero no es fácil que suceda nada. Todo el pueblo está pendiente de la apertura del Arca. Saben que el asunto es peligroso y confían en que los grandes señores sepan lo que hacen, pues tienen la experiencia de pagar siempre los errores de los ricos. Y si en este caso se equivocan, las cuentas habrán de rendírselas al mismísimo Dios, y no se encuentran con fuerzas. Así que se mantienen en silencio, viendo pasar la comitiva, implorando la misericordia divina.

A las puertas del templo esperan al rey varios clérigos. Dentro, apenas traspasado el umbral, el obispo, rodeado de multitud de diáconos, deja mecer suavemente su capa bordada en oro y adornada con gemas, que se abre para mostrar la rica casulla y el alba de seda blanca, que se pega a sus largas piernas, haciéndole parecer más imponente. Saluda a Alfonso y, precediéndole, se vuelve hacia el altar. Hoy, las alhagaras, que ocultan el ara sagrada, están recogidas por las polegias que las sujetan, para dejar a la vista el altar. Se encuentra éste cubierto por un paño bordado en oro. Lo preside una gran cruz ornada de piedras preciosas que captan la escasa luz y juguetean con ella. Dos ciriales de bronce enmarcan el solio del monarca. Empieza el prelado sus oraciones acercándose al analogio, para suplicar el favor divino. Se mueve con lentitud y majestad. No sólo por estar de acuerdo con su oficio, sino porque la altura y el peso de la mitra que ha elegido para tan singular acto le obligan a ello. En la iglesia y fuera de ella, el silencio es absoluto. Todos aguantan el resuello esperando el gran momento. Los señores se mueven intranquilos y el pueblo, aunque deseando marcharse, está sujeto por su curiosidad, que le impide dar un paso fuera del atrio. Las dos arcas, la vieja y la nueva, están juntas sobre el ara. Una, oscura y enigmática, la otra, brillante y limpia. Urraca las mira, preguntándose, como ya lo ha hecho desde que amaneció, si será buena idea destruir el misterio que ahora hace contener el aliento a las gentes.

El obispo ha dejado sus rezos. Sólo allá, de lejos, como escondidos entre los muros, nos llegan cánticos de profundas voces masculinas. Ha llegado el momento. Los villanos, dentro de su terror, parecen discurrir que es buena ocasión para conocer si sus gobernantes son o no elegidos; si es justo que hayan nacido por encima de ellos; si son dignos de llevar y ejercer el poder... Alfonso se acerca al altar. El clérigo pone sus manos sobre el cierre. La ansiedad se masca en los presentes. Algunos señores no han querido ocupar su sitio habitual cerca del ara y han quedado próximos a la puerta del templo, asegurando que no son dignos... Es necesario forcejear con el hierro que no quiere ceder. Alfonso ha de ayudar al prelado. Los dos están tranquilos. En cambio, en las naves, muchos hombres valerosos tienen las frentes perladas de sudor. Ya cede el pasador. Ya está libre la tapa. El obispo la toma para levantarla, pero las bisagras, llenas de herrumbre por la constante humedad, no quieren girar. De nuevo Alfonso ha de unir sus fuerzas a las del hombre santo y, entre los dos, hacen que se levante... No hay luz cegadora, ni truenos o relámpagos. Sólo un débil chirrido, como un lamento de pérdida... Un suspiro general ensancha los pechos. Los señores rezagados se aproximan lentamente, los villanos están convencidos de que su condición tiene un motivo... El representante de Cristo empieza a tomar, con infinitos cuidados, los objetos que hay en el interior y, sin mostrarlos, los va cambiando de arca. Luego supimos que había trozos de la Santa Cruz, del pan de la Ultima Cena, pedazos de vestidos y leche de la Virgen... Una gran riqueza en fin, de reliquias que aseguraban la rentabilidad de la iglesia en el futuro.

Volvemos a León. A mediados de abril nace, cerca de San Isidoro, en un palacio que Alfonso ha cedido al castellano, Diego, el primogénito del Cid. Todo parece tranquilo en el reino. Su más conflictivo caballero aparenta estar satisfecho. Urraca cuida al máximo sus relaciones. Con motivo del nacimiento del niño, consigue que Alfonso le prometa dejar libres de impuestos las tierras casi yermas y los escasos molinos que el infanzón posee. Para ello, la corte se desplaza a Burgos, donde entramos el primero de mayo. No sólo se pretende contentar al Campeador. Seguramente el gesto será favorablemente interpretado por los señores castellanos, quienes miran a Rodrigo, ellos también, con impaciencia. El veintiocho de julio, una vez que Jimena se ha recuperado para poder viajar, Alfonso firma lo prometido, escribiendo que lo hace al "fidelíssimo Roderico Diaz". Al menos así lo queríamos creer.

9

La niña que Baltario me trajo es lista y dispuesta. Desde que está conmigo, se encarga de mi cuidado y alimentación, pues estos pergaminos se han convertido de tal manera en mi única vida, que no me acuerdo de las horas de las comidas ni de las del descanso. Teresa me hace volver a lo cotidiano y a ratos, hasta le estoy enseñando a leer. Tiene una gran curiosidad que le hace asimilar inmediatamente los conceptos nuevos. En un principio pensé sólo en que aprendiera a manejar los escritos, pero no consiente que me detenga. Sus preguntas son cada vez más complejas. Anoche, viéndola tan interesada, pensé que podía hacerle un gran favor si le transmitía lo poco que sé, pues cuando yo me vaya, quedará desamparada. Creo que debo pagar sus cuidados, dejándole lo único que poseo, mis conocimientos, que cada vez se pierden con mayor facilidad en las nieblas que van cubriendo mi pensamiento.

Hay una laguna en mis recuerdos de casi un año, ya que el siguiente asunto importante que me viene a la memoria es el asesinato de Sancho García de Navarra, el cuatro de junio del año mil setenta y seis. Lo mataron en Peñalén, en un lugar situado en la orilla derecha del río Aragón, donde confluye con el Arga. Algo había ya llegado a León con anterioridad. Sus gentes no estaban muy contentas con su gobierno. Incluso la familia no le aceptaba. Urraca mandó espías a la corte del navarro y se limitó a esperar el desarrollo de los acontecimientos, aunque más de una noche, el tema de conversación entre los dos hermanos fue la forma de actuar, caso de que se diera algún cambio sustancial en el reino.

Cuando las noticias llegaron, la corte estaba dispuesta para trasladarse a Sahagún, para pasar, cerca del Cea y de sus esbeltos chopos, el calor del verano. Así que no hubo que hacer más que el cambio de itinerario. Y al amanecer siguiente de recibir a los hombres que trajeron las nuevas, nos pusimos en marcha hacia el conflicto. La infanta estaba dispuesta a convertir a Alfonso en el emperador de los reinos cristianos y el momento de confusión que vivían los navarros era el ideal para hacerse con sus tierras. Sólo había un problema, Sancho Ramírez de Aragón. Él no iba a consentir fácilmente el engrandecimiento del leonés, así que... Al propio tiempo que los señores salían de León, lo hacían correos hacia Aragón con la propuesta de partir el pastel.

Cuando Alfonso llegó a Navarra se le recibió con los brazos abiertos. Casi sin pensar, el resto de los reinos cristianos de la península le admitía como superior, al ser el guardián de la memoria de los visigodos. Él iba a ser el árbitro que colocara las cosas en su sitio, pues el descontrol era absoluto. Los señores se negaban a admitir en el trono a ninguno de los hermanos del rey muerto, ya que ellos, junto con algunos nobles "infidelísimos", como escribieron los notarios de los monasterios de Leire e Irache, habían sido los causantes de su muerte. Por otra parte, los hijos del rey no estaban en edad de hacerse cargo de nada y su esposa no deseaba la responsabilidad de arreglar el desaguisado en que se había convertido el reino. De forma que los buenos cuartos que Urraca se había traído para comprar a unos y otros, volvieron a León, pues la carne fue puesta en el pan sin necesidad de comprarla. Hubo, eso sí, días y días de negociaciones. Promesas sin cuento fueron dadas, sobre todo a la familia real, a la que era necesario contentar para que cediera sus derechos sin ruido. Ramón y Ermesinda, los dos hermanos causantes directos de la muerte, fueron los primeros a los que se les buscó acomodo. El varón se fue a Zaragoza y la mujer se unió a la corte leonesa, casándose con Fortún Sánchez, uno de los más importantes magnates de Alfonso, quien la acogió gustosamente, pues "nunca en su familia había habido una princesa". Otras dos hermanas pasaron también a León, con la promesa de Urraca de ocuparse personalmente de encontrarles un marido a su medida. Y por último, otra Urraca, se reservó para el conde García Ordóñez.

—García –le decía Alfonso a su fiel vasallo aquella noche, después de un largo día de deliberaciones–. Me queda una de las hermanas y es mi voluntad que la tomes por esposa.

—Señor –contestó el magnate bajando la cabeza– sabéis que haré lo que gustéis. No obstante me hacéis un gran honor que acepto complacido.

—Te conozco, amigo. Sé que admitirías cualquier cosa que te pidiera, pero deseo explicarte cual es mi plan, para que, después de conocerlo, lo asumas o no. No quisiera forzar tu voluntad en ningún sentido.

Serví vino en las copas y acerqué dulces que los monjes de Irache nos habían obsequiado. Bebió el rey y hubo de incitar al conde para que hiciera lo propio, pues el noble, pendiente de los labios del monarca, parecía no haber visto su copa.

—Sabes que mis proyectos son engrandecer el reino a costa de las tierras y los dineros de los moros. Quiero repoblar el desierto hasta el Tajo. Voy a centrar por tanto mi actividad en el camino del sur. Es por eso que deseo colocar hombres de absoluta confianza en los márgenes de mis tierras, para tener la seguridad de que estarán bien guardadas –levantó la mano para cortar las palabras afirmativas de García, que se apresuraba a aceptar y siguió–. Tu posición aquí quedará legitimada si tomas por esposa a Urraca, la hermana del rey muerto –y luego, sonriendo pícaramente, añadió–. He elegido a ésta y no otra, porque me pareció la más guapa...

Sonrió también el caballero, al tiempo que se cubría de un rubor que le hizo impacientar moviendo los pies innecesariamente y las posaderas sobre el asiento, que se lamentó amargamente. Miró a la infanta, bebió un trago de vino, y me mostró la copa que me apresuré a llenar aunque apenas estaba mediada.

—Señor –dijo–. Te repito que estoy dispuesto.

Arreglado el asunto de las personas y el gobierno, Alfonso se dedicó a congraciar a sus nuevos súbditos. Confirmó a Nájera los Fueros de Sancho el Mayor y su hijo García, anulando las restricciones que había impuesto el rey asesinado. También aceptó las liberalidades de García para con la iglesia de Calahorra. En cuanto al reparto de las tierras se hizo sin problemas. El de Aragón llegó hasta Azagra, en la orilla izquierda del Ebro, y el emperador, que así comenzó a denominarse el leonés, hasta Calahorra, a la derecha.

De camino a Navarra, el rey se había detenido en Burgos para la celebración de un concilio, desplazando así los actos de gobierno a todas las tierras que poseía. Tenía esta reunión un motivo que quitaba el sueño a Urraca desde hacía mucho tiempo. Las pretensiones del papa de hacerse con las tierras hispanas, habían derivado en una pataleta contra el rito mozárabe que seguía nuestra iglesia. Llegó incluso a enviar cartas excomulgando a prelados que no hacían su juego. La princesa, sensible a las querencias del pueblo, sabía que el rito romano no iba a ser aceptado fácilmente ni por aquel, ni por los clérigos, que hacían valer así su independencia de Roma. Pero las presiones fueron tan grandes que, para evitar males mayores, Alfonso decidió convocar el concilio y decretar el ansiado cambio, pero sin forzar a nadie a emplearlo, con la esperanza de que, poco a poco, fuera implantándose sin hostilidades. Y así ocurrió. Después de un agotador día de debates y enfrentamientos dialécticos, todos acataron el deseo del rey y firmaron la ley sin ningún ánimo de cumplirla. La reina, posiblemente debido a las largas horas que duró la asamblea, sufrió un desmayo, que nos hizo concebir a todos esperanzas, pero cuando llamamos a su médico, aseguró que era un desfallecimiento producido por el cansancio y la debilidad. Constantemente nos ocupamos de ella, haciéndole beber mejunjes para fortalecerla. Ella sonríe y acata, pero no parece feliz. Creo que ha entendido cuál es su papel en la corte.

Pasó aquel invierno sin nada digno de mención. Todo parecía tranquilo. Las parias llegaban regularmente, las distintas partes del reino aparentaban sosiego y los hombres satisfacción. Hasta Rodrigo seguía a la corte en sus desplazamientos sin crear problemas y sin exigir nada. Urraca no dejaba de observarle. Llegué a reprochárselo, pero ella entrecerró los ojos y siguió mirándole.

Después de unas tranquilas Navidades en Sahagún, con la llegada de la primavera, volvieron los correos y las presiones del papa, que no se resignaba a ver que sólo oficialmente su rito romano presidía la iglesia hispana.

—Hemos de hacer algo –decía Alfonso aquella noche, después de cenar. Los dos hermanos charlaban solos, como ya era habitual, repasando problemas y proyectos.

—Nos enfrentamos a un asunto serio –aceptó la princesa frunciendo los labios–. La iglesia se siente apoyada por el pueblo y no está dispuesta a ceder ante Roma. Y por otra parte, creo que debemos dar algo al papa, para conseguir que nos deje en paz. No nos conviene desatar sus iras, aunque Hugo de Cluny nos apoye...

—Sí –afirmó el rey–. Efectivamente nos respalda, pero él también desea que se efectúe el cambio. No entiende que nuestras tierras sean diferentes del resto de los reinos cristianos y en el fondo le doy la razón. Si lo que queremos es unirnos a ellos, deberíamos tener cosas en común...

—Desde luego –admitió ella, levantándose para pasear por la estancia–. Además, hay otro asunto para el que necesitamos a Hugo. No quiero crearte más problemas, pero debes saber lo que pienso. Auria –y al nombrarme, me miró seria– cree que Inés no será capaz de darte un hijo.

—¿Por qué piensas eso, mujer? –quiso saber Alfonso, volviéndose hacia mí con gesto adusto–. Y no me digas que es porque has consultado al fuego...

—Pues... –dudé qué responder hasta que Urraca me urgió con los ojos–. Sí, señor. He consultado al fuego y he visto que la reina es estéril. Pero, además, está enferma.

—¿Enferma, dices? –se asombró el monarca, mirando después hacia la infanta, buscando como siempre su consejo.

—Sí, hermano. Está muy pálida y delgada y, cada tarde, las fiebres la poseen. No tiene apetito y se encuentra cansada constantemente.

—Y... ¿qué dice su médico? –indagó el rey, desorientado.

—No tiene idea de lo que le ocurre –resumió Urraca las inútiles peroratas del galeno–. Le prescribe constantemente potingues que no le sirven para nada. Creo que le hacen más efecto los que Auria le prepara. Pero de cualquier forma, hay una enfermedad que me temo que es grave –acabó la infanta volviendo a sentarse, separando previamente la cátedra del lado de su hermano–. Es por lo que te decía hace un momento que debemos contentar a Hugo. No creo que le haga mucha gracia el repudio de Inés.

—¿Repudio? –repitió el monarca, mirando a ninguna parte, preguntándose más a sí mismo que a nadie–. La iglesia no va a aceptarlo –decidió, después de unos momentos de duda, cabeceando a derecha e izquierda–. Si está enferma como decís –y ahora sí nos encaró– sería mucho más inteligente aguardar su muerte.

—Creo que no podemos permitirnos el lujo de esperar. Desconocemos el proceso del mal. Pueden pasar años... Ella aún es joven... Nunca se sabe. El reino necesita un heredero. Alfonso, debemos empezar a pensar en esa posibilidad –concluyó tajante la princesa.

El rey bajó la cabeza y quedó silencioso. Urraca me miró con ojos doloridos. Adiviné su pensamiento. Quizás el monarca sufriera por separarse de la reina. Si eso era así, significaría que la había amado y eso...

—Bien –dijo Alfonso levantándose, sin ninguna muestra de pesar en su rostro, lo que me hizo sonreír al notar el suspiro de la infanta–. Supongo que tienes razón. Es necesario contentar a la iglesia. Hemos de conseguir que no nos mareen con la nulidad del nuevo matrimonio.

La suerte de Inés estaba echada. Seguimos cuidándola. Urraca se negó a devolverla a su padre. Se encargó de la pobre niña desamparada. Dejamos de vigilar su vientre, entre otras cosas porque el rey no volvió a visitarla. No sabíamos entonces que, apenas un año después, moriría. Nunca pidió nada, sólo nos dio a todos su humilde sonrisa, que ahora, desde la distancia del tiempo, creo que decía mucho más de lo que fuimos capaces de entender... La infanta, después de la conversación con su hermano, empezó a estudiar posibilidades para traerse una nueva reina y para conseguir la aceptación del rito romano.

—Hemos de hacer algo sonado para lograr que se acate –decía mirando el fuego, que a pesar de estar a mediados de marzo, era imprescindible. Yo bordaba unos paños para San Isidoro, que ella quería regalar a la iglesia, la cual enriquecía constantemente. Los empezó con mucho ímpetu, pero pronto se aburrió de ellos y rodaban de un lugar otro, esperando que alguna velada se ocupase en pinchar unas pocas puntadas. De repente se levantó rápida y dijo sonriente–. ¡Ya está! Podemos pedir un juicio de Dios. Eso contentaría a la iglesia y al pueblo. Porque –siguió con una malvada sonrisa– ¿quién se va a atrever a cuestionar el resultado?.

—Dais por supuesto que ganará el rito romano... –apunté yo también ladina.

—¡Claro! –afirmó como si el asunto fuera obvio–. Lo haremos ganar –manifestó, después de unos instantes de pensamientos en cadena. Pateó la sala. Me di cuenta que ya había decidido.

—Señores –hablaba días después Alfonso a los clérigos y magnates de su corte–. El papa sigue presionándonos con el cambio efectivo del rito. Ya que el conflicto no lleva visos de arreglarse, deberíamos someter su resolución a un juicio de Dios que todos acataríamos sin duda.

—Sabéis, señor –intervino el obispo de León– que nuestro pueblo desea conservar sus tradiciones. No entiende por qué ha de hacer semejante concesión a los caprichos de unos extranjeros. Vos mismo sabéis que incluso algunos de los monjes de Cluny han hecho causa común con nuestras gentes, porque comprenden que es una costumbre, que para nada va en contra de los preceptos divinos, y no ven la razón por la cual debamos volver la espalda a nuestros antepasados.

Rodrigo Díaz da unos pasos acercándose al trono. Lleva los pulgares hundidos en el balteo de oro que sujeta su túnica.

—Vuestro mayor deseo, según habéis declarado en multitud de ocasiones, es servir al pueblo. Creo, entonces, señor, que no debéis forzarlo a aceptar algo que no desea.

—Dices bien, Rodrigo. Pero a veces, la visión de un rey ha de estar por encima de la de un villano, e incluso de la de un caballero. Como tú mismo aseguras, mi interés es el de proteger a mi pueblo. Espero, por tanto, que me escuchéis cuando os digo, después de profundas reflexiones, que es preciso reconsiderar el asunto. Y si nosotros no estamos capacitados, como parece ser el caso, dejémoslo en manos de Dios y aceptemos sus dictados.

—Tomáis a Dios por testigo en un asunto en que no creo que tenga un interés especial –siguió el Campeador–. Ya que si no estoy errado, hablamos del mismo Dios, con rito romano o hispano.

—Sí, Rodrigo –se adelantó Urraca–. Sería así si nuestra intención fuera demostrar cuál de los ritos es mejor. Pero, o no habéis escuchado al rey, o no le habéis entendido. No deseamos conocer cuál nos conviene más. Lo que demandamos al Señor es iluminación para saber si es justo renunciar a las costumbres de nuestros antepasados, que siempre le sirvieron fielmente –y al decir esto miró al obispo, que se removió inquieto en su cátedra– por las de unos extranjeros que, supongo, también le sirven con igual fidelidad, y a los que tenemos que contentar por necesidades internas del reino.

El caballero bajó los ojos y no contestó. La maldita mujer, parecía querer decir su cabeza vencida, le salía al paso constantemente. Y lo curioso era que le quitaba argumentos. Se separó del trono con lentitud, dejando a otros señores que interpusieran su punto de vista. El debate acabó con la decisión de realizar un torneo, en el que dos caballeros se enfrentarían en representación de los dos ritos. El vencedor sería el que definitivamente se implantara.

Como Alfonso quería viajar a Burgos en cuanto cambiara el tiempo, se adelantó la fecha de salida y se decidió celebrar el encuentro en la ciudad castellana, menos sensibilizada con el problema que la leonesa.

Salimos inmediatamente y, a primeros de abril, concretamente creo que fue el día nueve, después de rezos y ayunos, nos encontramos instalados en sitiales, sobre un armazón de madera, contemplando los preparativos del combate. Había amanecido una hermosa mañana; bastante fresca, pero muy clara. Vestimos nuestros mejores ropajes. Los estandartes del rey y de muchos de los señores presentes, ondean suavemente. Los ojos de la princesa reciben los brillos del oro que borda su brial y el fondo verde de la tela. Los estragos de la edad comienzan a verse en su rostro. El cuerpo ha perdido tersura y los huesos parecen haberse desplazado de lugar. No ha engordado demasiado, pero las carnes ya no están en su sitio. En cambio, en días como este, en que los sucesos ocurren según sus deseos, hasta parece joven y hermosa.

Rodrigo ha querido elegir a uno de sus caballeros para que defienda el rito hispánico. Alfonso ha cedido de nuevo. En parte por no disgustar al Cid y en parte porque sabe que los leoneses están demasiado encaprichados con el tema, y para luchar hay que tener la cabeza fría. Un excesivo entusiasmo podría llevarles a la victoria y no es eso lo que el monarca persigue. El médico toledano de Elvira, quien presume de ideas avanzadas, se ha ofrecido para defender el rito romano. Urraca ha dudado, pues el hombre no ha destacado especialmente por su valentía o caballerosidad, pero su hermana ha insistido tanto, asegurando que "es mucho más fuerte y viril de lo que tú nunca podrías imaginar...” que el monarca ha zanjado el asunto para evitar un enfrentamiento entre las dos mujeres, cosa bastante habitual por otra parte, y lo ha aceptado.

El campo elegido es una llanura verde, por la que ahora pululan caballeros, criados, damas, caballos y perros. Todo el mundo habla a gritos. Todos visten sus mejores galas y el espinoso asunto se ha convertido, al menos por un día, en una gran fiesta. Las músicas marcan el comienzo de la justa. Ambos hombres, en lados opuestos, se mantienen inmóviles, esperando la señal de carga. El campo ha quedado vacío. Ahora, sólo las bestias piafan nerviosas, deseando hacer el trabajo que ya conocen. Nuevo aviso sonoro y, de los dos extremos, salen los caballeros, galopando furiosamente. Con sus gritos, todos participan en el momento clave. Todos cabalgan y todos desean hacer caer al adversario. No importa el asunto que se dirime, sólo el enfrentamiento, el gusto por la lucha, el instinto del dominio, la fuerza, el poder... la sangre... Es curioso como los instantes importantes quedan fuera de tiempo... Parece que es necesario un día entero para que los dos hombres se encuentren en el centro... Luego, por contra, rápidamente, se produce el choque y ambos ruedan por el suelo mientras sus caballos se alejan. Desenvainan la espada y la cruzan insistentes, con golpes secos y enérgicos que los presentes corean, golpeando ellos también. De pronto, un empujón del toledano hace caer al de Castilla. Los abucheos son generales, pero el médico no pierde tiempo. No permite que el oponente se levante y, dando una patada a su espada para que no pueda alcanzarla, coloca la propia en el pecho del caído. Elvira aplaude encantada, el galeno ha cumplido su orden, “ganar a cualquier precio...” Los ojos de su hermana clavados en ella, le hacen encogerse con risitas culpables y recobrar la compostura.

Alfonso se retira del campo pidiendo a sus cortesanos una reunión urgente. Sin pararse siquiera a tomar alimentos, todos acuden a la llamada. El rey les miró hosco. Sabe que esta victoria no le sirve. Ningún caballero va aceptarla.

—Bien, señores –explora sin definirse– deseo vuestra opinión del desarrollo de los hechos.

El Cid interviene inmediatamente, dejando a García Ordóñez y a un par de obispos, con la boca abierta para hacer lo propio.

—No ha sido un combate limpio, señor, y a los castellanos no nos gustan las trampas. Sugiero que se proclame nulo. Por otra parte, creo que la voluntad de Dios está clara.

—Si me permitís, señor –intervino Urraca dirigiéndose a su hermano–. Soy de la opinión de Rodrigo. El combate no ha sido limpio y no debemos aceptarlo, porque –y esta frase la moduló alzando la voz y mirando directamente a los ojos del Campeador, quien bajó los suyos– a nadie, en este reino, nos gustan los engaños. Mas, no veo tan diáfana la voluntad de Dios como vos –y apuntó al caballero con el dedo índice haciendo crujir las sedas de la manga–. Si esa intención fuera tan manifiesta, ¿no pensáis, señor, que la victoria hubiera sido rotunda? –y sin esperar ningún tipo de contestación, se volvió de nuevo hacia el rey–. Es obvio que algo ha fallado. Pero el fracaso debemos buscarlo en nosotros, no en la voluntad divina. Decidme, santos padres –siguió, mirando ahora al grupo de obispos, en tanto ignoraba el gesto del Campeador, que quería volver a intervenir– ¿no será que las oraciones y ayunos no han sido suficientes? ¿No deberíamos volver a intentarlo, después de varios días de mortificaciones? Y... –dudó unos instantes, mas nadie osó interrumpir sus pensamientos– tal vez por otro método. Hoy hemos hecho una fiesta. Como si el asunto fuera un juego... Creo que el Señor ha querido castigarnos. Yo, si el rey y vosotros, representantes religiosos y señores, estáis de acuerdo, me atrevería a sugerir... la prueba del fuego.

El silencio más absoluto acogió sus palabras. Los varones, instintivamente, dieron un paso atrás, mirándose a hurtadillas. Las pocas damas asistentes, se mordían los labios, sintiendo agujas en el estómago y en el interior de la boca, que se les inundó de saliva, mientras contemplaban, por el rabillo del ojo, la reacción de su hombre quien, con pequeños movimientos de distracción, pugnaba por evitar que su rostro expresara el miedo que sentía. No se les pedía que lucharan en el campo de batalla, donde no eran seguras las heridas, ni mucho menos la muerte. Por el contrario, estaban ciertos de conseguir la gloria, el botín, el poder... Ahora no habría nada de eso. Sólo el espanto del mal esperado... La infanta estaba pidiendo algo muy duro. ¿Quién de los presentes estaría dispuesto a meter su brazo en agua hirviendo para sacar las piedrecitas colocadas en el fondo de la vasija? ¿O a caminar sobre llamas? ¿O a apartar brasas para buscar hierros entre ellas? Urraca, con los ojos bajos, consciente del terror que sus palabras suscitaban, dejó transcurrir unos pesados momentos, permitiendo que la imaginación se ahogara en los dolores, los ayes y las posibles mutilaciones. Se entretuvo en mascar el pánico que sedimentaba en el vientre de los presentes... Cualquiera podría ser el elegido del rey...

—Se me ocurre, señores –su voz llegó como canto de agua fresca en estío– que si el asunto está contenido en libros, deberíamos, quizás someter sus letras al fuego purificador. Dios reservará, sin duda, el requerido para glorificar su nombre en el futuro.

Un profundo suspiro se escapó involuntariamente de los pechos masculinos, mientras dejaban caer los brazos fuera del apoyo de sus cátedras. Las damas, un tanto decepcionadas, inspiraron a su vez, perdiendo interés por su caballero y mirando de nuevo al rey. Los obispos se apresuraron a aceptar, con la aquiescencia de todos los varones presentes, quienes cabeceaban insistentemente, celebrando con los santos padres la inspiración de la princesa, dictada sin duda "por el propio Dios", al que ellos, "indignos siervos", no habían entendido.

Nuevos días de rezos inacababIes, ayunos y mortificaciones. Claro que no se exigió hacerlo en público, pues como la infanta había dicho, "con muy buen sentido", todos eran conscientes de la seriedad del asunto y no iban a caer en la molicie, sabiendo que el propio Dios andaba por medio.

—No sé si estaremos acertados –dudaba Alfonso una velada, mordisqueando una manzana–. ¿Te imaginas que se quemara el libro del rito romano?

—He elegido este método, porque creo que es el único que nosotros podemos controlar –explicó la infanta.

—No sé cómo –dudó el monarca–. A no ser... –y me miró sonriendo pícaro– que Auria o ese nuevo amigo tuyo, que también parece medio mago, hagan algún conjuro...

—No lo dudéis, señor –afirmé–. Pero, últimamente, no sé si porque estoy perdiendo facultades o porque de nada estoy segura, no suelen darme resultado. Y Guillermo acaba de irse. Si él estuviera... quizás...

El peregrino había emprendido otro de sus interminables viajes. Esta vez más allá de las tierras de los francos, a una isla, a la que fue a buscar un extraño lugar con enormes piedras en círculo, que algunos aseguran fueron levantadas por los celtas, aunque él dice que son anteriores, con mucho, a los druidas. Al parecer, por las noticias que tenía, es un espacio mágico... Quería, según le dijo a la princesa, cuando le pidió permiso para partir, saber cuáles son sus poderes.

—Realizaremos encantamientos –afirmó Urraca muy seria–. Pero como Auria dice, no son seguros, así que procuraremos estar cerca del fuego por si fuera necesario ayudar... Además, lo haremos después de la caída del sol. Para que la hoguera se vea, diremos... Entre sombras, nos será más sencillo echar una mano para apoyar los designios divinos –concluyó Urraca, sonriendo al rey mientras mordisqueaba su manzana.

Aquella noche fue larga. Todo el mundo se hizo lenguas de la prudencia de la infanta, quien deseaba que la fogata fuera vista por todos para que, señores y villanos, pudieran dar fe... Se organizó una brillante procesión, flanqueada por antorchas que hacían brillar el camino como si dos gigantescas luciérnagas se deslizaran por la ciudad. Excepto los obispos y el clero, que conservaron sus ropas rituales, el resto, magnates, damas y caballeros, con la familia real incluida, dejamos las sedas y los armiños y, con capas pardas de lana, caminamos descalzos por el polvo, sorteando excrementos de animales que, a pesar de haber ordenado que se retiraran previamente, habían ido cayendo en los últimos minutos en que algunos caballeros hubieron de desplazarse por las calles ultimando preparativos. Los furiosos rezongos y bufidos de Urraca, cuando esto sucedía, acompañaron a los rezos y los cantos de la comitiva hasta llegar junto al fuego encendido. El calor impedía acercarse demasiado, así que los obispos, por miedo a estropear sus delicados ropajes, se mantuvieron alejados. Los señores quisieron flanquear a su rey, pero éste, sonriendo comprensivamente, les dio licencia para separarse un poco. Los villanos quedaban fuera del círculo de luz... Junto a las llamas, sólo Urraca y Alfonso, pues Elvira aseguró que estaba indispuesta e hizo subir al médico toledano a sus aposentos. Los obispos de León y Burgos se acercaron con los dos pesados libros que los acólitos habían cargado todo el camino. Hicieron unas rápidas oraciones y los pusieron en manos de Alfonso, el cual los arrojó al fuego, mientras los prelados se separaban raudos, perdiendo casi su dignidad. El legajo hispánico, estaba sobre el romano, de modo que, al caer, resbaló sobre éste deslizándose fuera de la hoguera; el rey, de un puntapié, lo hizo volar hasta el mismo centro del fuego. Una hora más tarde, cuando todo el mundo cabeceaba en sus sitiales, con unos largos hierros, se tomaron los dos libros, sacándolos de entre las llamas. Sin ninguna duda, Dios había preservado al romano. El rito tradicional había desaparecido por completo. Sólo resistieron a las brasas parte del lomo y la mitad de una de las cubiertas, realizadas con una durísima piel de toro.

La oposición siguió. Nadie ponía en cuestión la decisión divina, pero en la mayoría de las iglesias del reino seguían practicándose los antiguos ritos. La ira del papa no tardó en hacerse sentir. El veintiocho de junio escribe otra carta insistiendo en sus antiguas pretensiones de señorío de la tierra. Alfonso no se molesta en contestar, pero escribe a su vez a Hugo pidiendo su influencia para convencer definitivamente a los clérigos de la necesidad de aceptar el nuevo rito.

Viajamos después a Santiago. Por lo visto, el obispo de esa ciudad y el abad del monasterio de Antealtares se habían puesto de acuerdo para emprender las obras de la nueva catedral y desean que Alfonso lo ratifique. Seguramente lo que realmente quieren son nuevos aportes de sueldos, pues es sabido que una cosa es proyectar y otra empezar los trabajos. Siempre quedan cortas las cuentas.

Temo que el Camino traiga recuerdos desagradables a la infanta. Aunque no ha vuelto a hablar del hijo de la judía, sé que espera con impaciencia las noticias que periódicamente le envía al rey el alcaide de Luna. Por mi cuenta estoy perfectamente informada del desarrollo del pequeño. Es un crío despierto e inteligente. A pesar de su poca edad, es responsable y curioso. A falta de padres conocidos, toda la fortaleza defiende y cuida a los dos niños, que creen hermanos. El infante García los ha tomado bajo su protección y comparten juegos y cama con su propio hijo, nacido de una dama a la que al parecer amó y de la que, como de todo, se cansó pronto.

Nos hemos tomado este desplazamiento con mucha tranquilidad. La verdad es que la bonanza del clima y los bellos parajes, en los que apenas nos fijamos anteriormente, por tener la mente ocupada con otros asuntos de mayor importancia, nos invitan a disfrutar. Alfonso está contento. Sus problemas inmediatos, como elegir esposa, o el enojoso asunto del rito, van por buen camino... Sus ojos empiezan a volverse cada vez con mayor insistencia hacia el sur. El próximo año desea comenzar la repoblación de las tierras, que ahora son un desierto. La princesa le mira con amor infinito. Ve en él su propia realización, la cual le ha sido negada por el simple hecho de ser mujer. Le mima como a un niño y el rey busca la compañía de su hermana constantemente. Pasan juntos las veladas. Urraca, consciente de que su persona ya no es suficiente, busca juglares, o músicos, o se exprime la cabeza o me la hace exprimir a mí para mantener al monarca entretenido. Mañana llegaremos al castillo de Ulber. Allí, Muño Muñoz y su esposa Velasquita, nos recibirán en su casa. Descansaremos unos días y Alfonso arreglará asuntos pendientes en el Bierzo. Al parecer, el magnate quiere convertirse en tenente de Astorga, así que nos honrará, cuanto le sea posible, para conseguir sus deseos.

Nos impresionó la vista del castillo. Está alzado en un montículo. Con las piedras trepando hasta las torres en perfecto orden y equilibrio. La subida es difícil y sólo puede hacerse por un estrecho camino. Al llegar junto al puente que ahora está bajado, no es conveniente mirar a derecha o izquierda pues el vértigo está asegurado. Las paredes descienden verticalmente, hasta perderse en las profundidades del río que corre a los pies del monte. Realmente es una fortaleza inexpugnable, colocada en un sitio mágico, del que se siente el poder nada más pisar el suelo. El encanto desaparece al traspasar el puente. El patio de armas es un verdadero lodazal, en el cual se mezclan restos de alimentos, paja podrida, hierba y excrementos de personas y animales que escurren sus jugos verdosos en pequeños regueros grasientos. Confluyen todos estos en la entrada, que es el punto más bajo, buscando la caída a las aguas del fondo del valle. Criados, villanos y mendigos, arrastran sus mugres y miserias de un lado a otro, esperando las sobras de la cocina, que se disputan con los perros. Urraca se negó a bajar del carro y hubieron de colocar unos tablones que le hicieron de camino hasta las escaleras de la torre, donde al parecer estaba la vivienda. Subió por ellas apoyada en un muchacho que olía peor que los excrementos del patio, pero no le quedó otro remedio para evitar resbalar sobre las húmedas porquerías que llenaban los escalones. Se arrepintió luego mil veces, porque, a pesar de lavarse y empapar sus manos en agua de rosas, aún sentía los efluvios del chico, al que se agarró instintivamente al comenzar la ascensión por ser el que más cerca tenía.

En el salón principal, la señora de la casa nos esperaba con sus mujeres. Sonría untuosa y, al hacerlo, mostraba las caries y los huecos de sus dientes y un atisbo de lengua gorda y roja. Se arrodilló junto con las damas, que se empujaron unas a otras como si no tuvieran sitio suficiente en el inmenso salón, que sólo amueblaba un gran tablón que supusimos sería la mesa de banquetes y unos bancos corridos a ambos lados de él. En la pared de enfrente un arca, con tapa de doble vertiente el cual, por el olor que nos llegaba, debía ser el que guardaba los jamones en salazón. La gran chimenea estaba encendida y, sobre ella, a más de una ganza para calentar agua, a una altura conveniente, se ahumaban enormes pedazos de carnes que, un par de gatos negros, hacían amago de alcanzar con sus garras, trepando por la desigual pared en un difícil equilibrio. Ninguna de las féminas parecía notar la humedad de la paja que recubría el suelo, y aguardaron a que la infanta les mandara levantarse, cosa que hizo ésta inmediatamente, sufriendo por los briales. Pesar que desapareció rápido cuando, al alzarse el ama, que estaba en primer lugar, vimos que el vestido estaba lleno de manchas de grasa y de pringues de todos los colores.

—Bienvenida a mi casa, que es vuestra, señora –dijo en un difícil chapurreo, que salpicó a la infanta, la cual se apresuró a retroceder.

—Gracias Velasquita –aceptó con una elegancia que consiguió hacer mucho más grotesca la imagen de la mujer.

—Os hemos preparado el mejor aposento del castillo –aseguró la anfitriona orgullosa–. Mejor incluso que el de mi señor el rey... Lo ha dispuesto todo Gunteroda –y al nombrarla, se volvió tomándole la mano para acercarla–. Ella nació en León –justificó– y, claro, conoce mejor vuestras costumbres... –Urraca me lanzó una mirada, que no supe si quiso ser de alivio o de interrogación. Sonrió, no obstante, a Velasquita, asegurando.

—Soy cierta, amiga, que todo resultará perfecto –y a falta de otra virtud que ponderar, por mucho que había mirado alrededor, elogió–. Es un paisaje muy bello el que se ve desde el castillo.

—¿Sí? –interrogó el ama incrédula, al tiempo que dirigía los ojos a la estrecha ventana que estaba a su derecha, como si fuera la primera vez en su vida que la viera–. ¿De verdad os gusta? –dudó, volviendo la vista a la infanta, que se desorientó.

—¿A vos, no?

—¡Oh!... –casi se trabucó, mientras parecía confirmar su idea de siempre de lo raras que eran las gentes que venían de fuera–. Pues la verdad es que una... apenas tiene tiempo para...mirar –luego, viendo el gesto asombrado de su visitante, quiso justificar– La casa es muy grande, señora, y mis obligaciones...

—Ya. Bien –cortó Urraca observando la mugre que la rodeaba, como si se estuviera preguntando qué era lo que mantenía a Velasquita tan ocupada. Pero pareció llegar a la conclusión de que el asunto de la sensibilidad o quehaceres de su anfitriona no le importaban en absoluto, así que, al notar que la otra no se decidía, recelando tener que presenciar el que uno de los felinos, a los que nadie se molestaba en espantar, acabara por caer en el fuego, apuntó–. Si estáis de acuerdo, me gustaría lavarme y descansar un poco antes de la cena.

—¡Claro, señora! –se apresuró ahora la mujer–. Seguidme; os mostraré vuestros aposentos. Y veré si desde la cocina puedo haceros llegar agua caliente.

—Y... –me comentaba entre dientes Urraca, mientras caminábamos por un interminable pasillo, apartando telas de araña de la cara– si en esta mansión hay cocina, ¿porqué demonios se ahuman las carnes en el salón?

No pude llegar a contestarle porque hube de desviarme presurosa del rápido camino de una rata, a la que sorprendimos trasladando, en la boca, a uno de sus hijos. Me prometí aconsejar a Velasquita, en cuanto pudiera, el uso del eléboro contra estos indeseables inquilinos.

Milagrosamente, la esbelta Gunteroda había cuidado de la limpieza del cuarto. Todo estaba recién barrido y, aunque las piedras del suelo tenían grandes manchas, no sé si de humedad, grasa u orines, no estaban sembradas de la incómoda paja, que la princesa no podía tolerar. Revisé el lecho y aparentemente sus ropas no estaban usadas. No obstante, cuando la señora del castillo salió, lo deshice y las airee, sacudiéndolas por la exigua ventana desde la que podíamos ver el pueblo, que, junto al río, parecía un pequeño juguete. Mientras, el rey, mucho menos quisquilloso que la infanta, embarraba sus botas sin ningún problema, dejándose guiar por Muño, quien le mostraba orgulloso las defensas y las nuevas construcciones del castillo.

Fue bastante difícil lavar a la princesa con una jarra de agua, pero al parecer esa cantidad era la necesaria, según la señora de la fortaleza, para quedar de sobra limpia, pues como luego nos aseguró "no es bueno frotar la piel, pues si observáis, al hacerlo, se desprende el pellejo en escamas y pueden hacerse heridas o cosas peores..."

La cena, de sabores fuertes y grasientos, fue copiosa, hasta el extremo de que el monarca, buen comedor cuando quería honrar a alguien, hubo de negarse a seguir, después de que Urraca le mirara un poco asustada, al constatar los pedazos de cerdo, cordero y aves desaparecidos en su boca.

Antes de sentarnos a la mesa, Muño nos había mostrado orgulloso a su hija. Verdaderamente, cuando bromeó asegurando que no sabía de dónde había salido, pues no se parecía en nada ni a él ni a su madre, no exageraba. Era la chica alta y esbelta, cosa natural por otra parte a su edad ya que no contaría más de trece años, pero lo que sorprendía era su belleza. Poseía unos hermosos ojos azules dentro de una cara de rasgos propios de la tierra, con pómulos anchos y altos y mejillas ligeramente rosadas. Los labios eran gruesos y su boca, reidora y pícara, dejaba ver dientes blanquísimos, que no pudimos por menos de comparar con los de su madre. Enmarcaba el conjunto una larga cabellera de rizos entre rubio y cobrizo, que brillaba con cada movimiento de la muchacha. Era además chocante ver la pulcritud de sus ropas, la limpieza de sus manos y el olor fresco que emanaba.

—Acaba de llegar de León –explicaba su padre sin dejar de mirarla–. Está en casa de mi hermana Salomona. Dice que le gusta más la corte... –justificó algo quejoso–. Y.. bueno... aunque su madre y yo la echamos de menos... Seguramente allí aprenderá mucho mejor a ser una dama. Pues aquí... ya veis...

El interés de Alfonso por la niña fue inmediato. Bromeó con ella, haciéndole bajar la cabeza, ruborizada, a cada momento. Se interesó por sus parientes leoneses. La escuchó serio y concentrado cuando ella explicaba sus razones para vivir en la corte y se asombró, o fingió hacerlo, con el hecho de no haberla visto nunca antes en León. Urraca bufaba entre sonrisa y sonrisa, aceptando los pegajosos halagos del señor de la casa que, con cada atención, le obsequiaba con el vaho de su fétido aliento. En la velada, el rey no visitó a la infanta. Quedó en el gran salón, jugando al ajedrez con Jimena, nombre de la heredera, bajo la satisfecha mirada de Muño, quien se apoyaba en la cátedra de la niña, orgulloso de su obra.

En los días que permanecimos en Ulber, la chica nos asombró a todos con la mezcla de los conocimientos de su pueblo y los adquiridos en la corte. Sus parientes, un matrimonio sin hijos, al conocer sus capacidades, la habían hecho aprender a leer. Además, un judío huido de tierras de moros, que hacía las veces de administrador de la casa, transmitía a la chica todos sus saberes. Lo cierto era que la joven resultaba muy interesante, como tuvo que reconocer Urraca la noche anterior a la partida, después de quitar de la cabeza a su hermano la idea de llevársela a Santiago.

—Espero que la distancia le haga olvidar el capricho –apuntó con tono cansado–. Esta Jimena, a pesar de sus pocos años, sería un serio inconveniente si quisiera. Es inteligente y culta, además de hermosa. Una mezcla muy peligrosa.

—Sí, señora. No quisiera asustaros, pero he visto detalles que no me han gustado nada. Pienso que deberéis cuidar muy mucho que la berciana no se acerque al rey.

10

El año de mil setenta y ocho se nos pasó en un suspiro. Durante el invierno no nos movimos de Sahagún. Desde el monasterio, Alfonso arregló con el cardenal Ricardo, el enviado de Gregorio VII, el pesado y nunca resuelto asunto del rito. Y en el buen tiempo nos desplazamos más al sur para solventar otro mucho más complejo, las repoblaciones. Era necesario conceder fueros, privilegios y toda clase de ventajas a estos esforzados hombres y mujeres, venidos de lugares lejanos, que se aventuraban en tierras no demasiado seguras, ya que se aproximaban cada vez más al Duero y, aunque el rey quería la toma de Toledo, de momento sólo se trataba de proyectos. El hecho era que ellos iban a pelear con los arados y las siembras, sin la garantía de llegar a recoger la cosecha. No obstante era hermoso ver cómo gentes de tan dispar procedencia, hacían causa común para sacar adelante el ambicioso proyecto del monarca. No se olvidaban de sus lugares de origen ni de sus tradiciones, pero nadie imponía nada a nadie y era curioso constatar cómo las fiestas de unos, se convertían en jolgorios de todos. En Ávila se asentaron riojanos, vascos y navarros. En Salamanca asturianos, leoneses y gallegos. Y así en todas partes. Cada uno aportando sus costumbres, lengua, cultura y conocimientos, para unirlos en una conquista colectiva. Quedó también repoblada Segovia hasta Fuente del Olmo, Iscar y Cuellar, pasando por Coca, Arévalo, Olmedo y Medina del Campo.

Fueron jornadas agotadoras, escuchando a todos, resolviendo dificultades, haciendo proyectos. Urraca parecía multiplicarse, siempre junto a Alfonso, sugiriendo, advirtiendo, concediendo... Volvimos a Sahagún con el mal tiempo.

Antes de mediados de febrero nos llegaron noticias de que el rey de Badajoz, al-Motawakkil, había hecho huir al débil al-Qadir de Toledo a Huete y después a Cuenca. El toledano pide ayuda. Alfonso le pone un alto precio. Si le devuelve ahora el trono, en cuanto conquiste Valencia, uno de sus inminentes proyectos, se la cambiará por Toledo. Al-Qadir accede.

Es preciso llamar a fonsado. El rey necesita muchos hombres para la campaña. León está más que exprimido. Urraca sugiere Asturias. La corte se pone en marcha a últimos de febrero hacia las tierras de más allá de los montes a buscar posibles. Fue un viaje endemoniado. Las rachas de viento cargado de lluvia, pusieron en peligro los carros y los animales por las difíciles veredas de las montañas.

Conseguido el material humano y las fonsaderas pagadas, por los que se negaron a hacer el viaje por una u otra causa, a marchas forzadas conseguimos llegar cerca de Toledo el día siete de abril. Los hombres hicieron correrías con provechosos botines, aunque el sitio principal fue el de Coria, que resistió hasta septiembre. Mientras se mantenía el cerco, el rey viaja a La Rioja para otorgar un diploma en el que consiente que el monasterio de Santa María de Nájera pase a la orden de Cluny. Un regalo a Hugo en pago por sus servicios. Ha conseguido una nueva reina para León. Regalo, por otra parte, que no entendí demasiado, ya que me pareció suficiente el permitir a otra francesa en el reino de Hispania, asunto que convenía sobremanera al prior, pues era una forma de intento de gobierno de nuestras tierras.

—Eso no lo permitiré –me contestó Urraca cuando se lo hice notar–. Una cosa es que deseemos propiciarnos a Hugo y otra muy distinta que consintamos en dejarle tomar decisiones.

Después de la caída de Coria regresamos a León para preparar la boda. La novia era Constanza de Borgoña, cuñada de Guillermo de Aquitania, el padre de la pobre Inés a la que ya habíamos enterrado. Todos esperábamos que el ansiado heredero llegara con ella. Elvira, que parece mucho más centrada y madura, se ofreció a ir a su encuentro y partió para La Rioja.

—Me han dicho que es bigotuda –le confiaba yo a la infanta quien, desde que supo que la francesa estaba de camino, andaba cabizbaja.

—Me da igual –dijo alzando el labio inferior desdeñosamente–. Conseguirá el amor de mi hermano, pero esta es mi tierra, no la suya. Sus razones me parecieron una pataleta de niña a punto de llorar, así que cambié de conversación y la distraje con los últimos cotilleos de la corte. Volvimos sin querer a un problema que tenía muy preocupada a la princesa desde el verano.

Cuando Alfonso pensó acudir en ayuda de al-Qadir, al hacer cuentas y ver lo escaso que andaba el pecunio, decidió enviar a cobrar las parias de Granada y Sevilla para recaudar fondos. Como eran buenos dineros, no podía confiar la expedición a cualquiera, así que pensó inmediatamente en García Ordóñez, su hombre de confianza. Pero como siempre,

Urraca, pendiente del Cid, pidió a su hermano que una de las expediciones se la encomendara a Rodrigo, para evitar que hiciera comparaciones con el magnate leonés. No era muy del agrado de Alfonso, pero la insistencia de la princesa, haciéndole ver que no sólo convenía por contentar al caballero, sino también a los castellanos, quienes tendrían una prueba más de la igualdad entre todas las tierras del reino, le decidió.

—Vuestra misión –les dijo el rey– es la de traeros las parias. Si aprovecháis el viaje para sembrar discordia entre ellos, el trabajo habrá sido brillante. No es que yo os lo mande –sonrió pícaro– pero estoy seguro que encontraréis muchos motivos que hagan ver a los reyes moros la maldad de sus vecinos.

Partieron los dos caballeros. García hacia Granada y Rodrigo a Sevilla. Urraca envió un hombre de confianza entre los que acompañaron al Cid. Gracias a él supimos el desarrollo de los hechos que fueron sucediéndose.

El Campeador no conocía el fasto de los moros. Nos contaron que quedó deslumbrado por sus conocimientos, palacios, jardines, y el misterio de sus mujeres, pero sobre todo por el deseo de goce que, no sólo no entendían como pecaminoso, sino que parecían lanzarse al placer en agradecimiento a Dios por la vida. No lo comprendió pero, sin perder el tiempo en juzgarlo, se apresuró a aceptar el lujo del que le rodeó al-Mutamid, el rey de Sevilla, quien contaba con más de ochocientas hembras a su servicio, lo que hizo jadear al cristiano, no supieron sus hombres si de envidia, o de compasión por el moro. Vio con ojos incrédulos los brillantes salones, donde, después de copiosas y refinadas cenas, los poetas cantaban el universo con versos inteligentes. O los complicados razonamientos matemáticos y astronómicos que hacían sus sabios, los cuales discutían con el monarca durante interminables horas, mareando al ignorante cristiano. Acudía en cambio encantado a los baños de la ciudad, durante las mañanas, ya que las horas de la tarde estaban reservadas a las mujeres. Allí se dejaba hacer, abandonado a las expertas manos de esclavas, que acariciaban su piel hasta volverla transparente y clara como la de un bebé. Bebía y se dejaba llevar por los placeres, hasta el extremo de olvidar sus frías tierras del norte, llenas de prohibiciones. Nadie le escuchó hablar de Jimena hasta el día anterior a la partida, cuando envió a Álvar Fáñez a comprar "algo hermoso para mi esposa". Vestía amplias y delicadas sedas y, cuando visitaba los zocos, adquiría caros tapices para forrar los muros de adobe de su casa. En el mercado de esclavos dudó entre una muchacha negra, quien le costaba seis veces más que otra, también muy bella, pero blanca. Se decidió por la primera. En el zocodóver compró un hermoso caballo árabe, el cual, a pesar de la delicadeza de líneas, le tentó con su fortaleza. Tanto se integró en la vida de los moros que, hasta en algunas casas, cuando le invitaban, las mujeres no se ponían el velo, tal era la confianza que le tenían. Le gustaban sobre todo los patios rectangulares de las viviendas, con una alberca de chorro cantarín en el centro, rodeada de maceteros, en que crecían olorosas y delicadas flores. Las puertas de los cuartos se abrían todas a este lugar, engañando las calurosas noches con el perfume de las plantas y el fresco y adormecedor canto del agua.

Y allí empezó el conflicto. García Ordóñez, fiel a los deseos de Alfonso, cuando estuvo junto al granadino, comenzó a dar alas a sus descontentos, magnificándolos en lo posible. Iban estos dirigidos sobre todo contra al-Mutamid de Sevilla, que ya se había quedado con Murcia y Abd-Allâh sospechaba que no se contentaría hasta hacer suya Granada.

Mientras, el sevillano se ganaba al Cid, a fuerza de marearle con placeres que éste gozaba con un hedonismo desconocido hasta entonces por él mismo y por sus gentes. No pudieron quitar la razón a los poetas que cantaban: "¡Oh gentes de al-Andalus! De Dios benditos sois con vuestra agua, sombra, ríos y árboles. No existe el jardín del paraíso sino en vuestras moradas..." El Campeador llegó a creerse el amigo más íntimo del monarca. En aquel lugar todo era posible. Romaiquia, la esposa que había conquistado al rey con su verbo fácil, envolvía también al cristiano en la sensualidad de sus sedas y en la calidez de sus tonos. Una de estas noches los tres gozaban de la luna, en jardines de mirtos y naranjos, perdidos entre cojines de seda y cercados de flores, frutas, dulces y vino, ya que Rodrigo prefería el aire libre a la enorme biblioteca de paredes tapizadas por cientos de libros y pergaminos, que le molestaban con su olor a cuero viejo. Además, allá dentro, rodeado de mármoles, jaspes y brillantes columnas que le hacían desorientarse, se sentía como un estúpido, escuchando las opiniones y las lecturas del príncipe y sus amigos. Así que, conociendo sus preferencias, el musulmán le arrastró fuera y, en un arranque de intimidad, le confió el secreto mejor guardado de su reino. Era éste que a su padre al-Mutadid, un sabio, después de hacerle un horóscopo, le había predicho que su dinastía sería aniquilada por un pueblo de fuera de la península. Por ese motivo, al-Mutamid, el año anterior, se había hecho con Murcia. Deseaba anexionarse los otros reinos del sur para, con el poder, conjurar el peligro. Llegó a ofrecerle un alto pago si se decidía a ayudarle a hostigar Granada. Pidió tiempo el castellano para pensarlo. La oferta era tentadora. Sus gastos en la gran ciudad habían sido muchos y, aunque Alfonso le gratificara a la vuelta, sus arcas iban a quedar muy mermadas después del viaje. Decidió aceptar, pero antes quiso alejar a García Ordóñez, pues lo último que deseaba era un enfrentamiento con sus propias gentes. Envió falsos espías a la ciudad, para informar de un próximo ataque por parte del sevillano. Mas el leonés, consciente de su deber como protector, pues para eso cobraba Alfonso, cerró filas junto a Abd-Allâh, pensando que el Cid tendría el suficiente buen sentido para irse con las parias, que ya sabía recaudadas, antes de que empezara el enfrentamiento. Pero Rodrigo había dado su palabra y junto a las tropas del rey de Sevilla marchó hacia Granada. El encuentro se dio en Cabra. La victoria sobre Abd-Allâh fue total. El Campeador, ebrio de entusiasmo, hasta se permitió hacer mofa de García Ordóñez, cuando éste le echó en cara la situación creada. Sin prestarle atención, le dio la espalda, dejando al leonés en ridículo ante todos sus capitanes.

Al llegar a Alfonso las noticias, montó en cólera. Urraca le instó a esperar el regreso de los dos magnates para oír sus explicaciones. Cuando el hombre enviado por la infanta volvió, contó lo ocurrido. Ella salió de León al encuentro del Cid.

—Entra, Rodrigo y toma asiento –dijo con voz cansada entrecerrando los ojos, ante el rayo de sol que se coló en la tienda tras el caballero–. Auria, pon vino –ordenó. Mientras hablaba, en ningún momento sonrió, ni se molestó siquiera en saludar al hombre, después de tantos meses de viaje. No le miró a los ojos ni cuando se arrodilló ante ella, ni mientras se sentaba, ni hasta que tuvo la copa en la mano. Entonces alzó la vista y penetró en sus pupilas.

—¿Y bien? –preguntó fría.

—¿Qué deseáis saber, señora? –demandó a su vez el Campeador sin inmutarse. Hubo un segundo de perplejidad en la mirada de la infanta. Pareció despistada al notar que su influjo sobre el hombre parecía haber desaparecido. Su reacción fue rápida. Ensayó una dulce sonrisa y comenzó de nuevo.

—Estoy disgustada, amigo. Nos han llegado noticias que no me puedo creer del todo, pues sé de tu fidelidad a toda prueba. Estoy segura de que podrás explicar al rey lo sucedido de forma satisfactoria. El asunto de Cabra nos tiene desorientados y ha colocado a mi hermano en una comprometida tesitura. Por una parte, los nobles exigen que haga valer su autoridad, y por otra, ¿qué clase de protector sería si ataca a sus propios protegidos? Si este asunto se dejara sin castigo, su credibilidad quedarían en entredicho. Pienso por eso, Rodrigo, que nos darás una buena excusa para esta situación, de forma que podamos resolverla con provecho para todos.

—Señora –habló el aludido sin perder el aire de reto–. Todo el problema ha venido por Ordóñez, al que creo que molestó que me concedierais vuestra confianza. Mi señor nos sugirió la posibilidad de crear conflictos entre los reyes. Yo me encontré con ellos ya creados y me limité a cumplir con mi deber, que es ayudar a nuestros protegidos. Avisé a García para que se fuera y no lo hizo. Así que si hay que culpar a alguien, creo que ha de ser a él.

—Pienso, Rodrigo, que no entendisteis los deseos de mi hermano. Una cosa es que contribuyáis a crear malestar entre los reyes moros, y otra muy distinta, que expongáis nuestros ejércitos a sus intereses particulares. Además he oído algo que no deseo creer. Se dice que recibisteis pago por vuestros servicios.

—Si alguien desea llamarlo así, no voy a ponerme a discutir –aceptó altivo e indiferente–. En realidad fueron regalos sin importancia, debidos al agradecimiento del monarca –aclaró impertérrito, bebiéndose el vino de un trago.

Yo sentía el desconcierto de Urraca, quien se daba cuenta que no estaba dominando en absoluto la situación. Percibí un sordo dolor en sus ojos. Bajó un momento la cabeza y sus hombros se vencieron cansados. Supe que, en esos instantes, se sintió vieja. Se preguntó, como me comentó más tarde, si la falta de reglas sería un asunto que traía consigo la desaparición definitiva de las mujeres como seres activos e influyentes. Hasta aquel momento, a pesar de su condición femenina, se había impuesto a los hombres. Ella pensó que por su inteligencia; ahora dudaba. ¿Sería sólo por la juventud y la belleza? ¿Adivinaban los varones cuándo una hembra pasaba a ser tierra yerma? Tal vez, la actitud del caballero sólo era debida a su hartura de placeres en tierras de moros, le apuntaba yo más tarde tratando de suavizar su decepción... Pero en el momento se sintió fatigada. ¿Debería dejarse vencer? Alzó la cabeza.

—García Ordóñez ha marchado directamente a sus tierras. Cuando regrese, mi hermano juzgará el caso. Comprenderás Rodrigo, que es la palabra del conde frente a la tuya... He querido escuchar tus explicaciones antes de nada. Creí que llegaríamos a entendernos, como siempre ha ocurrido. Veo que no ha sido así –alzó la mano y ordenó seca–. Puedes irte.

El caballero se puso en pie y, sin una palabra, salió pateando el suelo con fuerza.

La boda con Constanza se celebró antes de la Navidad en León. Fue fastuosa. Quizás inconscientemente, Urraca deseara acabar de una vez con el problema de la sucesión y buscaba propiciar los hados. Enseguída nos trasladamos a Sahagún para pasar los días del nacimiento del Señor y Alfonso se tomó un descanso. Yo creo que para preparar las guerras de Toledo; Urraca, con tristeza, dijo que para disfrutar del nuevo tálamo. Andaba la princesa como huida. Evitando las gentes y las relaciones. Constantemente había de bajar las pestañas para que nadie viera las lágrimas que acudían con una "estúpida facilidad" a sus ojos. No abandonaba los asuntos de estado, pero procuraba dar su opinión, que era tenida muy en cuenta por el rey, y desaparecer. La nueva reina era bella. Y lo que es peor, ya no era una niña. Enfrentó los ojos de Urraca desde el primer día y tomó decisiones sin contar con ella; incluso en temas en que no era precisamente una experta, apoyada siempre por sus monjes negros.

Durante este invierno, el papa buscó motivos para volver a incordiar con sus viejas pretensiones y el monarca decidió viajar a Burgos en primavera para convocar un concilio, en el que tratar el siempre inconcluso asunto del rito y dejarlo zanjado definitivamente. Antes hubo de sustituir al recién nombrado abad de Sahagún, Ricardo, que había ocupado el lugar de Julián, por Bernardo. Nunca supe muy bien cuál era la ventaja de este nuevo abad, pues, al igual que el anterior, pertenecía a la orden de Cluny. Pero esto pareció tranquilizar a Gregorio que pasó de querer excomulgar al leonés, basándose en que su nueva esposa era pariente de la anterior, a hacer la vista gorda e incluso felicitarle.

Entre tanto, Motawakkil, rey de Badajoz, es obligado por Alfonso, que se había hecho fuerte en Coria, a abandonar Toledo, momento en que al-Qadir vuelve al trono con la condición de dejarlo por Valencia en su momento.

Mientras el rey resolvía los problemas en Coria, el Cid, alegando motivos de salud, se había retirado a sus tierras. No obstante, la mejoría de su enfermedad fue instantánea en cuanto se presentó la oportunidad de hacer el papel de señor y tomar decisiones de por libre, sin tener en cuenta los deseos del monarca o los intereses del reino.

Debían ser los últimos meses del año de mil ochenta, cuando los moros, sabiendo al leonés en campaña por los alrededores de Toledo, atacan San Esteban de Gormaz. El Campeador tomó a sus hombres y dio una batida por el este de las tierras toledanas, sin distinguir entre los pueblos que pagaban parias a Alfonso y los responsables del ataque a San Esteban, llevándose un buen botín en tesoros y hombres.

La corte vuelve a Sahagún. El rey manda recado al Cid que se reúna con él sin tardanza. Así lo hace el caballero, quien entra en el salón del trono acompañado de algunos de sus hombres, con la cabeza alzada y pisando fuerte.

—Esperamos, Rodrigo –interpela el rey sin alzar la voz– tus explicaciones sobre la necesidad ineludible, que estoy seguro viste, de atacar sin esperar órdenes.

—Señor –contesta el Cid–. Lo único que vi fueron moros entrando en tierras de Castilla, y eso, un castellano bien nacido, no debe tolerarlo.

—Ya –admite el monarca, apoyando en los codos el cuerpo para cambiar de posición–. Y dime, ¿Estoy errado cuando supongo que un castellano es capaz de ver cuáles son los intereses del reino, si no se deja llevar por un exceso de amor a su tierra y se para a pensar unos minutos? ¿O es que esa desmedida pasión por el terruño no permite miras más altas?

—No creo que Alfonso tenga alternativa –me confiaba ahora la princesa, recordando la escena–. Además, no debe forzar la situación. Hemos sido demasiado generosos con Rodrigo, demorando la decisión que debimos tomar cuando el asunto de Granada. Si lo hubiéramos hecho entonces, habríamos ahorrado este nuevo desafío. Deseábamos contentarle y hacerle participar de nuestra obra, pero sigue empecinado en sus sueños de grandeza particular. Le ciega la ambición. Creo que, en el fondo, no es demasiado inteligente. No ha sido capaz de ver que él sólo poco puede hacer frente a un reino. Si admitiera esto, tendría el poder asegurado, porque indudablemente es un gran estratega; pero lo quiere todo y eso no puede ser. Búscale, Auria, deseo hablarle.

El caballero entró altivo en el salón. Mirándole ahora, recordé al tímido muchachito que llegó a la corte hacía tiempo. Me vinieron a la memoria sus patosos movimientos, su media sonrisa, que entonces interpreté como apocada y que ahora veía reservada. Era un hermoso ejemplar humano y lo sabía. Vestía calzas de buen paño, zapatos con extraordinarias labores, camisa de finísimo ranzal, bordada en oro y plata por el cabezal y los puños; brial primoroso de ciclatón, labrado en oro y, sobre éste, una pelliza bermeja con rayas doradas y encima el manto, que se onduló gracioso a su espalda, siguiendo sus movimientos.

—Dios te guarde, Rodrigo –saludó la infanta, percibiendo el poder que emanaba del hombre–. Te he mandado llamar por ver si recuperamos nuestro viejo entendimiento, para arreglar en lo posible el desaguisado que has propiciado –levantó la mano para cortar las protestas del Cid, que quedó con la boca abierta–. Toma asiento y escucha.

Después de una entrevista secreta con Alfonso, el Cid sale de León camino de sus tierras. Va a poner orden en sus asuntos. El rey ante toda la corte, le ha dicho que no le quiere en sus reinos. Dispone de unos pocos días para organizar la partida y preocuparse por sus gentes, que han de sobrevivir en su ausencia. Porque, contrariamente a la norma, aunque Alfonso lo ha desterrado, no ha confiscado sus tierras o posesiones. Le acompañan sus hombres. Los que le aman y alguno que finge amarlo. Entre estos últimos, dos fieles vasallos de Urraca, quienes llevan el encargo de dar noticia de los pasos del Campeador. Pues, aunque el asunto ha sido organizado de mutuo acuerdo, la infanta sabe de las veleidades del caballero. Deja éste el gobierno de su casa en manos de vasallos de confianza y conduce a Jimena y a sus hijas, pues el primogénito, Diego, hace mucho que ha sido entregado al rey para que se ocupe de su educación, hasta los muros protectores del monasterio de San Pedro de Cardeña. Allí pasa la última noche con su esposa y, a decir de sus damas, el amanecer sorprendió a la pareja sin poder dormir. Rodrigo amó a su mujer con la pasión de los primeros meses. Quizás la imposibilidad que se aproximaba la volvió deseable, consiguiendo lo que ninguna de las pócimas o conjuros, ensayados por ella en los últimos tiempos, había logrado. Había comenzado por rociar el lecho con agua de rosas y colocarse un collar de escaramujos en el tobillo. Cuando vio que estas sencillas recetas no daban resultado, se hizo con raíz de mandrágora y la añadió a la sopa de tocino de su esposo. Tampoco consiguió gran cosa. El caballero prefería novedades, que no le importaba buscar en cualquier parte, desde las damas de la corte a las pastoras de sus ovejas. Ensayó luego un complicado potingue que le aconsejó una vieja bruja de las montañas del Porma. Hubo de enviar lejos por parte de los componentes. No consiguió todos, pues de algunos nadie tenía noticia. Había que mezclar jengibre, canela, semen, orina, testículos secos y molidos de animales, extracto de corazones humanos y alguna parte de la persona deseada, como por ejemplo uñas, dientes, pelos... Lo mixturó todo con un vino espeso traído de Zamora, que ofreció a Rodrigo como golosina. "Muy gustoso", opinó el caballero antes de beberse la séptima copa y quedar dormido en la misma cátedra en que estaba sentado... Nada. El tiempo es el mayor enemigo del amor y "los hombres son tan inconstantes"...

El día de la partida, cuando el sol comenzó a buscar rendijas, el caballero tomó a su esposa por la cintura y la besó largamente en la boca. Un beso apasionado, violento, que dejó los labios de la mujer agradablemente doloridos durante mucho tiempo. Buscó su loriga, la espada damasquinada en oro, la lanza de fresno con hierro. Se encasquetó el yelmo, chapeado de plata y ornado alrededor con roja diadema de electro. Embrazó su escudo con el emblema de un dragón áureo. Asió las riendas de su caballo sarraceno, por el que había pagado mil sueldos y caminó hacia la puerta, seguido de Jimena, quien lloraba sin lágrimas por su amor recuperado sólo por unas horas. La luz los recibió alegre al traspasar el umbral. Fuera, los hombres esperaban. Permanecían silenciosos, pero ansiosos por partir. Sabían de la valía de su señor y estaban seguros de que, sin las trabas del rey, les conduciría de victoria en victoria hasta hacerlos ricos y famosos. Miraron impacientes la escena. ¡Bah! ¡Mujeres! Volvieron luego la espalda, para dejar una relativa intimidad a la pareja. Los monjes, apartados también, murmuraban apenas, no se sabía si rezos, o comentarios ingeniosos. Las niñas, arrancadas del lecho a horas muy tempranas, hacían pucheros, por la somnolencia que sentían y por la aflicción de su madre. Se dejaron besar por el padre y se frotaron las caritas, para borrar la desagradable sensación de las barbas. Se aferraron más fuerte a sus amas mientras, con ojos cargados de sueño, veían a Jimena inclinarse ceremoniosamente ante el caballero, que la alzó y le besó las manos. Luego le vieron partir. No les extrañó; a pesar de su poca edad la escena les resultaba familiar. Así que desearon que aquello acabara cuanto antes para poder seguir durmiendo. Montó el hombre en su silla argéntea de altos borrenes, recubierta de oro y, con una última caricia a la esposa, que asió el rico ataharre un instante, volvió grupas enfrentando el camino. Los hombres le siguieron y al poco, la mujer los oyó bromear y reír. Ella, despacio, caminó hacia la entrada. La criada que la seguía la escuchó murmurar.

—Yo soy la única sacrificada.

Nuestros espías nos contaron que el Cid salió de Cardeña dejando a la izquierda Gormaz. Vadeó el Duero y acampó en la sierra de Miedes, cerca de Atienza. Hizo correrías por el valle del Henares, de Hita a Guadalajara pasando por Alcalá. En el castillo de Castejón consiguió buen botín. Marchó luego por el valle del Jalón y tomó la fortaleza de Alcocer, donde descansó por espacio de cuatro meses hasta que Abu Bakr, rey de Valencia, salió a su encuentro para ser derrotado por el castellano. Fue luego de Medinaceli a Teruel. Y, cumpliendo el pacto con su señor, desde ahí, envió parte del botín conseguido a León. Marchó luego hacia Zaragoza, para ponerse al servicio de Muqtadir, el cual, después de haber pagado parias a Fernando, padre de Alfonso, se negaba a hacer lo propio con éste. En pocos meses, muere el rey. "Señor, había susurrado el Campeador a su oído, vuestros hijos son igual de valiosos. No sería justo que dejarais a uno sin tierra". El moro reparte el reino. A Mutamin le dejó Zaragoza y a Alhajid Lérida, Tortosa y Denia. El Cid, siguiendo con su oscuro trabajo, azuza las discordias entre los dos hermanos.

11

El emperador comienza a cerrar el cerco. Mientras Rodrigo hace su tarea en el este, Alfonso decide tomar Toledo.

—Sin duda, este es un buen momento para comenzar el ataque –decía inclinándose para acariciar el cuello de su caballo. Urraca y Pedro Ansúrez le flanqueaban. El tímido sol de febrero empezaba a deslizarse por los cristales de las tierras dormidas. Andaban de montería por los campos de Sahagún buscando caza con redes, lazos y perros. La princesa se arrebujó friolera en su capa forrada de piel. La humedad del amanecer se le colaba en todos y cada uno de sus huesos, que ahora sentía protestar. "No debí venir. No estoy ya para estos trotes". Pero Alfonso se lo había pedido. Constanza se fingía atareada con su pequeña y se negaba a salir de cacería. "¿Qué demonios estará urdiendo?", pensaba ahora la princesa, mientras cabeceaba afirmativamente, corroborando el aserto de su hermano.

—Sí. La falta de dineros de al-Qadir para pagar las parias este año, nos servirá de excusa para comenzar la invasión de sus tierras. Me han llegado noticias de Toledo –añadió sonriendo al monarca, que al escuchar su última frase se volvió a mirarla interesado–. Hay descontento en la ciudad. Muchos musulmanes desean que te decidas de una vez a tomarla y les liberes de ese inútil, que no sirve más que para suspirar a la luz de la luna.

—Lo haré, sin duda, pero todo a su tiempo. Este verano empezaré por tomar la fortaleza de Canales, al norte de Toledo; así, las de Zorita al este, y la de Canturias al oeste, dejarán de depender para su subsistencia de las incursiones esporádicas que hacemos. El acceso a Canales nos será más sencillo y desde allí podremos aprovisionar a las otras fácilmente. Y...

—Y... Toledo –le interrumpió la infanta, suspirando profundamente–. Eso asegurará definitivamente las nuevas repoblaciones. Estoy deseando entrar en la ciudad; ver las maravillas de las que me has hablado... Se me hace difícil imaginar veintiocho mil personas viviendo en el mismo lugar –calló unos instantes, soñadora, luego siguió–. Los moros han sabido aprovechar mejor que nosotros las calzadas de los romanos, pues buena parte de los dineros y las riquezas de Toledo vienen del comercio que propicia la vía que une Cádiz, Sevilla, Córdoba y Zaragoza. Algo así me gustaría conseguir para nuestro Camino. Hemos de facilitar el viaje lo más posible Alfonso –siguió imparable–. Las comunicaciones son riqueza.

—Lo haremos –contestó el rey, mirándola con cariño–. Pero no me atosigues. Ahora es prioritario asegurar el sur.

—Desde luego, señora –intervino Ansúrez– que la ciudad es muy hermosa, pero, en cuanto sea nuestra, dejará de darnos dineros y empezará a ocasionarnos gastos...

—Llevas razón, Pedro –aceptó Urraca– pero los sueños cuestan...

Cuando aquella mañana regresamos al monasterio, nos encontramos con que Constanza, en ausencia del rey, había recibido a unos mensajeros de Toledo, que se llegaron a Sahagún a pedir la intervención del monarca en su ciudad, incapaces de soportar más los desaguisados de al-Qadir. La reina, con el consejo de algunos monjes de Cluny, que siempre mantenía cerca, inexplicablemente los mandó azotar y expulsar de la villa, pues "eran traidores a un protegido de Alfonso", justificó, al pedirle los motivos del hecho. El asunto no quedó claro en absoluto. Urraca, además de la voluntad de su cuñada, vio la mano de los monjes negros en la decisión.

—Quizás Hugo considere que no es llegado el momento para hacernos con Toledo –discurría luego la infanta en sus aposentos–. Pero, en ningún caso es un asunto que le ataña. No me gusta el sesgo que está cogiendo esta amistad. Hemos de hacerle ver que con su opinión es suficiente, y sólo en los casos en que la solicitemos. En cuanto a esta estúpida que se está tomando atribuciones que no le corresponden, vamos a pararle los pies.

—Permitidme, señora –intervine mientras trataba de enhebrar con un hilo de oro la aguja, que me estaba quitando la poca vista que me restaba–. En eso os equivocáis. Vuestra cuñada es la reina. No habrá acertado con la decisión, pero, como ella dijo, en ausencia del rey, suyo es el poder.

—No me fastidies, Auria –cortó enérgica la princesa–. Todos sabemos cuál es su misión en la corte. Y nos ha demostrado que ni para eso vale... Después de nueve meses de arrastrar orgullosa y desafiante su barriga por los morros de todos, como si fuera la primera mujer en parir, nos ha puesto en las manos una niña canija y llorona, que no creo que llegue a pesar cuatro libras...

—Discrepo de nuevo –me atreví, contenta de haber conseguido meter el maldito hilo en el lugar adecuado–. Esa misión es la que le habéis asignado vos. Quizás vuestro hermano no piense igual –añadí un poco perversa, tratando de hacerle caer en la cuenta de algo que yo había venido observando en los últimos meses. Y, abundé para aclarar–. Debéis daros por contenta de que Constanza haya parido una hembra. Si hubiera sido un varón, su poder sería ahora inapelable.

Me puse a coser atareadísima, en parte por dar tiempo a que mis opiniones calaran y en parte también por conseguir que una maldita flor que estaba bordando, pareciera una rosa y no una cucaracha gorda. La infanta quedó callada unos momentos, ensimismada, tratando de admitir conscientemente la nueva situación creada. Así que, cabía la posibilidad de que otra mujer alcanzara la supremacía a la hora de tomar decisiones sobre la política del reino... La observé de reojo. Su boca se plegó con dolorosa rabia. ¿Su tierra y sus gentes deberían obedecer a una extraña...? No lo permitiría y así lo comprendí cuando la vi levantar la barbilla y empezar a tabletear las uñas sobre la cátedra.

—A veces me dices cosas que me hacen odiarte –empezó despacio–. Pero, cuando me paro a cavilar, siempre veo que tienes razones de peso para hacerlo y entonces te amo. ¿Has pensado algo? –me incitó, con una sonrisa cómplice.

—La verdad es que el hecho del nacimiento de la niña ya nos ha ayudado. Pero aún así, en el mismo sitio que estaba esa infantita, puede haber un príncipe, de modo que debemos actuar con rapidez. Lo mejor será desviar la atención del rey hacia otra parte. Callé esperando.

—Nos traeremos a la berciana –decidió Urraca después de unos momentos de silencio–. Será una buena rival. ¿Sabes algo de ella?

—No, señora. Desde que vos dijisteis que la mantuviera apartada, lo único que he hecho es impedir que apareciera por la corte; pero si lo deseáis, puedo buscarla enseguida. Aunque... –dudé– ¿estáis segura de lo que vais a hacer? Recordad que Jimena puede convertirse a su vez en un problema. A estas alturas se habrá transformado en una mujer, tal vez muy peligrosa...

—Es lo que más deseo –asintió sonriendo de lado–. Pero no olvides que ese "problema" será para Constanza, nunca para mí, que voy a arreglarle la vida a la chiquilla.

Aquella misma noche, Jimena, vestida y perfumada, aguardaba, entre las mujeres de Urraca, la llegada del rey. Alfonso venía contento. Había decidido convocar una curia para conseguir el respaldo de los señores y el clero en el asunto de Toledo. Por los sondeos que la infanta había hecho con anterioridad, estaba seguro de que sería apoyado sin condiciones.

—Quiero compartir esta decisión con los magnates. Es posible que suponga algunos sacrificios y todos debemos estar dispuestos a hacerlos –decía el monarca, picoteando unas pasas que Jimena le presentó. No se fijó en la muchacha. Tenía los ojos perdidos, viendo quizás ya el gran palacio toledano donde asentaría sus reales. Urraca intervino rápida.

—¿Recuerdas, hermano, a la heredera de Ulber? He decidido traérmela, porque pienso que es una pena que sus muchos valores se entierren entre los muros de su fortaleza. Alfonso levantó los ojos y una agradable sorpresa se pintó en su rostro.

—¡Vaya, niña, creí que Muño te tenía secuestrada en el Bierzo! ¿Dónde has estado que nunca te he visto en la corte? –Jimena, previamente instruida por mí, contestó con una ingenua sonrisa.

—Señor, no he vuelto a Ulber, sabéis que aquello es muy aburrido. En cambio me he entretenido arreglando la nueva mansión de mi padre en Astorga. Desde que decidisteis hacerlo tenente de la villa, hemos tenido mucho trabajo adecentando el caserón que compró para convertirlo en residencia –y sin detenerse, cambió el gesto y, con una melosidad de empalago, que nos hizo cruzar miradas a Urraca y a mí, preguntó–. ¿Queréis dulces o deseáis fruta? También os hemos preparado vino caliente con especias. ¿Qué preferís, mi señor?

Alfonso no dejaba de mirarla. Y, aunque la chica no estaba dentro de mis inmediatas preferencias, he de reconocer que era muy agradable de ver. No sólo sabía explotar sus facultades físicas, también era capaz de tomar el papel que los hombres deseaban más en una mujer. En pocos segundos se convirtió en un alegre juguete que no crea problemas. El rey olvidó la misión que traía y se dedicó a parlotear con la joven. Urraca triste y satisfecha, se puso en pie.

—Si me lo permitís, hermano, quisiera retirarme. Estoy un poco cansada. Jimena y Auria, pueden quedarse a atenderos. Aunque, si fuera suficiente con la muchacha, me gustaría llevarme a mi ama, ya sabéis que no puedo hacer nada sin ella.

—Sí, desde luego –se apresuró el rey–. Con la chica tendré bastante. Jugaremos una partida de ajedrez, ¿verdad, pequeña? –preguntó, volviéndose a la berciana quien, con los cordones de la camisa un poco flojos, se inclinaba para colocar un escabel bajo los pies del monarca. La infanta le contempló un segundo con los labios apretados, luego se giró para salir, arrastrando tras de sí el revuelo de sus mujeres. Yo las seguí hasta la puerta. Fueron saliendo todas y, en vez de hacer lo propio, cerré, escondiéndome rápida tras los tapices del fondo de la sala. Urraca quería saber si su pupila tenía éxito.

Se apresuraba ésta a acercar el tablero al asiento de Alfonso, dejando que el aparente esfuerzo abriera aún más los cordones de su camisa y desplazara sobre el hombro izquierdo el brial, para permitir así mejor visión de la blanca piel. Desdeñó el asiento que el monarca le ofreció, asegurando que no se atrevía a estar a su altura y se dejó deslizar hasta el suelo, a los pies del hombre, tocando casi sus piernas. Comenzó la partida y fue una lucha sin cuartel. De forma que el monarca no pudo descuidarse, aunque su atención era llamada constantemente por el escote de la muchacha y por los movimientos de los pechos, que le rozaban con frecuencia, sin que la chica, al parecer absolutamente concentrada en el juego, se diera cuenta de ello. Cuando ya la partida se inclinaba decididamente hacia la jugadora, un descuido inexplicable de ésta dio la victoria al rey, quien rió como un muchacho. Ella bajó los ojos, desorientada... como dolida del fallo...

—¡Oh, señor!, abusáis de mí. No debería jugar con vos. Sé que sois muy superior, pero hoy casi me dejasteis creer que ganaría... Y, cuando más segura estaba... –Puso morritos de enfado y se cruzó de brazos, haciendo que el escote se abriera y los pechos se juntaran, queriendo escapar por la abertura. Desde arriba, Alfonso tenía una inmejorable vista del conjunto. Una niña preciosa a la que acaba de derrotar con su superior inteligencia, sentada a sus pies, esperando que la consolara...

—Vamos, pequeña –habló conciliador, al tiempo que acariciaba su cabecita inclinada–. Si eso te va a crear un problema, prometo que mañana te dejaré ganar.

—No deseo ganar si no lo he merecido, señor, pero al menos os pido que no me permitáis creer que voy a hacerlo, para derrotarme en el último momento, cuando ya me he hecho ilusiones...

—Está bien –admitió el rey, pareciendo reprocharse de verdad el haber engañado a la jovencita, lo cierto es que sin saber muy bien cómo lo había hecho–. Intentaré jugar de otra manera –aseguró un poco desorientado, deseando realmente conseguirlo. Aunque no demasiado preocupado, ya que su inmediata intranquilidad le venía a través del tacto que se emborrachaba en la suavidad de los cabellos.

Yo, desde la ranura de la cortina por la que contemplaba la escena, un poco aburrida de ver algo tan conocido e invariable, sea quien sea el hombre elegido, deseaba que la historia acabase, o mejor dicho empezase, pues estaba impaciente por volver a los aposentos de mi señora, donde había dejado esperándome, una pasta de ceniza de sarmientos, mezclada con vinagre, para aplicar a los cabellos de Urraca, con el fin de hacer desaparecer sus canas. Pensaba fastidiada que como aquello se alargase, se pasaría el punto ideal de maceración.

Seguía el monarca su exploración, deslizando el dorso de la mano por la mejilla sedosa. Un giro inesperado de la joven puso en contacto la boca, infantil casi, con la piel curtida. El rey detuvo el movimiento unos instantes, luego, su dedo índice dibujó los labios, que se le abrieron para permitir que la punta rosada de la lengua acariciara la falange y la uña. No hubo más preámbulos. Alfonso se puso en pie tomándola por los codos y, levantándola a su altura, le rodeó el talle y la besó largamente. Pensé que la misión no había podido ser mejor cumplida, así que, sin ruido, me deslicé entre el tapiz y el muro hasta la salida. La puerta crujió ligeramente. Me volví asustada de ser sentida, pero la pareja, ahora sobre las alfombras que cubrían las piedras del pavimento, se dedicaba a reconocer sus respectivos cuerpos, ajenos a todo.

Como pude comprobar el primer día, tuvimos un éxito rotundo. Alfonso no volvió a visitar a Constanza, quien andaba enfurruñada por los salones. Dejó pasar algunas semanas, pensando quizás que el capricho sería momentáneo. Pero al ver que se prolongaba, acudió a Urraca con sus quejas.

—No sé de qué me habláis señora –decía la princesa–. Mi hermano no suele consultarme sobre las personas que debe o no llevar a su lecho. De todas formas, no estaría de más que os cuestionarais el estado de vuestras relaciones. No os doy este consejo por ayudaros, ya que las dos sabemos que, desde el primer momento, vos no habéis deseado mi ayuda; lo hago simplemente por el asunto del heredero, que es algo que nos interesa a todos. Ved a Alfonso y recordadle sus obligaciones para con su casa.

—Es cierto que no he buscado vuestro apoyo hasta hoy –aceptó Constanza bajando los ojos– pero os aseguro que siempre os he admirado mucho. Soy consciente de que sólo vos podéis alcanzar el corazón del rey. Quizás por eso mismo me he alejado. Pero ya veis que ahora estoy dando marcha atrás. Auxiliadme y el futuro será distinto.

—¿Os entiendo bien, señora? –alzó la princesa el tono ligeramente, al tiempo que se movía en la cátedra para encarar a la reina–. ¿Me estáis prometiendo favores? ¿A mí? ¿A la infanta de León? –Constanza enrojeció violentamente. Se retorció las manos para evitar el grito que estuvo a punto de dejar escapar. Así que Urraca quería hacerla arrodillar. El odio la cegó y hubo de suspirar profundamente antes de hablar.

—Creo, señora, que mi deficiente conocimiento del idioma me ha jugado una mala pasada. No he querido ofreceros beneficios, pues vos no los necesitáis, ya que sois la señora de estas tierras. Sólo he deseado brindaros mi amistad a partir de hoy.

—¡Ah! –admitió la princesa, relajando los hombros– podéis creer que por un momento... Pero ya veo que todo ha sido un malentendido –dijo mientras abandonaba la cátedra y se acercaba a su cuñada, que se levantó–. Estoy contenta, hermana –siguió, rodeando los hombros de la reina con su brazo y arrastrándola hasta la ventana por donde se colaba el sol–. Desde que llegasteis a nuestras queridas tierras –aseguró con voz soñadora contemplando la vista de la ciudad que se ofrecía brillando al mediodía– he deseado este momento. Unidas lograremos todo lo que nos propongamos. En cambio –su tono se hizo duro y su brazo cayó abandonando el cuerpo de Constanza– de haber seguido como hasta aquí... –Calló unos momentos mirando las losas del suelo, alzó luego el rostro ya sonriente y, dando unos cachetitos cariñosos en el lustroso moflete de Constanza, dijo conciliadora–. En fin, pasemos a la acción. Esta noche esperad al rey más hermosa que nunca. Creo –aseveró mirando a su cuñada de arriba abajo– que deberíais pedir un baño. Cambiar toda esa ropa que tiene olores a orín y a leche cuajada. Mejor, venid en el crepúsculo a mis aposentos; Auria os ayudará. Y traeros a vuestras mujeres, así aprenderán algo. Cuando mi hermano me visite en la noche, os encontrará esperándole. Y.. –cortó con un movimiento de los dedos de su mano derecha el amago de intervención de la reina– no os preocupéis de nada. Yo hablaré con él antes.

—Señor, he querido veros por un asunto que me preocupa seriamente –decía Urraca, aceptando la invitación del rey para ocupar una cátedra situada sobre unos tímidos rayos de sol que penetraban por el pequeño ventanuco de herradura–. Sabéis que os amo hasta el punto de desear vuestro bien y vuestro placer por encima del mío propio. Hago este preámbulo –aclaró al notar la mirada preocupada del monarca– para que entendáis que lo que voy a deciros no tiene nada que ver con mis sentimientos hacia vos. Mis oídos, como conocéis de sobra, están en todas partes. Sé que algunos señores y clérigos murmuran de vuestro capricho por la berciana, cosa que no tendría mayor importancia si no hubierais desatendido vuestras obligaciones con la reina.

—Verás... querida –titubeó Alfonso, moviéndose incómodo en su asiento –Jimena no me crea ningún problema. Sólo pequeñas peticiones para satisfacer a amigos y conocidos y, como no, sueldos y joyas para rellenar sus arcas... Nada –manoteó quitando importancia a lo dicho–. Cuando estoy con ella, olvido mis responsabilidades. Pienso exclusivamente en disfrutar y reír. Constanza y...

—¿Y yo? –apuntó la infanta con un sabor amargo en los labios.

—Sí, y tú. Pero lo tuyo es lo normal. Lo que he visto siempre. En realidad eres una prolongación de mí mismo. Y reconozco que si no fuera por ti, no estaría donde estoy ni el reino tendría un futuro. No es el mismo caso. Tú eres mi reina. Constanza quiere serlo y me agobia con peticiones, ruegos, cambios y proyectos que no deberían preocuparle. Su deseo de mando es grande y se vuelve pesada y aburrida.

—Alfonso, no estoy hablando de diversión, ni siquiera de amor, estoy hablando de deberes. Y los tuyos en este caso son muy claros. Debes dar un heredero al reino.

—Lo sé, querida. Y no creas que lo tengo en olvido. Mas déjame gozar como un hombre normal. Aunque sea por poco tiempo.

—No te pido que dejes de disfrutar. Te ruego que no olvides tus obligaciones y visites a tu esposa de vez en cuando. En cuanto consigas un nuevo embarazo, podrás tener nueve meses de asueto. Yo misma te traeré juguetes –aseguró bajando los ojos, con un nudo en la garganta. El rey fue consciente de su dolor y, levantándose, la alzó de la cátedra, rodeándola con sus brazos.

En la primavera del año mil ochenta y dos, la corte viaja a Burgos para celebrar una gran curia. Las calles de la ciudad hierven de magnates, clérigos, infanzones y criados que buscan acomodo. Es muy pequeño el lugar, por lo que, salvo algunos señores, la mayoría habrán de montar sus tiendas fuera de las murallas, en espera de los días en que se reúna el Aula Regia para decidir asuntos tan importantes como la toma de Toledo, la intervención del papado en los asuntos de elección de obispos o la selección de la persona idónea que viajará a Sevilla para el cobro de las parias de este año. Han acudido representantes de Portugal, Castilla, Galicia, Asturias, El Bierzo y de las nuevas repoblaciones. Todos pasean orgullosos sus palmitos por las calles estrechas y polvorientas. Se detienen a saludar a conocidos venidos de lejos y ya nadie se acuerda que, en otros tiempos, las tierras estuvieron separadas. El toque de cuerno de los sayones del rey, que anuncian la asamblea, interrumpe por unos instantes las conversaciones. Todos prestan atención, para escuchar cuándo será el comienzo de la reunión y el lugar. Les llega, desde la esquina más próxima, la voz clara que anuncia que han de estar a la hora sexta junto al atrio de Santa Gadea. Los magnates, una vez conocido el punto de encuentro, siguen con sus parloteos, dejando que las voces de los porteros del rey se pierdan por las calles. Las señoras, reunidas junto a las murallas, visitan un improvisado mercado, autorizado por el monarca para la ocasión. Manosean las telas fabricadas por los tiraceros del rey, que hoy se han desplazado desde la capital del reino, pero que andan buscando una ubicación, para hacer permanente la estancia de algunos. Alfonso quiere dar a la ciudad un servicio del que carece en la actualidad. Estos trabajadores van llegando de las tierras del sur y, bajo la protección de los reyes, se han establecido en Pajarejos, no lejos de León, trabajando para encargos particulares o para abastecer las tiendas de la ciudad, lo que harán desde ahora en Burgos, en cuanto consigan el lugar idóneo. Hay un grupo de damas que admira una escudilla de plata. La toquetean ansiosas, pero la vuelven a las manos del judío que regenta el puesto de cacharros. No pueden comprarla. Les ha pedido el equivalente a dos bueyes. Ellas hacen clamores fingiendo asombro, pero el hombre se empecina, asegurando que es maciza y que "ved, ved como pesa..." Se van las mujeres, dejando el recipiente en manos del vendedor, que se lo ofrece a otro grupo que acaba de llegar. Las primeras vuelven a detenerse frente a un puesto de bellas piezas de tela y tapices. Una acaricia una camisa de seda, que cruje agradablemente entre sus dedos. Se imagina la sorpresa de su esposo en la noche, si apareciera vestida con una pieza tan hermosa. Pregunta el precio. "Quince sueldos", le pide el mercader, judío también, sonriendo untuosamente mientras se retuerce los dedos, controlándolos para que no se lancen sobre la delicada pieza, arrebatándosela a la mujer que la soba. La dama la deja al fin sobre las tablas forradas que hacen de soporte de las mercancías. Se vuelve para partir, pero duda. Si vistiera esa camisa... tal vez su esposo... Ofrece diez sueldos. El hombre se echa las manos a la cabeza, clamando las virtudes del tejido. "Bien, cede la señora, pagaré doce..." "Ni hablar –niega su oponente– han hecho falta dos obreros durante ocho días para tejer la tela y luego, una mujer, en la confección, ha pasado noches en vela para traerla a tiempo, hoy, a Burgos..." "¡Vale –casi grita la fémina por la presión y la ansiedad que siente– ofrezco trece y ni uno más!" "Bueno... –cede quejoso el judío, ladeando la cabeza como si le pesara o sintiera latidos dolorosos– veo que tenéis mucho interés... Si me pagarais catorce..." "Ni hablar", se mantiene la mujer, enfadada con el hombre y consigo misma por su tonto capricho, el cual sabe, aunque no quiera aceptarlo, que no le va a servir para apartar, ni por un momento, a su marido de los brazos de cualquiera que, aunque huela mal y esté vestida de harapos, le ganará la partida... "Trece o nada", lanza como un insulto. "Está bien, está bien –transige rápido el mercader al darse cuenta de que no conseguirá ni un suel-

sueldo más– vuestra es". Ella la toma, queriendo sentirse ilusionada. La oculta bajo el brial y baja las pestañas porque las demás no vean el brillo de sus ojos. Sí. Está casi cierta... Esta noche volverá a ser igual... Ya se aleja cuando, de repente se vuelve. Ha visto una dalmática, una casulla y un frontal greciscos, piensa que si lo adquiere todo, el alto precio de la camisa pasará desapercibido entre las otras ricas telas y a su devoto marido le encantará hacer la ofrenda a los monjes de San Miguel de Escalada, a los que pretende encomendar su cadáver cuando muera... Torna al regateo con el judío, mientras sus acompañantes, aburridas, se acercan a un labriego que les muestra sus cuévanos llenos de nabos, cebollas y castañas. No parecen las mujeres interesadas en los frutos y sin embargo les llama la atención otro campesino que les ofrece sebo y cecina de vaca y de castrón. No se entienden con el hombre y demandan a un tercero el precio de la sícera, que asegura haber traído de León, aunque ellas saben bien que, a veces, la sidra que se vende es de las Asturias que, "desde luego, es mucho más suave" y les gusta menos... Se distraen observando el trato de un hombre que intenta comprar un carro de buena madera y fuerte construcción por el que un artesano le pide tres sueldos de plata. Da vueltas el comprador alrededor del objeto, tocando y forzando sus encajes, mientras mueve la cabeza a derecha e izquierda, asegurando que "lo llevaría ahora mismo si se lo diera en dos sueldos..." el vendedor, realizando un gran esfuerzo, mueve adelante y atrás el carro haciendo que el canto de las ruedas, de maderas bien ensambladas, se oiga. Ha hecho un excelente trabajo y no está dispuesto a perder dinero. Serán tres sueldos o no habrá trato... Ellas se cansan de observar y ahora atraen su atención los gritos de un zabazoque que trata de imponerse a un par de judíos, quienes discuten porque no están seguros del peso de unos denarios que han recibido en pago por unas tórdigas, unos sobeios y varias melenas para adornar la testuz de los bueyes. El comprador asegura que sus dineros son buenos y ha llamado al juez del mercado para que lo constate. Vuelven a buscar a su amiga, que acaba de pagar al mercader la nueva compra y una de ellas se fija ahora en un galnape por el que le pide cuatro sueldos, aunque "si preferís, podría conformarme con dos modios de trigo..." Es ladino el judío. Sabe que las damas están de viaje... La manta es muy buena. La mujer la palpa y la nota espesa y suave. Al fin, después de mucho discutir la consigue por dos sueldos. Se va contenta. Ha hecho una buena compra. "Desde luego en León, sería imposible por menos de tres..."

Y comienzan las asambleas. Durante varios días se discuten los asuntos. Alfonso contenta al papa, aceptando pedir su consenso para elegir abades u obispos. Y se decide a enviar a Roma a Bernardo, el abad de Sahagún, para poner el monasterio bajo la protección del papado. En cuanto a Toledo, todos los señores están de acuerdo, hay que sacrificarse para consolidar las nuevas repoblaciones hasta el Duero. Se decide atacar la ciudad. Y otro asunto, éste prioritario, ya que sin llevarlo a buen fin, la campaña estaría en peligro. Se elige al judío Ben Sâlîb para viajar hasta Sevilla a cobrar las parias a Motamid. Cuando los cansados debates se dieron por finalizados y las actas fueron firmadas por Alfonso y Constanza, las dos hermanas del monarca, el legado papal, trece de los catorce obispos del reino y diecisiete condes, el rey ofrece una gran fiesta, para agradecer a sus gentes el apoyo y para anunciar que la reina estaba de nuevo embarazada.

Alfonso se demoró aquel verano en Burgos. Atendió en lo posible las necesidades de la ciudad y los monasterios limítrofes. Mandó ajusticiar ladrones y bandidos que hacían peligroso el Camino. Dirimió juicios como el que le presentaron Munio Fernández y su mujer Elvira contra dos de sus siervos, quienes hacía tiempo que habían huido de su predio, ya en vida de los padres de Munio, y que se habían establecido en la ciudad de Burgos como toneleros. Tuvieron la mala suerte de que uno de los juniores de la casa les reconociera en el mercado y habían sido encarcelados por orden del sayón, aunque ellos aseguraban que tenían derecho a la libertad pues ya habían transcurrido los cincuenta años que prescribía la ley. Era falso sin duda su aserto y, sin más, fueron entregados a sus dueños, que tomaron para sí, la casa y el negocio que los dos huidos habían conseguido levantar con su trabajo. Repartió el monarca también prebendas, que contentaron a muchos señores castellanos.

En el otoño, viajamos de nuevo a León, para pasar, como era habitual, la Navidad en Sahagún. A poco de salir de Burgos, alcanzaron la numerosa caravana, de más de doscientas treinta personas, cincuenta carros y doscientos caballos, además de mulas, asnos, vacas y ovejas, unos mensajeros de Rueda. Como el rey ya sabía, dijeron que a la muerte de Muqtadir de Zaragoza, sus hijos habían heredado los reinos. Pero el castellano de Rueda no está de acuerdo con la decisión del difunto. Desea por rey a un hermano del finado y no a sus hijos, así que ha decidido ceder la fortaleza a Alfonso, antes de dejarla en manos del nuevo monarca. Cuando el leonés quiera, él le abrirá las puertas de la ciudad. Ni que decir tiene que Alfonso acepta encantado. Con el Cid en Zaragoza, inhibiendo las tentativas del conde de Barcelona y las antiguas de la misma Zaragoza sobre Valencia, García Ordóñez en Navarra y López Giménez en la zona vasca, deteniendo a su vez las pretensiones de Sancho de Aragón, las fronteras Orientales estaban aseguradas, ya que los nobles tenían la misión de vigilar a sus vecinos, pero como ellos mismos eran rivales entre sí, sus ambiciones estaban también controladas. El nuevo enclave de Rueda en manos de leoneses, le ofrece una buena ventaja cara a la próxima conquista de Valencia y quien sabe si de la misma Zaragoza.

—Desde luego la aceptación no tiene cuestión –aseguraba Urraca a su hermano, después de la audiencia de los enviados de Rueda–. Pero creo que debes dejar que sedimente. Dales algo de tiempo. Que no sepan tu empeño. Sigamos hacia Sahagún, pasemos la Navidad y luego, volvamos a negociar. Si te ven demasiado interesado, pueden pedirte un precio alto. Debes hacer que parezca que les haces un favor...

—Sí, comprendo que tienes razón –cabeceó Alfonso asintiendo, mientras movía impaciente la punta de su pie izquierdo–. Pero si le doy tiempo quizás cambie de opinión...

—Si lo hace –objetó la princesa– será porque su decisión no es firme, en cuyo caso mantener la villa nos dará muchos más gastos que provecho. Además, mientras hablabas con esos hombres, Auria... –titubeó dudando de cómo explicar el extraño sucedido del que fui protagonista y que me había apresurado a poner en su conocimiento. El rey se volvió a mirarme ligeramente preocupado.

—¿Sabes algo que yo ignore? –interrogó interesado.

—No exactamente, señor –me demoré en la respuesta, buscando las palabras adecuadas. Él se movió de nuevo impaciente, lo que me hizo apurar hasta sentir arder los mofletes–. Veréis... mientras escuchabais a los mensajeros, hube de sentarme porque sentí un vahído que me nubló la vista. Quedé unos instantes como ida. Sin ver o escuchar lo que sucedía en el salón. En ese tiempo, que ignoro si fue largo o corto, vi una fortaleza que no conozco. Se estaban abriendo las puertas y por ellas pasaban caballeros muy bien vestidos. Parecía que iban a celebrar una fiesta. Cuando terminaron de hacerlo, los portones se cerraron y el puente se izó. Al poco, oí ruido de lucha y gritos agónicos. Supe que los hombres que acababan de entrar habían sido asesinados.

—Y... ¿bien? –quiso concretar el rey.

—Auria teme –aclaró Urraca saliendo en mi ayuda– que la fortaleza que vio fuera Rueda y que los caballeros asesinados fuerais tú y tus gentes cuando entréis a tomar posesión de la villa.

—¡Oh! Vamos, mujer –exclamó cansado, volviéndome la espalda– no me fastidies. Eso podría darse si yo los hubiera obligado por algún medio a entregarme la ciudad, pero han sido ellos quienes me la han ofrecido...

Además –y ahora se encaró con su hermana– a vosotras dos no hay quién os entienda, tan pronto creéis en lo mágico, incluso pensáis que podéis gobernar los elementos y otras veces os mofáis de todo lo divino y misterioso. Dejadme de historias. Me interesa tomar Rueda y no voy a desaprovechar la ocasión.

—Bien, hazlo si así lo deseas –aceptó la princesa– pero al menos, prométeme que no irás personalmente.

—Está bien –admitió Alfonso– si eso os hace felices, no voy a privaros de una satisfacción que me resulta tan fácil de conceder. Enviaré a Gonzalo Salvadórez y al infante de Navarra, que me aseguran que se aburre sin el brillo de una corte. Así se sentirá importante.

Como Urraca había sugerido. La corte siguió viaje a Sahagún, olvidando las intenciones primeras de Alfonso, que deseaba tomar la dirección opuesta para entrar en Rueda inmediatamente. El rey cedió, pero estuvo impaciente y hasta irascible, sobre todo porque Jimena, la berciana, traicionó sus esperanzas, trayendo al mundo una nueva princesita. Era fuerte y rolliza, pero era una niña. Durante semanas no se acercó a la muchacha. Luego, aburrido de los suspiros y los rezos de Constanza, volvió junto a ella, diciéndose que quizás la próxima vez...

Pasaron las celebraciones navideñas con sus agotadoras plegarias, y el rey se apresuró a enviar a sus hombres camino de Rueda. Pero algo nuevo había sucedido en Zaragoza. El hermano de Muqtadir acababa de morir. El castellano de la prometida fortaleza se encontró sin apoyos. Sabía que su posición era peligrosa y se decidió a congraciar al sobrino del muerto, y ya rey, Mutamin, haciéndole ver que su propuesta al leonés no era más que una añagaza para poder servir en bandeja su cabeza al nuevo monarca. De forma que, cuando los enviados de Alfonso anunciaron que el de León tomaría posesión de la plaza el día de la Aparición del Señor, el castellano hizo sonar músicas y bailar vírgenes, precediendo a los caballeros hasta que estuvieron dentro de las murallas. Mandó cerrar entonces las puertas, dejando fuera al resto de hombres que habían quedado custodiando las tiendas. Fueron éstos testigos horrorizados de los gritos de sus compañeros. No podían dar crédito a sus oídos, hasta que vieron las cabezas de sus señores colgar de las torres. Tomaron entonces sus pertenencias y a galope tendido, corrieron a informar al rey.

Por si fuera poca desgracia, enseguida llegaron noticias de la embajada a Sevilla. Ben Sâlîb el judío experto en finanzas, que la Curia Regia había enviado a cobrar a Mutamid, no había sabido llevar el asunto, hasta el grado de costarle la vida en una horrorosa muerte. Al parecer, según nos contaron los hombres que pudieron huir, el primer ministro del sevillano, Abu Bakr ibn Zaidun, se presentó en el campamento de los leoneses con el tributo pedido. El judío revisó los dineros y su buena vista para los cuartos, le hizo saber enseguida que las monedas no eran de oro puro. Se lo comunicó así al enviado, al tiempo que gritaba e insultaba, asegurando que lo que habían intentado hacer era una afrenta a su rey y que sin duda éste se lo haría pagar. No recibió bien el musulmán sus palabras de amenaza y tomó presos, no sólo a Ben Sâlîb, sino también a todos los caballeros que le acompañaban, a los que milagrosamente dejó en prisión, mientras crucificaba al judío. Alfonso enrojecía de ira mientras escuchaba los informes de sus hombres recién venidos de Sevilla.

—¡Malditos moros! –gritó al terminar de oír el relato. ¿Cómo se han permitido el lujo de alzarse contra mí? –No pudo mantenerse sentado y se levantó para caminar de un lado a otro con las manos a la espalda–. En cuanto llegue el buen tiempo, tomaré un ejército y los aplastaré. Llegaré hasta el mar, arrasando todo lo que encuentre al paso, así sabrán quién es su señor, pues creo que lo han olvidado.

Aquella noche, Urraca agudizó el ingenio buscando diversiones para su hermano. Sabía que después de los reveses sufridos acudiría a ella. Buscó damas hermosas y complacientes, buenos vinos, mandó cocinar los dulces que sabía eran la debilidad del monarca, preparó audiciones de bellas músicas, interpretadas por las esclavas moras veladas por finas cortinas... Guillermo acababa de llegar de lejanas tierras, así que lo invitó para que narrara su viaje, si era gusto del rey. También se trajo a la velada a los caballeros a los que Alfonso apreciaba, pues sabían dar a los juegos de mesa interés y suspense... Cuando el monarca entró en los aposentos de su hermana, se encontró con una improvisada fiesta que pareció agradarle. Se entretuvo en charlas y desafíos, con la música de las moras al fondo. Galanteó a alguna dama, que le sonrió prometedora y hasta escuchó durante un tiempo las aventuras de Guillermo entre gentes de extrañas costumbres. Luego pareció fatigado. La infanta y yo misma fuimos sacando a los invitados de la sala. Alfonso se tendió en un escaño y se relajó con una copa de vino. Urraca masajeó su espalda mientras yo hacía lo propio con los pies.

—Estoy cansado –se quejó él, cerrando los ojos.

—¿Deseas acostarte? –sugirió la infanta, acariciándole la nuca por entre los largos cabellos.

—¡Qué más quisiera!.. –dejó escapar en una especie de suspiro–. Pero le prometí a Constanza que la visitaría. Seguramente estará deseando decirme qué tengo que hacer con el asunto de Sevilla... –apoyó la frente en el antebrazo doblado, dejando la copa en el suelo. La infanta se mantuvo en silencio. Ella también deseaba decirle qué tenía que hacer, pero supo que no era buen momento, así que se contuvo, esperando, al tiempo que deslizaba los dedos suavemente por los hombros del rey. Se movió éste de repente, agitado al parecer, y se enderezó, sentándose–. ¿Cómo crees que debo actuar? –lanzó como un chiquillo enfurruñado.

—Estoy en completo acuerdo contigo –cabeceó la princesa, colocándose a su lado–. Debes darles una lección.

—¿Verdad que sí? –se reafirmó Alfonso, mirándola con simpatía.

—Desde luego. Aunque creo que sería conveniente que esperaras a negociar el rescate de los caballeros que tienen en prisión. Si no lo hicieras, morirían sin duda.

—Ya –aceptó él muy serio, con gesto de convicción en los labios–. He decidido –aseguró, siguiendo con el mismo tono– encargar al abad de Sahagún que compre su libertad.

—Muy bien planeado –reconoció la mujer–. En realidad no será necesario que le envíes con dineros. Con que rebajes las parias, el sevillano estará encantado.

—Sí. Eso había pensado –aseguró el rey–. Mañana pondré en camino una embajada. Deseo acabar este asunto cuanto antes.

—Estupendo –coreó ella–. Y no sufras por los dineros que vamos a perder. Estoy segura de que con la campaña de castigo que proyectas, los recuperaremos con creces.

—Te dejo, querida –dijo Alfonso poniéndose en pie–. He de ver a Constanza –y con una sonrisa pícara–. Como es tan tarde, igual me la encuentro dormida... –salió con paso cansino, haciendo un gesto de prohibición a la guardia que le esperaba junto a las puertas. Los soldados esperaron a verle desaparecer por el extremo del pasillo y luego le siguieron, obedeciendo la orden silenciosa de Urraca.

12

Desde que Guillermo había vuelto, andaba Urraca deseosa de hacer un hueco para recibirle en privado. Yo también lo quería, pero los muchos problemas lo habían impedido. Aquella noche, por fin, después de saber que Alfonso no acudiría, la princesa mandó a buscar al peregrino, que llegó despacioso.

—Amigo –le saludó–. Te doy la bienvenida por segunda vez. Siéntate y dime cuáles han sido las enseñanzas que has sacado de tu nuevo viaje.

—Temo decepcionaros una vez más, señora –replicó el hombre, después de saludar a la infanta con la rodilla en tierra–. Permanecí meses entre aquellas gentes. Muchos días y noches observando el lugar y las costumbres y poco nuevo he conseguido – dejó el cayado a su lado y tomó la copa que yo le ofrecía con una mano, en tanto con la otra acariciaba la cabeza de uno de los mastines, que se acercó a él cariñoso–. Gracias, Auria. Beberé para espantar el frío del pecho –y así lo hizo, devolviéndome el recipiente casi lleno.

—He oído decir –aseguró Urraca impaciente– que aquel es un lugar mágico.

—Sí, señora. Lo mismo que Tierra Santa o Santiago. Y, decidme. Vos que conocéis muy bien la Tumba del Apóstol, ¿habéis experimentado su magia?

—Lo cierto es que no –admitió ella.

—Para sentir hay que desearlo tanto, que la cabeza, por complacernos, se lo invente.

—¿Queréis decir –intervine interesada, al reconocer las teorías de mi abuela en las palabras de Guillermo– que la magia está en nosotros?

—Es una manera de formularlo –toleró el peregrino–. Creo que el único poder es el de aquella voluntad que es capaz de dominar las manifestaciones del cosmos en su propio provecho. Aunque no sé exactamente si por voluntad, como he dicho, o por simpatía total con las fuerzas naturales, hasta el extremo de conseguir formar parte de un mismo ser o pensamiento.

—¿Es vuestra voluntad permanecer en la tierra? –interrogó la princesa, dejando su copa sobre el brazo de la cátedra, de donde me apresuré a retirarla.

—Ciertamente no. El problema –plegó los labios, dubitativo– es que no he conseguido llegar al control de todos mis deseos. O... quizás –bajó la mirada al suelo como si viera en los dibujos de la alfombra algo más que bellos colores– una parte de mí decidió, en un momento dado, castigar mi falta de caridad, con un hombre golpeado por la injusticia, deteniendo el proceso normal de todos los seres conocidos... O, simplemente, se trata de una evolución anómala que nada tiene que ver con ninguna situación externa... Ese es mi dilema. Y esa es la respuesta que busco. Deseo conocerme y la única forma que se me ocurre es haciéndolo a través de lo creado, que al fin y al cabo, tiene mi misma materia.

—¿Qué intentaban mostrarnos las gentes que construyeron los círculos de piedra? –pregunté, para desviar el tema de un asunto que me pareció doloroso para el viajero.

—Nada. Creo que no lo hicieron para comunicar nada. Pienso más bien que fue realizado con un fin práctico. La situación de algunos de los bloques marca el cambio de los astros y con él las estaciones y los momentos de siembra y cosecha. Al estar relacionado con el cielo y por tanto con poderes que nadie, hasta hoy, ha sido capaz de explicar, celebraban allí sus ritos para conjurar o propiciar esos poderes, impelidos por el miedo a fuerzas que escapaban a su control –volvió a tomar su cayado y acarició la tau; luego siguió–. Después de observar durante semanas el sitio, estoy seguro que fue un centro importante de religiosidad o de terrores ancestrales, que sabéis que es lo mismo. Si alguien tuviera el tiempo y los dineros, a más de un gran deseo de saber, y se dedicara a cavar cerca, encontraría toda clase de objetos relacionados con el culto e incluso con los muertos, que no sería extraño enterraran también allí –Guillermo calló. Después de unos segundos miró a la princesa con ojos cansados–. Señora, me temo que este tampoco es el Camino.

—Pero... –dudó Urraca– cuando partisteis, ibais ilusionado...

—Sí, como siempre que inicio algo... Hasta observé el vuelo de las cornejas y os aseguro que fue propicio. Estudié también las runas y, la Y, la T y la J, se repetían constantemente. Y, como bien sabes amiga Auria –dijo mirándome– significan riqueza, favor, y victoria y buena cosecha, respectivamente... Quizás se estaban refiriendo a otra cosa y no a este viaje... –se quedó unos instantes silencioso, contemplando las losas que pisaba, luego alzó los ojos hasta la princesa y continuó–. Subo reptando a la cima. La esperanza me mantiene... Cuando llego... vacío, silencio, nada... Tal vez aquella más lejana... –apuntó con una media sonrisa.

Todavía estuvimos algunos minutos dando vueltas a la desilusión. Luego, la princesa se levantó. Acompañé a Guillermo a la entrada y aproveché para interrogarle apresurada.

—¿Viste al chico? –no necesité ninguna aclaración, se volvió a mirarme con una cierta pesadumbre.

—Sí.

—¿Y? –apuré, mirando a mis espaldas.

—Es un rapaz valiente y disciplinado. El alcaide de Luna está haciendo un buen trabajo. Claro que no sólo él. García, el hermano del rey, lo ha tomado bajo su protección. Los dos falsos mellizos están recibiendo una educación de príncipes, junto al hijo del propio García.

—Entonces, ¿cuál es el problema? –pregunté preocupada–. Porque intuyo que algo te disgusta.

—¡Bah! –trató de trivializar el hombre– seguramente será sólo un mal pensamiento.

—Dímelo –ordené al tiempo que me plantaba ante la puerta, impidiéndole el paso.

—No deberías hacerme hablar. No es bueno querer saberlo todo.

—¡Vamos, amigo, no me fastidies! ¿Qué sabes?

—Fue al ver a Álvaro, nombre que dio al chico su falsa madre antes de morir. No necesité que nadie me lo señalara. Sigo sin saber exactamente si es hijo del rey, pero podría jurar que se le asemeja... Bien –siguió el peregrino después de unos segundos de silencio– mientras le observaba hacer sus ejercicios de monta en el patio de la fortaleza, intenté imaginármelo ocupando el lugar que le pertenecería, caso de ser cierto lo que siempre defendió su madre. En vez de eso, vi el hacha del verdugo caer sobre su cuello... –Guillermo calló, bajando los ojos. Yo me aparté de la puerta, permitiéndole la salida y caminé despacio en seguimiento de Urraca para ayudarla a acostarse.

Alfonso cumplió su promesa. Una vez en su poder los hombres que permanecían en las mazmorras de Motamid, después del asunto del cobro de las parias, emprendió una gran aceifa, marchando hacia el sur, asistido por los condes y obispos que han acudido a su llamada con sus infanzones, caballeros, villanos y peones, devastando las tierras por las que pasó hasta dejarlas secas y yermas. Según había dicho, llegó, sin que nadie fuera capaz de detenerle, hasta la punta de Tarifa, donde hizo cabalgar a su caballo por la playa hasta penetrar en el mar, peleando con el furioso viento que, después de golpearle inmisericorde, sin conseguir hacerle bajar la cabeza, fue perdiendo fuerza, ante el asombro de los nativos, quienes cuchicheaban entre sí, asegurando que el rey cristiano tenía mucho de dios. Fue sin duda una bella imagen, y nos dio dineros como Urraca había previsto, pero el monarca, no supo o no pudo aprovechar las ventajas de la victoria en toda su extensión. En la noche, después de la borrachera del triunfo, mientras bebía el agridulce zumo de las naranjas exprimidas para refrescarle, escuchaba apenas los consejos de la princesa.

—¿No deberíamos dejar una guarnición aquí? Tal vez sería conveniente tener controlado el mar... –apuntaba con fingida duda la infanta.

—No es posible –cortó tajante el rey–. ¿Cómo crees que podríamos mantenerla a la distancia que está de León?

—Ya –admitió la mujer, entrecruzando los dedos sobre el regazo–. He pensado en eso. Pero mis noticias son que Motamid ha tratado de establecer contacto con Yusuf, el caudillo almorávide. Sabes que sus conquistas son constantes. Me da miedo que consigan entenderse.

—No lo creo –contestó Alfonso, cambiando de postura en su cátedra–. Por lo que sé, sus ideas sobre la vida son totalmente opuestas. Los africanos hablan de sacrificio, los andalusíes de disfrute y logros culturales. Además, no les considero tan estúpidos. Si les dejaran entrar, dudo que consiguieran echarlos. Espero que no sean capaces de avenirse. Pero, aunque así fuera, no me queda más alternativa que confiar en la suerte, pues el mantener aquí una plaza, es impensable en estos momentos.

—Sí –insistió la princesa– pero yo...

—Deja de mirar el fuego –cortó su hermano levantándose, mientras me ojeaba frunciendo el ceño. Después acarició a la infanta y concluyó–. Nadie puede exigirnos más de lo que podemos dar. Y en este caso, está claro. No hay dineros, la distancia es enorme y los accesos peligrosos, ¿Cómo harías tú para sostener así unos hombres, en tierras enemigas?

Aquí me viene el recuerdo de la llegada de noticias del Cid, aunque no estoy segura si fue en este verano del mil ochenta y tres o en el siguiente. Había estado el caballero del lado del de Zaragoza, acosando a su hermano, el rey de Lérida. Buscó éste la ayuda del conde de Barcelona, quien no quería más que una disculpa para atacar Zaragoza y de paso al castellano, al que envidiaba por sus capacidades, que le mantenían controlado dentro de sus propias tierras. En este asunto, antes de la batalla, Rodrigo quiso negociar, pero el catalán, un medio enano regordete, estirándose sobre la punta de los pies para alcanzar la barbilla del enviado, mientras con una mano se colocaba los cuatro pelos que le quedaban, tratando de taparse la calva, y con la otra se rascaba la bien alimentada tripa, se negó a cualquier tipo de arreglo, repitiendo las mismas frases varias veces, como si estuviera dirigiéndose a idiotas, o tal como si él mismo lo fuera. Fue derrotado. No salió muy mal parado, porque el Campeador, a cambio de su neutralidad, lo dejó marchar sin daño. Alhajid, el leridano, viendo peligrar su reino, buscó ahora el apoyo de Sancho Ramírez de Aragón y allá se reunieron los dos ejércitos cerca de Morella, tierra montañosa y agreste, de caminos ásperos, entre peñascales y barrancos, pinares, carrascales y matorrales de enebro. Con una magnífica fortaleza casi inexpugnable, situada, según nos explicaron nuestros espías, sobre cimientos muy antiguos. Se dio la batalla cerca de Tortosa y el Cid volvió a hacer valer su gran capacidad de estratega, aplastando a sus enemigos. Todo parecía ir bien en el oriente.

Estas noticias nos llegaron en el camino de vuelta a León. Buscábamos la paz del monasterio de Sahagún para pasar el invierno. Se avecinaba una gran campaña. La próxima primavera Alfonso marcharía sobre Toledo.

Los dos próximos años transcurrieron deprisa. Después de pasar el invierno en Sahagún, el mes de abril, comenzó la marcha hacia Toledo. Se dieron pequeñas escaramuzas que despejaron el camino y en el otoño nuestro campamento quedó instalado al sur de la ciudad. Cuando comenzaron las lluvias y las frías sombras se alargaron, volvimos al refugio del monasterio, desde donde Alfonso preparó una gran curia, que decidió celebrar en Astorga, ya que nunca lo había hecho en aquella villa y era su deseo que ninguno de sus súbditos se sintiera olvidado del rey. Allí reunió a muchos magnates de la corte, presididos por la reina y las infantas. No faltaron el mayordomo real, el alférez, el arzobispo Bernardo de Palencia y los obispos de Burgos, León, Oviedo, Mondoñedo y Santiago. El monarca deseaba la opinión de todos los representantes de su reino, a los que escuchó durante horas y con los que discutió incluso, para aclarar posturas. Como el día diez de diciembre quedaban aún muchos temas en el aire, viajamos hacia León para continuar allí con los debates. Salió entonces un acuerdo para fundar un hospital en la ciudad, intención del obispo Pelayo, al que apoyaron incondicionalmente sus amigos, el de Oviedo y el de Astorga. Se trató también aquí la espinosa cuestión de los dineros para la manutención del campamento toledano, decretándose la cuantía de la "fossataria", el impuesto para librarse del ejército.

Quedaban aún algunas materias por estudiar, así que viajamos a Sahagún, pues era deseo expreso del rey pasar la Navidad con sus queridos monjes, de modo que la curia se trasladó al monasterio, donde la fiesta transcurrió entre los interminables rezos de los religiosos y los larguísimos discursos de los nobles, quienes defendían una u otra razón. Pero Alfonso estaba inquieto por resolver el asunto del cerco, ya que nos llegaban constantes informes de grupos que conseguían huir de la ciudad, amparándose en la noche, hacia Madrid o Zaragoza, por evitar las pérdidas o daños que sospechaban cercanos. De modo que, en la última semana de febrero, el nuevo ejército conseguido hizo la distancia entre Sahagún y Toledo en apenas tres semanas. A mediados de marzo llegábamos a encontrarnos con los acampados, quienes nos recibieron con los brazos abiertos. Inmediatamente comenzaron las negociaciones para la entrega de la ciudad. Fueron largas y agotadoras sesiones, que creo se saldaron de forma bastante ventajosa para los sitiados, ya que Alfonso no quería derramamiento de sangre ni el deterioro de una bella ciudad, que en su día había sido su refugio. Buscaba que los habitantes le consideraran más bien su libertador, de modo que concedió a los moros que lo desearan quedarse en la plaza, guardando sus posesiones. Muchos, sobre todo los jeques y los alfaquíes, optaron por viajar al al-Andalus, llevándose sus bienes muebles y conservando el derecho a recuperar los inmuebles si se decidían a regresar. Quedaron algunos artesanos y carniceros. Para contentar a las gentes, el rey repartió entre los necesitados buenos dineros, que le granjearon el favor de los humildes.

Inmediatamente se inició la repoblación. Muchos de los nuevos habitantes fueron castellanos y unos pocos de León, Zamora y Galicia. Los francos se agruparon en la calle de su nombre, cerca de la mezquita, donde instalaron sus negocios. Los había de Touluse, Gascuña, Burdeos, Bourges, Agen, Tours, Champaña y Montpellier. Los judíos continuaron en su barrio de Medinat al-Yahud. Eran bastante numerosos; unos cuatro mil. El rey los trató muy bien y les confió el almojarifazgo, el pago de las aduanas. También los mozárabes eran numerosos, pero no habían sido capaces de mantener su cultura, hasta el extremo que escribían en árabe. También con éstos fue cuidadoso el monarca, respetando todas sus costumbres y tradiciones. Las posesiones abandonadas se repartieron entre los participantes en el cerco y, para conseguir una mayor aproximación a los nuevos súbditos, se designó a un mozárabe para dirigirlos, el conde Sisnando. El Alcázar y La Huerta del Rey pasaron a propiedad del leonés. Pero a al-Qadir, se le permitiría conservar las tierras de su patrimonio como Belinchón, Uclés, Huete, Santaver, Zorita, Cuenca y Alarcón, a más de la promesa de ayudarle a recuperar Valencia. Hubo mucha discordia por el asunto de la mezquita mayor, que los toledanos querían conservar y la reina, aconsejada por sus monjes negros, deseaba "limpiar de demonios" convirtiéndola en Catedral. Al fin, Alfonso, harto de las presiones de su esposa, la hizo callar delante de toda la corte y admitió que la mezquita siguiera como tal. Puestas así las cosas, el seis de mayo se firmaron las capitulaciones en nuestro campamento.

La entrada en la ciudad, el veinticinco del mismo mes, fue fastuosa, aunque con algún tropiezo. La reina Constanza se empeñó en llevar tras de sí a sus mojes, precediendo a las infantas, las cuales ocupaban habitualmente el segundo lugar en las comitivas reales. Elvira ni se enteró; Urraca calló, pero se prometió que aquellos vítores serían los últimos que su cuñada recibiera de los toledanos.

Con extraña dedicación, buscó a menudo a la reina para pasear por la medina, descubriendo cada día un nuevo rincón o tiendecita, perdiéndose por las laberínticas callejuelas donde los artesanos abrían sus talleres, agrupados por gremios, que daban nombre a los zocos: de los zapateros, tintoreros, boticarios, estereros, cedaceros, carniceros, aserradores, pañeros, perfumistas, orfebres... A más de los establecimientos de los aguadores y vendedores de plantas medicinales y ungüentos. Se entretenían durante horas mirando a los creadores de sombras chinas, cuentistas, falsos lisiados, enfermos del gran mal, adivinadores del porvenir y echadores de dados. El día del mercado, era difícil encontrar a la infanta o a la reina dentro del palacio. Si había alguna urgencia, era preciso buscarlas en el suq ad-dawwab, lugar en el que se reunían los agricultores, ganaderos y vendedores de toda clase de curiosos objetos, para hacer sus negocios. Se demoraban sobre todo en el patio, rodeado de pórticos, donde se vendían los artículos de lujo, como linos de Zaragoza, marfiles, orfebrería y brocados cordobeses, sedas con bordados dorados de Málaga, cueros repujados, y mortíferas armas toledanas, las cuales escondían tras la belleza, su oficio sangriento. Nadie diría que la relación entre las dos mujeres no era perfecta. Incluso yo, dudaba a veces de que la infanta no estuviera cogiendo cariño a su cuñada, quien volvía a tener agarrada a sus faldas a otra niña...

—¿No creéis, hermana –preguntaba Constanza a Urraca un atardecer, después de los calores de una jornada de agosto– que no debemos consentir que esos demonios sigan celebrando sus ritos paganos en tan bello edificio? –la brisa del ocaso refrescaba a las dos mujeres, quienes habían dejado caer los tocados para que el viento penetrara en sus cabellos–. ¿No deberíais hablar con Alfonso para que consistiera en arrebatarles la mezquita, y convertirla en catedral?. El aljibe abovedado, que al-Mamun había construido, ponía música a las palabras de la reina, con las limpias notas de sus aguas.

—Señora –contestó la infanta risueña, sin dejar de contemplar los granados y las higueras que perfumaban el ambiente, rodeándolas– me concedéis un poder del que carezco absolutamente. Vos sois la reina. Sólo vos podéis tomar decisiones o convencer a mi hermano. Ha dado su palabra, por lo que supongo que será harto difícil lograr el objetivo. Mas he de reconocer que tenéis toda la razón. Cada vez que oigo al almuédano llamar a la oración, me pongo enferma. A mí también me gustaría poder ofrecer tan bello templo a María Inmaculada. Pero –apuntó con una sonrisa cómplice– siempre os queda la posibilidad de hacerlo a espaldas del rey. De ese modo, el no faltará a su palabra y vos saldríais con vuestro capricho...

Constanza la miró asombrada. No se le había pasado por la cabeza la posibilidad de hacerlo sin el consentimiento de Alfonso. Mas... pensándolo bien, ella era la reina. ¿Podría tomar una decisión por sí misma? No. Negó con la cabeza. Sabía de sobra que eso no debía hacerlo. Pero su deseo, atizado constantemente por sus monjes franceses, quienes no entendían la política de tolerancia del monarca leonés hacia las otras religiones de la península, crecía cada día. Entre otras razones por desafío. Sentía una especie de rencor hacia su marido, que la tenía absolutamente abandonada. Sólo visitaba su lecho muy de vez en cuando y con un esfuerzo manifiesto. Sus actos de amor eran trabajosos y aburridos. La mujer era consciente de que no tenía ningún valor como hembra; sólo era la paridora oficial y que, además, no tenía la suerte de concebir un varón, asunto que la asustaba, pues sabía que esta era su única posibilidad de fuerza ante el rey. Empezaba a odiar a Alfonso y a sus gentes. Su vida no era precisamente divertida en la austera corte leonesa. Nadie reconocía sus méritos o poderes. Todos, o al menos ella así lo sentía, parecían mirarla con tolerante suficiencia. Sabían muy bien cuál era su misión y, al menos hasta el momento, les había defraudado. Pero ella se sentía algo más que un saco reproductor. Era una princesa a la que adoraban sus compatriotas, a la que había idolatrado su primer marido... Claro que no había que engañarse, su unión duró tan poco, que el hombre no había tenido tiempo de cansarse de sus caricias... Pero eso ahora no contaba. El hecho era que, más allá de los montes, todos la querían, y aquí... Les demostraría quién era ella. Además tenía el apoyo incondicional de sus monjes...

—Me quedaré en Toledo a pasar la Navidad –anunció en voz alta a la infanta, que jugueteaba con sus sobrinas, de cuya educación se encarga personalmente. Urraca, su homónima, va a ser comprometida en breve con Raimundo de Borgoña. La princesa no ve el compromiso con buenos ojos, pero la presión de Hugo de Cluny y las querencias de Constanza, a parte del deseo de Alfonso de buscar alianzas allende los Pirineos, lo hacen aconsejable. Seguramente el leonés, una vez decidido el asunto, le ceda al yerno el gobierno de Galicia, zona por demás conflictiva, por el temperamento poco razonable de sus señores, que son levantiscos e imprevisibles. Pero de momento no hay nada decidido y la niña, ajena a su destino, juega sobre el regazo de su tía.

Al oír la decisión anunciada por su cuñada, Urraca finge sorprenderse e interrumpe las cosquillas que buscaban los puntos delicados de la pequeña, que, abandonada, pasa inmediatamente al refugio de la complaciente Auria, quien no tiene más remedio que recibirla sonriente, aunque, debo confesarlo, los niños empiezan a cansarme... Sin dejar de jugar con la princesita, que aparta a su hermana pequeña para ser el centro de atención, escucho la conversación de las dos mujeres.

—¿No deseáis –pregunta la infanta– viajar a León para pasar el invierno?

—Esa no es la razón. Mas bien, os diré que tengo cosas que hacer aquí... –aclaró la reina con una risita cómplice.

—Bien, hermana, no deseo saber nada más –cortó Urraca levantándose–. Así no tendré que mentir si alguien me interroga. Pero sabed –quiso conciliar, por si su salida había sido demasiado brusca– que os apoyaré en lo que pueda.

—¡Estupendo! –aplaudió la otra–. Entonces ya sé lo que tengo que hacer.

Apenas llevábamos un par de días de camino hacia León, cuando el Conde Sisnando nos hizo alcanzar por un mensajero, que acudió temeroso ante el rey.

—Habla, amigo –acució Alfonso al notar el embarazo del hombre–. ¿Qué problema me traes?

—Señor –tartajeó el enviado, retorciendo el pomo del puñal que emergía del cinto, hasta tal punto nervioso, que la guardia se acercó temiendo algún atentado–. Veréis, el conde Sisnando me manda porque... –se interrumpió para respirar hondo, mirando de reojo a su espalda a los guardianes que le custodiaban– la reina Constanza... –nuevos bufidos y titubeos–. El conde no ha podido... Se enfrentó y la señora...

—Acaba, infanzón, no tengo toda la tarde –se enfadó el rey, temeroso ya de conocer las noticias.

—Di, buen hombre –intervino Urraca dulce–. Nos tienes en ascuas. El mensajero miró la sonrisa de la infanta y, dirigiéndose a ella, soltó rápido.

—La reina asaltó anoche la mezquita. Cuando amaneció, ya estaban las campanas en las torres llamando a la santa misa. Durante las horas nocturnas, Bernardo, el abad de Sahagún, hizo construir un altar y, aseguran, señora, que para haberse hecho en tan poco tiempo, es muy bello –añadió una opinión de su cosecha, tratando de diluir los efectos del mandado que traía. La princesa miró al monarca, a tiempo de ver su rostro cambiar de tonalidad. Pasó del blanco absoluto al más profundo cárdeno. Tanto que la mujer temió por su vida y, levantándose, acudió a su lado tomándole la mano.

—Repite lo que has dicho –ordenó Alfonso en voz baja, mirando los ojos del muchacho quien, a falta de la comprensiva princesa que ahora le ignoraba, no tuvo más remedio que enfrentar las pupilas del rey.

—Señor –tartajeó de nuevo– he dicho que la reina entró anoche en la mezquita y que se ha hecho un bello altar y que esta mañana...

—¡Basta! –gritó el rey, poniéndose de pie, ignorando a Urraca, que hubo de agarrarse a la cátedra al recibir el empuje del violento movimiento. El enviado retrocedió para evitar ser arrastrado por el vacío que el monarca creó al caminar–. ¡Desmontad las tiendas! –ordenó a los hombres que le miraban atemorizados–. Regresamos a Toledo. Urraca permaneció muda. Cuando el rey salió, el mensajero la miró, esperando órdenes.

—Lo siento, amigo –dijo ella saliendo a su vez–. Me temo que esta noche tampoco podrás dormir. Acércate a la cocina y pide que te preparen un buen ágape. De momento es todo lo que puedo hacer por ti.

La seguí, envolviéndome en la capa, pues aunque estábamos a primeros de octubre, el atardecer hacía que desde el norte soplara un viento que buscaba las rendijas y los pliegues, colándose por todas partes. Cuando entró en nuestra tienda, sonrió abiertamente.

—Esa francesa es una estúpida. Acaba de firmar su sentencia. Y ni siquiera está embarazada... No obstante... –una nueva idea borró de su rostro el triunfo y marcó una línea de preocupación que ya era casi habitual en su entrecejo–. Alfonso está demasiado furioso. Es capaz de hacer cualquier cosa... –calló, perdiendo los ojos en el recipiente que yo había mandado llenar de brasas, para calentar un poco el interior de la tienda. Me miró al cabo de unos instantes–. Sabes de lo que hablo, ¿verdad, Auria?

—Sí, señora –asentí–. Si el rey tomara represalias contra Constanza, nuestros amigos de tras los montes no lo iban a recibir muy bien.

—Efectivamente. Llama a Pedro Ansúrez. Hemos de actuar con rapidez.

Corrí a cumplir su orden. Busqué al bueno de Pedro por todo el campamento. Ardua labor, pues todo empezaba a estar patas arriba, en cumplimiento de la orden real de volver los pasos a la ciudad que acabábamos de abandonar, sin esperar el amanecer del día siguiente. Troté de un lado a otro, no queriendo delegar el mandado, pues a veces, hasta los más leales pueden dejar de serlo. Cuando conseguí localizar al caballero, lo arrastré rápida a presencia de la infanta, que, en pocas palabras, le explicó sus temores.

—¿Sois consciente, Ansúrez, de la gravedad del asunto que os estoy presentando? –y sin esperar su respuesta, siguió–. Vos sabéis tan bien como yo, que cuando el rey ha tomado una decisión, es preferible callar. En este momento no hay fuerza humana capaz de hacerle entrar en razón. Es por lo que he buscado vuestra ayuda.

—Estoy dispuesto, princesa. Mandadme.

—Quiero que cabalguéis hasta Toledo sin deteneros, para que lleguéis antes que nosotros. Hablad con los moros y pintadles la situación creada. Hacedles comprender que el rey ha visto traicionada su palabra y que no puede perdonar a su esposa. Es probable que desee castigarla, pero haced que comprendan que, si eso sucediera, seguramente ellos serían los más perjudicados en el conflicto que crearían los francos y los monjes negros. Con toda probabilidad intervendría Hugo de Cluny y, para no deshacer la alta política que los dos reinos comparten, habría que buscar un culpable que cargara con el desaguisado, de forma que todo siguiera igual para los estados. Creo, sin temor a equivocarme, que ellos, los moros, serían las víctimas propiciatorias. Deben, si desean salvar su comunidad, convencer a Alfonso de que el daño no ha sido tan terrible y que son conscientes de que él no es culpable, pues no han sido sus órdenes las que han deshecho el trato. El rey salvará su honor, Bernardo tendrá catedral, pues estoy segura de que él será el nuevo obispo de Toledo, los cristianos podremos ofrecer a Santa María otro templo y la reina no volverá a dar órdenes sin el beneplácito de su marido. De todas maneras... –añadió perdiendo los ojos por unos instantes en las piedras de la pared– no son tantos los moros dentro de la ciudad; pueden muy bien hacer sus rezos en lugar más modesto...

Desandamos el camino a marchas forzadas. En día y medio estábamos de nuevo a las puertas de Toledo. Los representantes de los musulmanes pidieron ser recibidos inmediatamente por el rey. Accedió éste, aunque de mala gana, pues su primera intención era acudir a los aposentos de su esposa, de la que sabíamos se había encerrado, con sus mujeres, en una torre del alcázar. De Bernardo no conocíamos el paradero. Probablemente puso tierra por medio, a la espera de conocer la justicia del rey. Si éste era magnánimo, regresaría para pedir clemencia. Si, por el contrario, su decisión, como decían todos, era la de quemar a la reina, vería la manera de huir hasta Cluny, para buscar el amparo de Hugo...

—Amigos –habló Alfonso después de los saludos de rigor– estoy avergonzado. Os he fallado como señor. Prometí respetar vuestro lugar santo y no he sido capaz de cumplir mi promesa. No puedo deciros más, que siento muchísimo lo sucedido, y que podéis estar seguros, que los culpables de este acto serán castigados con las penas más severas.

—Señor –intervino un anciano, dando unos pasos tambaleantes hasta el trono– no estamos aquí para reprocharos nada. Al contrario, sabemos muy bien que en vuestros proyectos jamás estuvo faltar a la palabra dada. No vamos a decir que no hayamos sentido dolor por lo sucedido, ya que vos mismo pudisteis ver hace pocos meses, que este punto fue uno de los más defendidos por nuestra comunidad. Pero, hemos pensado detenidamente en ello. Entendemos que vuestro honor exige castigar al culpable y, en otras circunstancias, nosotros mismos os lo demandaríamos pero, tal como se han desarrollado los hechos, no podemos pediros justicia, pues intuimos que, cumplirla, traería a estos reinos y a vos mismo la desgracia y, de rebote, también a nosotros. Es por estas reflexiones y por el bien de todos que hemos decidido liberaros de vuestro juramento y cederos voluntariamente nuestra mezquita para los cultos al profeta Jesús y su Santa Madre.

Alfonso quedó unos instantes en silencio. Miró el suelo, que brillaba con los rayos de mediodía y enfrentó los ojos cansados y tristes del anciano.

—La cordura y la sabiduría hablan por tu boca. Veo que aún tengo mucho que aprender. Os agradezco infinitamente la postura responsable que habéis tomado. No sé cómo compensaros por el daño que os han causado. Si hay algo que pueda hacer por el bienestar de vuestra comunidad no dudéis en decírmelo.

El anciano se volvió con trabajo hacia Urraca, quien le sonrió imperceptiblemente.

—No necesitamos nada, señor –dijo luego mirando al rey–. Gracias.

Alfonso se negó a ver a Constanza, a la que prohibió salir de sus aposentos mientras él permaneciera en la ciudad. Urraca me mandó visitarla, disculpando el no hacerlo personalmente, "por no aumentar la ira real", para hacerle saber que no debería preocuparse, ya que la princesa, "en cuanto fuera posible", abogaría por su causa cerca del monarca. De momento y "por el bien de todos", le aconsejaba que se mantuviera en silencio y dejara pasar un tiempo antes de intentar un arreglo con Alfonso.

El conde Sisnando solicitó ser relevado de su cargo, pues aseguró que la reina había puesto su autoridad en entredicho ante todos los toledanos, con lo que no deseaba seguir al mando. Pidió permiso para retirarse a sus tierras de Galicia, aunque dejó a su hijo, Juan de Sevilla, en la ciudad, para que siguiera su formación con los sabios que hasta entonces lo habían educado. Alfonso, agradecido a su lealtad, le cargó de regalos y cedió a sus demandas, dolido por tener que perder un buen colaborador por causa del capricho de su mujer. Las noticias volaron más allá de los Pirineos y pronto recibimos cartas de disculpa de Hugo, quien admitía que la reina "nunca debió actuar sin el consentimiento de Alfonso", pero que excusaba y hasta enaltecía su gesto, pues había sido por una buena causa. Solicitaba el perdón para ella y el obispado de Toledo para Bernardo.

El rey arrojó lejos de sí la misiva. Urraca se agachó a recogerla, adelantándose a mi intención. Estábamos solos en las habitaciones privadas de la princesa, estudiando las medidas a tomar, cuando habían llegado las noticias del papa negro.

—¿Te das cuenta lo que me pide? –interrogó Alfonso, encarándose con su hermana, rojo de ira–. No sólo tengo que perdonarles; debo darles un premio.

—Si –admitió la princesa–. No te colocan en una situación airosa. A no ser... –calló un momento, pasándose el dedo índice por la ceja izquierda repetidas veces– que hagamos teatro para tapar la boca del pueblo. ¿Qué te parece un acto público de desagravio, en el que concedes graciosamente el perdón y llevas tu generosidad hasta el grado de elevar a Bernardo a obispo? Pero esto último lo haces, no como premio, sino como compensación a los toledanos, a los que el nuevo prelado deberá servir en adelante.

—Constanza no consentirá en humillarse –aseveró Alfonso, después de unos momentos de duda– sabiendo que cuenta con el apoyo de Hugo.

—No tendrá más remedio, si desea seguir ejerciendo de reina. Lo único que tendrás que hacer será mirarla prometedoramente y esa noche acudir a su lecho como si nada hubiera ocurrido. Si te parece bien, yo puedo encargarme de convencerla. El rey apoyó la cabeza en las manos durante unos instantes. Miró la carta que Urraca mantenía aún entre los dedos y aceptó.

—Me temo que no hay alternativa. Sólo faltaba la enemistad del de Cluny. Él es el único que mantiene a raya al papa. Bien, prepara la comedia –dijo mientras se levantaba. Salió dando un portazo.

Aquella misma noche, cuando el palacio dormía, Urraca y yo nos dirigimos a los aposentos de Constanza. Al parecer estaba ya acostada, pero se apresuró a recibirnos.

—¿Qué me traes, hermana? –preguntó impaciente, al tiempo que besaba a la princesa en ambas mejillas.

—Pues... –dudó la infanta, acentuando el gesto preocupado– me temo que noticias no demasiado buenas. Pero –alzó la cabeza mirando directamente a los ojos de su cuñada– os prometí ayuda y a eso vengo.

—Te doy las gracias –sonrió la otra, crédula–. Sabía que no me abandonarías.

—En realidad –empezó Urraca casi indecisa, mientras se sentaba en la cátedra de más alto respaldo– no puedo hacer demasiado, ya que no depende de mí la determinación a tomar, pero quiero que analicemos los hechos, para que juzguéis por vos misma. –Se repantingó en el asiento, mirando a Constanza con una cierta turbación. Sólo yo, que la conocía bien, sabía lo que estaba disfrutando en aquel momento, manejando las circunstancias a su antojo.

—Decid –apremió la reina– sabéis que me fío de vos.

—Pues veréis, el rey está tan enojado, que habla de castigaros con el repudio. He de deciros que hubo un momento en que pensó en la hoguera... –confió, dando a su tono vibraciones cavernosas, que hicieron estremecer a su interlocutora–. Me costó mucho quitárselo de la cabeza. Hube de apelar al amor que tiene a sus hijas... Pero, en fin –manoteó espantando recuerdos molestos–. Aquello pasó, aunque con trabajo –admitió dejando claro sus buenos oficios–. Mas ahora, se niega a mantener ningún tipo de relación con vos. Para mí que en el fondo de todo esto se encuentra el hecho de que la berciana está de nuevo embarazada. Si esperáis a que dé a luz y nace un varón, estáis perdida. Por eso he venido a advertiros. Creo que debéis actuar con rapidez. La reina la miraba con ojos erráticos y asustados.

—¡Dios mío! –gimió –. El asunto está peor de lo que creía. Tenéis toda la razón. Si la amante del rey pare un niño estoy acabada. Decidme, hermana –apremió–. ¿Qué me aconsejáis?

—Pues... –dudó la "preocupada" hermana–. No os queda más remedio, que suplicar perdón al rey –Constanza abrió la boca y, por unos segundos, pareció querer gritar algún despropósito. Luego lo pensó mejor y concedió.

—Bien, decidle que quiero verle mañana.

—No, señora –aclaró Urraca con ingenuidad–. Creo que no me habéis entendido. No es sólo el rey el que debe perdonaros, es toda la corte la que está en vuestra contra. En realidad os toleran porque esperan que vuestro vientre les dé un heredero. Si no procedéis con premura y otra se os adelanta, no querrán más que una disculpa...

—Mi familia –opuso Constanza levantando la barbilla– no lo consentiría y Hugo...

—Vuestros valedores están muy lejos, señora. Su ayuda necesitaría meses para llegar y para entonces el hijo de la berciana sería el heredero. Deberíais recapacitar sobre lo que os he dicho. Lo más urgente para vos, en este momento, es atraeros de nuevo a mi hermano y conseguir un nuevo embarazo antes de que nazca el vástago del rey. Pero esto es sólo una sugerencia que a mí se me ocurre porque os aprecio –dijo la infanta levantándose– pero si no lo veis como yo... –se volvió hacia la puerta, ignorando el gesto de angustia de su cuñada–. No deseo de ninguna manera influenciaros. Vos sabéis seguramente muy bien lo que os conviene –añadió, caminando ya hacia la salida. Yo no me moví siquiera de mi sitio para hacer ademán de seguirla, tan segura estaba de la reacción de Constanza, que efectivamente no tardó en producirse más que el tiempo de dos pasos de Urraca.

—¡Espera, hermana! Dime lo que sugieres.

El domingo siguiente amaneció brillante de sol. Corría ya el mes de diciembre y el frío era intenso, pero los rayos cálidos, engañaban, con la luz que brillaba sobre el Tajo, y que trepaba hacia la ciudad, envolviéndola en un mágico halo. La comitiva real se puso en movimiento hacia la nueva catedral, que aún no se había consagrado, pero que ya hacía las veces de tal. Los cortesanos, obispos y clérigos esperaban al rey a la entrada, queriendo hacer competencia al sol con sus sedas y piedras preciosas, perfumando el aire con sus tiríbulos de plata o cobre. Alfonso descabalgó frente a ellos y, con leves inclinaciones de cabeza, sin sonreír, pues se suponía estaba muy disgustado, entró en el edificio, llegándose hasta el trono que le habían colocado a la derecha del nuevo altar. Cuando los clérigos estuvieron en sus puestos y en el templo no cabía una persona más, los coros comenzaron a entonar salmos bellos, pero lúgubres, hasta el extremo de hacer que los villanos miraran atemorizados a sus espaldas, tratando de ver en las sombras, ya que no habían olvidado que se encontraban en la "cueva de demonios", aunque ahora estuviera santificada.

De pronto, por el pasillo central, una mujer con los vestidos y los cabellos llenos de ceniza, avanzó lentamente hasta el altar donde Alfonso y las infantas, rodeados de obispos y señores, esperaban. Cuando llegó a su altura, se arrodilló, tomando entre sus manos el tobillo del rey, el cual alargó cuanto pudo el momento de levantarse, para alzar del suelo a una Constanza llorosa e implorante. Urraca nunca supo si por arrepentimiento verdadero, o por la rabia de la humillación.

—Señor –decía la reina a media voz– os suplico perdón por un acto irreflexivo que, en mi descargo debo decir, fue sólo dictado por amor a la iglesia –murmullos compresivos salieron de entre el clero. Una mirada de la infanta selló los labios de todos, que fingieron una atención renovada a la escena que se desarrollaba ante sus ojos–. Quiero decir también a todos los presentes que el abad Bernardo no actuó por cuenta propia. Lo hizo siguiendo mis órdenes, por lo cual, si decidís castigar, habréis de hacerlo en la madre de vuestros hijos...

"¿Hijos? –se asombraban las pupilas de Urraca–. ¿Qué hijos? No debo menospreciar a esta bruja. Está humillada, pero no vencida"

—... quien sabe que se ha equivocado y está dispuesta a aceptar la decisión que toméis.

Al acabar su discurso, alzó los ojos llenos de lágrimas y amor hasta el monarca quien, por unos momentos, sintió el latigazo del deseo por aquella mujer con la que no había copulado desde hacía meses y que ahora se ofrecía abandonada y desvalida a su poder de macho y rey. Sin soltarla, se volvió a sus hermanas, que se apresuraron a abandonar sus sitiales, tomando entre ambas a la cuñada, haciéndola desaparecer por una puertecita tras el altar. Allí esperaban sus mujeres con los ropajes de gala preparados. Mientras la vestían y peinaban sus cabellos para limpiarlos de ceniza, Constanza sonreía a Urraca, satisfecha de su victoria, la cual había leído en los ojos del rey. Notó claramente una especie de brillo o desfallecimiento que recordaba muy bien de los primeros tiempos de su relación. La infanta le devolvía la sonrisa, pero sólo yo sabía el dolor que encerraba tras la máscara, pues ella también conocía lo que había expresado la mirada de Alfonso. El aseo fue rápido y pocos minutos después, una reina hermosa tendía las manos al monarca, que la recibía sonriente.

—El Señor nos enseña a ser misericordiosos –decía Alfonso sin soltar a Constanza–. La reina se ha equivocado. Quizás, como ella muy bien ha dicho, llevada por su amor a Cristo y su iglesia. Ha reconocido su error y ha demandado nuestro perdón. Yo, el rey, en mi nombre y en el vuestro, se lo concedo. Y –siguió, volviéndose a Bernardo, quien vestía el hábito de su orden sin ningún adorno o distintivo– a ti, con la venia del representante de Pedro, encomiendo la misión de velar, de ahora en adelante, por el bienestar del pueblo al que, sin querer, has ofendido.

Los cánticos, alegres, cerraron las palabras del monarca, que llevó a su esposa junto a él para dejar libre el espacio central, donde comenzó la celebración de acción de gracias.

Aquella noche fue inolvidable para Constanza. Los ardores renovados del rey, dejaron en su vientre una nueva semilla, que, aunque llegó a crecer, murió enseguida. Pero aseguró, por unos meses, su posición en la corte. Mucho más afianzada, cuando se supo que el bebé de la berciana era otra niña.

13

—¿Sabes, pequeña Teresa que aquel año de mil ochenta y cinco marcó el cenit de nuestras vidas, sin que nosotros lo supiéramos? Estábamos viviendo el momento más brillante y casi nos pasó desapercibido.

Aquella noche de invierno, me dirigía a mi pupila, quien picaba nabos en el puchero que hervía ya junto al fuego. Necesitaba hablar de lo que habitualmente escribo, siempre en solitario, y que luego, cuando la chica no está en la cabaña, me apresuro a guardar tras las tablas que ocultan la entrada de la cueva, desconocida para ella. Hoy, después de varias jornadas de oír el silencio de la nieve que nos rodea, me he puesto a transcribir nuestra conversación. Bueno, en realidad esta palabra no define lo acaecido, ya que fue casi un monólogo en el que la jovencita apenas participó, porque desconocía en absoluto de qué le hablaba.

—Después de aquel verano, las cosas parecieron complicarse tantísimo, que pedí a Guillermo que me ayudara a espantar demonios, porque llegué a pensar que algún ente negativo se había metido en nuestras vidas. Hasta aquel momento, nos dedicamos a construir, a hacer proyectos; a partir de ahí sólo a defenderlos... –Teresa me escuchó en silencio. Seguramente pensó que eran sueños de vieja. Mientras se cocieron los nabos, el tocino y las cebollas, continué hablando lo mismo que ahora escribo.

Después de la toma de Toledo, ya en León, nos llegaron noticias de que el rey moro de Zaragoza se negaba a pagar las parias. Alfonso, nada más pasar las celebraciones navideñas, en las que dio gracias por la caída de la ciudad del Tajo, convocó una curia regia en la capital del reino, para tratar el asunto del nuevo ejército que necesitaba para bajarle los humos a Mutamin, y la confirmación de los obispados de León y Toledo, los cuales, de hecho, ya estaban en manos de Sebastián y Bernardo respectivamente. También deseaba el rey emprender la conquista de Valencia, como había prometido a al-Qadir, asunto para el que contaba con Álvar Fáñez, el sobrino del Cid, quien hacía tiempo estaba entre los hombres de Alfonso.

Expuso el rey sus cuitas a los nobles y obispos y, después de escuchar sus sugerencias, que no fueron demasiadas, pues todos confiaban plenamente en él, se decidió la guerra en los dos frentes a pesar de lo que eso tendría de costoso. Pero, como dijo el monarca, ninguno de los problemas podía esperar más tiempo. Así que el notario, Juan Baldemírez, firma y da a firmar los documentos a los presentes, entre los que destacan los ya citados obispos, Bernardo y Sebastián a más de Ramón de Palencia y los condes Pedro Ansúrez y Martín Alfónsez.

Después de pasar aviso secreto al Cid, quien con disculpas de asuntos importantes, salió de Zaragoza, nos vimos a las puertas de la ciudad en marzo. El rey estaba eufórico. El éxito de Toledo le había crecido. Ahora ya podía hacer realidad el viejo sueño del orden godo recuperado. Desafió a los hombres que le envió el moro, asegurando que no entraría en tratos y que no levantaría el cerco hasta que no cayera la ciudad.

No obstante yo no estaba tranquila. Los malos agüeros se repetían constantemente. Contemplé, en más de una ocasión, el vuelo de varios cuervos juntos. El mismo rey olvidó que no se debe pronunciar el nombre del lobo a la luz de la luna, y una velada, le dio por contar lo sucedido en una cacería en la que había participado hacía muchos años. Tanto Urraca como yo, soñamos con aguas sucias y vacas enfermizas y hasta con mujeres secas y llorosas. No nos atrevíamos a comentar nada, pero ambas sabíamos que la suerte había cambiado y algo horrible estaba a punto de ocurrir.

Fue en el cerco de Zaragoza cuando nuestros espías empezaron a traer noticias alarmantes. Por lo visto, la caída de Toledo había confirmado a los reyes andalusíes en la idea de que las próximas conquistas serían ellos mismos. Este temor, sumado a la presión que los alfaquíes hacían constantemente con sus citas del Corán, en las que criticaban las formas de vida de los reyes y los excesivos impuestos con los que se grababa al pueblo, decidió a Mutamid a intentar un arreglo con el caudillo de los almorávides, Yusuf. No era éste santo de la devoción del sevillano, ya que preconizaba ideas absolutamente contrarias a las mantenidas por el refinado Mutamid. Además, el rey moro temía, con muy buen sentido, que, una vez abiertas las puertas, fuera imposible cerrarlas. No obstante, las presiones internas de su propio reino, le obligaron a establecer contacto con los "hombres de gran resistencia y valor", que al parecer eso quería decir el nombre de almorávide.

El sevillano no vivió bastante para arrepentirse de su acción, pero nosotras sabíamos que Yusuf, llevado por sus ideas religiosas, había decidido hacía tiempo invadir la península, ya que no podía tolerar que los andalusíes bebieran vino o que sublimaran las artes, las letras y las ciencias hasta un plano casi sensual. Incluso las doctrinas de los teólogos, muchos de los cuales le ponían como ejemplo de perfecciones, le parecían demasiado tolerantes. Por lo visto, las ideas de Algazel, vinieron a apoyar sus creencias. Según éste, era obligación del imán proteger los territorios del Islam de amenazas externas o internas, emprendiendo la Guerra Santa contra el apóstata o aquel que rechazara la religión de Mahoma. Debía preservar el derecho de su comunidad a vivir en paz y con honor. Había de castigar, por tanto, la fornicación, el robo, el consumo de alcohol y la calumnia. El objetivo último de este programa, era la creación de la ciudad ideal, que debía descansar sobre los pilares básicos de la razón y la religión.

Detuve un momento mi verborrea, cuando se lo contaba a la chiquilla, asombrada de tener recuerdos tan claros. Quizás fue algo tan importante en nuestras vidas que debió quedar grabado a fuego en mi memoria. De paso, observé la cara de mi pupila quien, sentada enfrente de mí, no me quitaba ojo. Y hasta parecía interesada. Cosa por otra parte nada extraña, pues a estas alturas tengo la esperanza de haber despertado su curiosidad, aunque aún no he tenido tiempo de traspasarle muchos conocimientos. Espero que los Poderes sean benignos y aún...

Mucho más tarde, seguí con los recuerdos, pero esta vez sobre el desgastado pergamino, dibujando las letras con la lengua sobre los labios, al propio tiempo que lo hacía en la amarillenta superficie. No sé si esta ocupación, como he venido pensando, es para que alguien conozca los hechos en un futuro, para acompañar mi infinita soledad ante lo inevitable, o para tratar de explicarme el absurdo paso de los días, o el extraño discurrir de los acontecimientos de mi vida, que han ido sucediéndose sin contar conmigo ni con nadie.

El treinta de julio Yusuf puso el pie en tierras de la península. Algunos reyes le recibieron con alegría y muestras de pleitesía. Otros, como el de Zaragoza y al-Qadir de Valencia, que había conquistado para él Álvar Fáñez, cumpliendo la promesa de Alfonso, se mantuvieron al margen. El leonés se dio cuenta de que el cerco de Zaragoza no tenía futuro. Hizo un intento de arreglo, pero el moro, conociendo el desembarco, se negó a toda negociación. Cuando el monarca supo que el caudillo almorávide se desplazaba con lentitud, pero sin pausa, hacia el norte, levantó las tiendas y, después de mandar aviso a los señores que no estaban con él, para que se le unieran, marchó a defender Toledo, pues temía que ese fuera el objetivo de Yusuf.

Y aquí volví a sorprenderme a mí misma recordando detalles de la batalla, de los que nunca me había preocupado de forma consciente. Como ya dije, el rey mandó llamado a todas sus tierras para que los nobles y obispos a los que fuera posible acudieran, pues sabíamos que las tropas de Yusuf eran muy numerosas. A su reclamo respondió Sancho Ramírez de Aragón, quien envió tropas al mando de su hijo Pedro. De los quince obispados y trece condados del reino, sólo la mitad pudieron mandar refuerzos, ya que lo precipitado del aviso lo impidió. Teníamos por tanto, diecinueve escuadrones de cuarenta a sesenta hombres cada uno, lo que hacía unos ochocientos caballeros principales y otros tantos de reserva, puesto que cada uno acudía con su escudero. Contábamos también con unos setecientos arqueros sin montura, más los encargados del aprovisionamiento, unos dieciocho carros por escuadrón, uno para el cocinero y pinche, uno para leña, dos para agua, dos para vino, dos para pienso, tres para provisiones secas, cuatro para municiones, y dos para el herrero y su ayudante. En total el personal de servicio sumaría unas trescientas veinticinco personas, encargadas de vigilar el campamento, que se cerraba colocando los carros en círculo. Le necesidad de agua para dar de beber a tanta gente, más a unas tres mil bestias, hizo que Alfonso marchara paralelo al Tajo y después al Guadiana. Penetró en tierras enemigas con el deseo de apartar la batalla de la ciudad de Toledo. Se reunió en Coria con los refuerzos que llegaron y siguió marchando hasta cerca de Badajoz, en un lugar que algunos llamaban Sagrajas y otros Zalaca. Llegamos a la orilla del Guadiana y plantamos las tiendas. Al otro lado nos aguardaba Yusuf, muy satisfecho de poder lidiar en tierras de su amigo Motawakkil.

Fue un duro golpe contemplar los efectivos del caudillo árabe. Nada más verlo, el rey supo que nos triplicaban en número. No decayó el espíritu de los cristianos. Había muchos hombres jóvenes que se enfrentaban a su primer combate. Recordaban a sus madres o a sus novias, pero en el fondo estaban alegres, pues era para ellos un descanso dejar de ver las necesidades de su vida cotidiana. Allí, como hombres del rey, sabían que la pitanza estaba asegurada y además no tendrían que contemplar los ojos hundidos de las mujeres o los suplicantes de los niños, sin poder darles ninguna respuesta. No paraban de bromear entre sí sobre el descalabro que pensaban hacer al moro. Urraca, antes de volverse a Coria, obedeciendo las órdenes de Alfonso, paseó el campamento animándoles, prometiendo recompensas y repartiendo sonrisas y ternuras, pues hacía mucho tiempo que había comprendido cuál era el papel de la mujer en la historia y había dejado de revelarse contra él. Dejamos algunos hombres de confianza, para que permanecieran lo más cerca posible del rey, protegiéndole y enterándose de lo acaecido, pues la infanta sabía que su hermano era parco en palabras y ella quería conocer lo que iba a suceder, con todo lujo de detalles. Se despidió de Alfonso con pena, pero las órdenes del rey eran tajantes. No quería ninguna mujer cerca cuando comenzara el enfrentamiento. Parecía intuir cuál iba a ser el resultado y no deseaba añadir a la muerte, el deshonor que podían infringirle los moros a través de ellas.

La noche anterior a la batalla, como luego nos contaron nuestros espías, fue, como siempre, triste y ansiosa. Dejaron de oírse las chacotas. Los hombres apenas durmieron, a pesar del consejo del rey, que les había dado una cena copiosa y había dicho que intentaran descansar. Permanecieron en corrillos, cerca de las hogueras, hablando poco, con la vista perdida en las sombras, recordando los más, sus lugares de procedencia, los encantos de sus mujeres o las virtudes de sus hijos. Alguno rememoró anteriores enfrentamientos, que sin duda habían sido "tan difíciles como este y que salieron bien..." Eso les animó durante un rato y hasta se quitaron la palabra de la boca, queriendo contar sus experiencias en aquellos complicados momentos. Hubo quien exhibió, para asombro de los bisoños, heridas o botín que aún conservaba, como puñales, o botas, o pieles de conejo. Luego, poco a poco, la luna y el miedo se enseñorearon del círculo, y los ojos volvieron a perderse en las llamas, donde parecían flotar los fantasmas de cada uno, a la espera del inevitable amanecer.

El día veintitrés de octubre, con un frío casi invernal, se dio la batalla. Todos los obispos, junto con sus clérigos, rodean al rey cuando se prosterna en el suelo para rogar por el resultado del encuentro. Al finalizar su oración se alza y los hombres santos cantan la antífona, en la que suplican, ellos también, al Dios de las guerras, ayuda contra el enemigo. Ruega sólo después el obispo de León, alzando la voz para que llegue a toda la hueste, por la victoria. Bendice a las tropas con una bella cruz que contiene un pedazo del madero en que fue sacrificado el Señor y se la pasa a Alfonso quien, a su vez se la entrega a otro de los obispos, que será el encargado de llevarla en la batalla. Reciben entonces los alféreces los estandartes, ya bendecidos, de manos del prelado de León, mientras reza: "Que Dios proteja a la hueste de Alfonso en su lucha contra los musulmanes y les permita regresar sanos y salvos a sus tierras". Abraza el rey al prelado y monta a caballo para arengar a sus hombres. Los combatientes, en ordenadas filas, aguardaban la palabra del monarca, quien pasa junto a ellos. Quieren verlo optimista, pero Alfonso, a pesar de la sonrisa que exhibe, los mira con tristeza. Desmienten sus ojos los términos de aliento con que les habla. Ellos, casi cenicientos por el temor y la niebla, se resignan a su suerte, que intuyen inexorable.

No hubo demasiada preparación. El rey sabía que sólo podía contar con el empuje de la caballería, así que ordenó un ataque frontal para romper la línea andaluza. El encargado de realizarlo fue Álvar Fáñez, quien consiguió hacer retroceder a Motamid y huir a los demás reyezuelos a la cercana Badajoz. Yusuf no se precipitó a intervenir. Dejó que los andalusíes se desgastaran, pensando quizás que eso iba a facilitar sus proyectos futuros. Cuando lo hizo, mandó a los marroquíes, dirigidos por Ibn Bark, mantener el frente de Álvar, mientras, bajo su propio mando, los saharianos y la guardia negra, de más de cuatro mil hombres, con algunos elefantes, rodeaban por detrás el campamento cristiano. Al ver el cariz que tomaban los acontecimientos, los reyes que se habían refugiado en la ciudad pacense, volvieron a salir para reforzar a los combatientes. La lucha fue larga y terrible. A la puesta de sol, Alfonso, agotado por la pérdida de sangre de una profunda herida en un muslo, que le alcanzó hasta el hueso, se retiró a Coria, dejando tras de sí cientos de cadáveres que, amontonados, sirvieron primero a los muecines para llamar a la oración, en acción de gracias por la victoria mora y después, para cargar carros de cabezas, que se exhibieron por todas las ciudades de Andalucía e incluso pasaron el estrecho, para dar noticia en el África de la victoria.

Nosotras, mientras duró la batalla, enviamos nuestros deseos al fuego, pero seguramente perdíamos facultades o confianzas, o tal vez no supimos orientarlos adecuadamente. Lo único que conseguimos, y quiero pensar que lo lograron nuestros ritos, ya que los hechos acaecidos no tuvieron explicación lógica, fue que, después de la victoria, Yusuf recibiera la noticia de la muerte de su hijo primogénito y, apenado, se volviera inmediatamente al Magreb, sin aprovechar su situación de poder, pues las fronteras quedaron como estaban y el monarca leonés tuvo tiempo de recuperar sus efectivos, antes de enfrentarse de nuevo con el africano.

Hubo muchas pérdidas, algunas muy importantes, como por ejemplo Rodrigo Muñoz de Galicia, Vela Ovéquez y los obispos Edemoro de Orense y Vistruario de Lugo. De Coria volvimos a Toledo, con la seguridad de tener que defenderla del moro. No fue así y, aunque supimos del embarco de Yusuf, apenas podíamos creer nuestra buena suerte a pesar de todo. Los ejércitos del rey sevillano se vieron incrementados con tres mil hombres que el africano dejó a sus órdenes. Aunque Motamid no estaba seguro si lo que pretendían era ayudarle o vigilarle.

El día seis de noviembre, cuando conocimos la precipitada marcha de Yusuf, Alfonso, con fiebre aún y con grandes dolores en la pierna, convocó curia regia para tratar asuntos urgentes. Quería el rey agradecer que el moro no hubiera atacado la ciudad en un momento en que, con toda seguridad, se hubiera hecho con ella, así que propuso consagrar definitivamente a Bernardo como obispo y a la catedral misma, dotándola de riquezas que la colocaran a la altura de cualquier otra del reino. Se trató también la vuelta del Cid, que se había mantenido vigilante en el levante, para sostener aquel frente si hubiera sido necesario. Pero ahora el rey le necesitaba más cerca, así que decidió darle la custodia del castillo de San Esteban de Gormaz, situado en la cuenca alta del Duero. Se decidió también pedir ayuda más allá de los Pirineos, haciendo caso de Constanza, quien aseguraba que los caballeros franceses andaban deseosos de participar en las luchas contra el infiel. Llegaron unos cuantos en la primavera del mil ochenta y siete. A falta de africanos a los que enfrentarse, sitiaron Tudela. No sirvió este sitio más que para consolidar definitivamente el matrimonio de Urraca, la heredera de Alfonso, con Raimundo de Borgoña y el de Elvira, una de las hijas de la berciana, con Ramón IV de Tolosa. En abril, sin haber conseguido nada, se volvieron a sus tierras, llevándose sus bravatas y dejando al rey leonés solo con su problema.

Ese verano celebramos los esponsales de la primogénita de Alfonso, una niña aún, con el conde francés. Constanza estaba feliz. Casi había olvidado que su vientre seguía seco. Al fin y al cabo, su hija era la heredera... por el momento. Defendió la posibilidad de que Raimundo gobernara Galicia, a pesar de la oposición de algunos de sus nobles que no querían oír hablar del francés. Alfonso dudó bastante antes de ceder a las pretensiones de su mujer y de los francos. No quería enemistarse con los condes gallegos, pues sabía bien de su terquedad y orgullo. Por otra parte, la extensión de sus reinos hacía aconsejable una división de poderes.

Aquella noche, después de los festejos por el enlace, el rey conversaba a media voz con su hermana, separados del resto de caballeros y damas, que, en grupos, se divertían con juegos de mesa o historias de juglares. La propia Constanza disfrutaba lo indecible, a juzgar por sus aspavientos, con los chascarrillos de su yerno, quien no perdía ocasión de halagarla, cosa bastante valorada por una mujer madura, que no quiere admitir que ha pasado su momento.

—No sé si habremos acertado concediendo el gobierno de Galicia a Raimundo –dudaba el rey, contemplando los destellos granates del vino que yo escanciaba en su copa.

—Sabes –afirmó Urraca– que no teníamos otra alternativa. O rompemos con Hugo de Cluny y la seguridad que nos da, cara a los problemas con el papa, o aceptamos sus condiciones. De todas maneras, no es un asunto descabellado. Si lo mantenemos medianamente controlado, a la larga será un descanso para ti.

—Me preocupa la resistencia que he encontrado en los señores gallegos. Se han opuesto abiertamente. Ignoro qué podría hacer para compensarlos.

—Nada –cortó la infanta–. Tú eres el rey. No deben ver, en ningún momento, que sus presiones hacen mella en tu ánimo. Aunque –cambió el tono tajante por otro conciliador– podríamos actuar de manera que, sin dar explicaciones, las cuales pudieran inducirles a pensar que te dominan, quedaran contentos –Alfonso miró a su hermana mientras bebía. Me tendió la copa y la encaró con una sonrisa.

—¿Debo imaginar que, casualmente, se te acaba de ocurrir una idea para mejorar la situación creada? –Urraca bajó los ojos para evitar que su hermano leyera en ellos la certeza de su aserto. Sonrió a su vez y, sin mirarle, pasó por alto su comentario.

—Creo que podíamos traernos al hijo de García a la corte.

El rey se removió inquieto en su cátedra. Sin querer, la princesa estaba tocando su punto débil: la falta de un varón al que entregar su legado. Hasta su hermano García, un prisionero sin futuro, había sido capaz de engendrar un hijo... Puse en sus manos de nuevo el vino, que bebió de un trago antes de contestar.

—Sí –afirmó, perdiendo sus ojos en ninguna parte–. No sería mala idea. Tal vez así logremos varios objetivos a la vez... –No aclaró qué clase de objetivos, pero Urraca me miró triste, adivinando lo que Alfonso trataba de prever.

Guillermo, con una escolta de hombres armados, fue el encargado de viajar a Luna en busca del príncipe. García se despidió de su hijo con los ojos cargados de lágrimas, pero lo dejó ir contento. Tal vez el chico lograra lo que él no pudo conseguir... A pesar de los trece años de cautiverio, seguía siendo el pobre idiota que corre siempre detrás de lo que está lejos. Mientras le veía atravesar los altos portones, se apoyaba en Álvaro, quien sonreía al viajero con pena. El peregrino se giró antes de entrar en el puente levadizo a mirar al joven rubio que hacía señas a su protegido. Una nube lo cubrió y... le vio subir al cadalso, en el patio de armas del castillo. Cerró los ojos aterrado y volvió grupas hacia la salida, prometiéndose sacar al muchacho de aquel sombrío lugar.

—Hemos de conseguir apartarlo de allí, Auria –me urgía Guillermo cuando estuvo de vuelta en la corte.

—No sé –dudé–. Tenerlo aquí podría perturbar a la infanta. Ahora parece incluso que lo ha olvidado, pero si lo ve cada día, quizás pueda empezar a cuestionarse si está siendo justa con Alfonso al negarle la posibilidad de un hijo o, al menos, si ha tenido derecho a decidir por él... Temo que pudieran surgir dificultades, no sólo entre ellos, sino con toda la corte...

El peregrino paseó a un lado y a otro del salón. Se apoyaba en su báculo, que parecía captar milagrosamente la luz del recinto. Estaba inquieto. Me había explicado su segunda visión. Yo comprendía e incluso compartía sus deseos pero, por encima de todo, estaba la felicidad y el equilibrio de Urraca.

—El asunto es apremiante –dijo Guillermo, parándose ante mí–. Anoche consulté las runas. Hablan de muerte con toda seguridad. Además...

—Además, ¿qué? –urgí cuando él se detuvo.

—Hay una parte oscura –dijo mirando las piedras que pisaba–. Entiendo algo así como que la propia sangre derramada impedirá sangre nueva... –Calló, intentando ver en los brillos del pavimento la explicación a sus dudas. Yo también me abstraje unos momentos, queriendo interpretar el enigma.

—¿Por qué asocias "la sangre nueva" con la visión del ajusticiamiento de Álvaro? –interrogué despistada.

—Porque siempre salen juntos. En fin –dijo volviendo a caminar– reconozco que estoy absolutamente desorientado. Ahora, quiero que sepas, que mi estado de ánimo es de premura. No sé exactamente qué se me está pidiendo, pero intuyo que debo hacerlo inmediatamente.

—Bien –dije levantándome– esta noche miraré el fuego. Si consigo algo, mañana te haré llamar. No puedo saber si será o no bueno que traigamos al chico, pero si su vida está en peligro, eso pasará a segundo plano.

No esperé al amanecer para empezar a actuar. Llevaba mucho tiempo sin poner en movimiento los escondidos poderes que conectan con la energía cósmica. No sé si por desconfianza o por cansancio. A veces es mucho más relajado permitir que las cosas ocurran solas, que tratar de encarrilarlas según nuestras necesidades. Yo era una mujer vieja y la vida empezaba a no tener demasiado interés. Por eso me costó mucho abandonar el contacto con la rutina, para entrar en lo desconocido. Cuando lo logré, la visión que el fuego me ofreció, me hizo correr junto al lecho de Urraca para confiarle mis temores.

—Señora –dije sin saber muy bien cómo empezar, sobre todo porque la infanta seguía estudiando los mensajes que acababan de llegar con ademán preocupado. Como no me atrevía a continuar, alzó un momento los ojos para mirarme interrogante–. Deseo... –tartamudeé, dándome cuenta, por el pliegue de su entrecejo, que no era el mejor momento para mi petición. Algo grave acababa de suceder y Alfonso, quien había salido para Toledo hacía un mes escaso, se lo hacía saber. Por un momento me olvidé de la urgencia de mi recado y pregunté–. ¿Qué ocurre, señora?

—Algunos de los magnates gallegos, instigados por el obispo de Santiago, Diego Peláez, se han levantado en armas contra Raimundo de Borgoña. No te preocupes –siguió inmediatamente, viendo como la palidez invadía mi rostro–. La sublevación está sofocada y los cabecillas, al frente de los cuales estaba Rodrigo Ovéquez, vienen detenidos a León, donde permanecerán hasta que sea posible hacerles un juicio. Por otra parte –continuó tomando otro mensaje– Alfonso ha hecho algo que me parece muy inteligente. Ha enviado órdenes al alcaide de Luna para que enjuicie a los conjurados de la fortaleza, quienes por lo visto habían decidido organizar la fuga de García, con el que, por cierto, nadie parece haber contado, y los ajusticie sin esperar a más. Pues asegura el rey, con muy buen sentido, que esos hombres tienen mucho más delito que los gallegos, ya que han sido elegidos por él personalmente para cuidar del tesoro. Han traicionado su confianza y la de todos los hombres del reino. Bien –dijo apartando los mensajes, dando el asunto por concluido– dime a qué has venido.

Durante unos momentos dudé si alejar de mí las últimas noticias o prestarles más atención. Algo me decía que debía optar por lo segundo, pero los ojos de Urraca, fijos en mí, urgían una respuesta a la que debía atender de inmediato.

—Veréis, señora –inicié, decidiéndome por ahogar las novedades sin analizarlas–. No sé muy bien por dónde empezar, pues el asunto que traigo os proporcionará dolores de cabeza y lejos de mi ánimo el deseo de causaros daño. Guillermo y yo hemos estado hablando de la posibilidad de hacer venir a Álvaro a la corte, ahora que el hijo de García está aquí... –La princesa no me dejó continuar. Se removió inquieta, apartando las pieles para dejar las piernas en libertad. Bufó ruidosamente, nunca supe si porque yo le resultara fastidiosa o por su propia intranquilidad apartada con grandes trabajos, pero siempre dispuesta a salir a la luz.

—No entiendo muy bien qué os ha hecho pensar que el muchacho esté mejor en la corte que en Luna. Allí hace la misma vida que haría aquí. Hasta un rey se ocupa de su educación –añadió con una voz que quiso ser sarcástica y se quedó en infinitamente triste.

—Señora, pensamos que estaría más seguro si dependiera directamente de la casa del rey. Además, las runas... –quise explicar el verdadero motivo de nuestra intranquilidad, pero la infanta cortó mi información. Posiblemente creyó que habíamos visto un gran futuro para el chico y no quería conocerlo, por no empezar a ambicionarlo, ahora que parecía que las mujeres del rey sólo eran capaces de darle niñas.

—No deseo saber qué dicen las runas, pero tal vez tengáis razón –aceptó con demasiada rapidez, como si en realidad, ese hubiera sido su más preciado anhelo y ahora pudiera ponerlo en práctica sin las temidas indecisiones, ni el peso de la responsabilidad, ya que no era ella quien lo buscaba–. Supongo que la influencia de García no será demasiado beneficiosa para él. Probablemente, a cada momento del día tendrá que oír la "tremenda injusticia" que Alfonso cometió con "el rey de Galicia". Está en una buena edad. ¿Andará por los catorce? –me interrogó y, sin esperar mi respuesta, ya lanzada a nuevos proyectos, siguió–. Me parece bien. Lo traeremos. Me encargaré de que sea el mejor caballero de mi hermano. Quizás lo envíe una temporada con Rodrigo de Vivar... Y le pediré a Guillermo que tome las riendas de su educación... –se detuvo pensativa–. De ninguna manera desearía interferir en los planes del rey, pero si sigue sin descendencia masculina, Urraca, mi sobrina, necesitará un hombre de confianza que comprenda y ame su tierra, porque... un franco es un franco... –objeto sin necesidad de aclaraciones–. Bien. Sí. Ocupaos Guillermo y tú de traerlo. Podéis partir enseguida. Cuando Alfonso regrese, el muchacho estará integrado en la corte.

—Señora... –advertí, asustada de su entusiasmo.

—¡Calla, mujer! –gritó, queriendo ahogar su preocupación, que sabía idéntica a la mía propia– ¿Has visto alguna vez que anteponga cualquier interés a mi tierra?

—No, señora, pero quizás pertenezca de verdad a vuestro linaje y...

—Y...¿qué? Aunque así fuera. No lo he visto crecer. Es un extraño para mí. No creerás que si es cierto que su sangre es la mía, ocurra un milagro y empiece a quererlo como si se hubiera criado amarrado a mis faldas.... Sé muy claramente hasta dónde puedo llegar –y sin bajar el tono, añadiéndole un deje de autoridad inapelable, siguió–. Mañana al amanecer, partid para Luna.

—Señora –me atreví un poco temblona, imaginando los inconvenientes y la responsabilidad del viaje–. Tal vez no sea necesario que yo vaya... Guillermo ha traído al hijo de García y...

—Id los dos –ordenó, volviéndose a tapar y deslizándose ya en el lecho.

—Sí, señora –acaté, girando para salir.

Partimos cuando aún era de noche. Como llevábamos algún tiempo en el palacio real, para atender mejor los asuntos en ausencia de Alfonso, nos desviamos un poco a la derecha para tomar la vía que, desde la Puerta del Obispo, lleva a la Cauriense. Mientras bajábamos por ella iba yo pensando en la cantidad de cenobios e iglesias que dejábamos a derecha e izquierda. Con sólo andar unos pocos pasos alrededor, hubiéramos visto, por debajo de la catedral, a San Pedro de los Huertos y la iglesia de los santos Justo y Pastor, luego Santa María y, lindando con ella, el monasterio de San Andrés y San Vicente. Un poco más allá San Miguel Arcángel y San Pelayo. Casi pegando, nuestro querido San Isidoro, cerca ya de la muralla de poniente. ¡Ah!, y he dejado atrás a Santiago y, cerca del Arco del Rey, a San Julián, San Salvador, Santa Cristina y San Juan Bautista. Y en el centro, a San Félix, Santa Marina y San Martín. Y, llegando ya a la puerta Cauriense, están San Marcelo, San Adrián, San Miguel, Santa Leocadia, San Román y, un poco hacia la izquierda, San Claudio. Sin duda, la religiosidad de los leoneses es grande.

Salimos de la ciudad por la puerta, atravesando una arboleda de negrillos que nos condujo junto a los chopos del río. Apenas habíamos recorrido una legua, cuando el sol comenzó a aparecer lentamente a nuestras espaldas. Ordené detenerse el carro en el que viajaba y descendí a disfrutar de la vista de la ciudad desde el altozano por el que habíamos trepado para salir del valle que forman los ríos que la abrazan. Una suave bruma envolvía sus palacios, monasterios y cortes, dándole un aspecto de irrealidad, como si sólo fuera el delicado dibujo de un monje, insatisfecho con la aburrida monotonía de cada día. Escuché el rumoroso silencio. Un grillo madrugador; un vencejo apurado que parecía llamar a su pareja, para comunicarle tal vez la última travesura de sus pequeños; el ladrido ronco, poderoso y lejano de un mastín, consciente de sus obligaciones con el rebaño al que debía proteger; el grito autoritario del pastor, quien, casi innecesario, creía gobernar las ovejas; los saltos del agua de un riachuelo; la conversación de las hojas de los árboles y el viento que las acariciaba... "Es curioso –discurrí, al tiempo que me dejaba envolver por el hechizo de la vista que se extendía a mis pies– como otras muchas veces, voy hacia la tierra que me vio nacer y, sin embargo, no siento ninguna emoción; al contrario, mi mente se revela ante los recuerdos que pugnan por emerger llamados por la cercanía. Hace tantos años que salí de allí, que sólo me considero hija de la ciudad que ahora contemplo". En unos momentos, la luz rosada disipó la neblina y las torres de León comenzaron a brillar con el fondo azul que la envolvía.

—Amiga –la voz de Guillermo me sacó del embrujo– no deberíamos perder tiempo. El hombre parecía apurado y ansioso. Me volví a mirarle un poco despistada, pero enseguida reaccioné.

—Sí –acaté, volviéndome para subir de nuevo al carro–. Tienes razón. Vámonos.

Marchamos durante todo el día, haciendo un par de paradas para comer. Cuando llegó el crepúsculo, mis viejos huesos hacían sentir su presencia uno a uno. Nos detuvimos, ya en las orillas del Luna, para pasar la noche. Antes de que desapareciera el sol, los hombres habían recogido leña para una alegre hoguera, la cual alejaba las sombras, en un engañoso círculo de seguridad. Comimos pan, cebollas y queso y una sustanciosa sopa que preparé yo misma. Guillermo y yo nos sentíamos apenados por algo desconocido que planeaba sobre nuestros ánimos, sin que acertáramos a identificarlo, pero que nos obligaba a mirar a nuestras espaldas de vez en cuando, sobrecogidos por presencias adivinadas o por ruidos que sólo nosotros parecíamos percibir. Hasta el río, con sus alegres saltos, si me paraba a escucharlo, aparentaba emitir quejidos, o mandatos, o súplicas... Largas peroratas que me llamaban, haciéndome temblar, con no sé qué nebulosos miedos. Poco a poco, los demás fueron cediendo al cansancio, al vino y a la copiosa digestión. El peregrino me miró con sus ojos mansos y propuso.

—¿Qué te parece si reposamos nosotros también?

—Sí. El amanecer llegará antes de lo que pensamos –intenté una torpe broma mientras luchaba por levantar mis posaderas del duro asiento. Cuando, con la ayuda de Guillermo y uno de los vigilantes, conseguí ponerme en pie, me dolía hasta el arco de las cejas. Subí al carro, donde, con paja y unos cobertores, me habían improvisado un lecho, que a simple vista parecía bastante cómodo. Me desprendí del pesado brial, alejando con él los sudores de todo el día, y me tendí para intentar dormir un poco. El sonido del río se volvió entonces tranquilizador, tomó mi conciencia y se llevó, cauce abajo, mis dolores y aprensiones. Por vez primera en muchos años, dormí la noche entera. Cuando desperté, me levanté animosa, aunque lenta y torpe, hasta que conseguí enderezar el esqueleto, y me dirigí a la orilla, con el fin de aliviar mi organismo de podredumbres, antes de que los hombres lo hicieran. Aún no había amanecido; sólo una débil claridad se insinuaba a mis espaldas cuando caminaba, muy patosa, buscando las aguas. Antes de llegar, percibí una sombra, agachada junto al cauce, que en un principio me asustó, pero enseguida pensé que alguno de los vigilantes se habría acercado a beber. La luz no era muy buena y mis ojos cegatos la convertían en, apenas, una nube lechosa. Me detuve unos momentos, por si el muchacho estaba haciendo sus necesidades y estudié la figura. Golpeaba rítmicamente las aguas, con una rama cargada de hojas, que no pude identificar. Desde luego, concluí después de mi examen, no era un hombre. Sus negros vestidos se arremolinaban alrededor, haciéndole parecer una gran flor nocturna. Se volvió entonces a mirarme, dejando que la rama se fuera con la corriente. Sus ojos fulguraron extrañamente. Sonrió y se puso en pie, tomando para sí el bosque, el río y el amanecer que se insinuaba. Involuntariamente retrocedí.

—No –habló extendiendo una mano larga y blanquísima–. No te vayas. Soy yo. Su tono parecía música en mis oídos. Me tranquilizó instantáneamente y me acerqué. Mientras lo hacía, la mujer se desprendió de sus tocas, girando la cabeza a derecha e izquierda para liberar los cabellos. Entonces la reconocí. Era Flora. Nunca le habían gustado las alfiniames con que las otras mujeres se cubrían la cabeza. Sólo lo hacía cuando algún extraño llegaba a la choza. Su sonrisa me pareció tan hermosa... No como cuando la rememoraba. Entonces sólo era mi abuela; una mujer mayor que me cuidaba. Ahora era joven, mucho más que yo. Y su pelo, el cual yo recordaba más blanco que rojo, empezó a brillar, captando los nacientes rayos solares, que parecían concentrarse exclusivamente en él, dejando en sombras todo el entorno.

—Abuela – logré balbucear–. ¿Qué haces aquí?

—Ve deprisa, pequeña, o cuando llegues, será tarde... –las últimas sílabas se perdieron en la distancia. Alguien caminaba a mis espaldas buscando el río. Sacudí la cabeza, frotándome los ojos para volver a enfocar el lugar que pisaba la mujer, pero ahora, sólo un gran avellano balanceaba suavemente sus ramas, alcanzando, con las más bajas, el arroyuelo, que devolvía, en los cristales de sus aguas, los rayos solares mientras marchaba hacia el Luna. Dudé de mi cordura hasta el extremo de pensar que había vagado dormida y por lo tanto, la visión sólo había sido un sueño del que me había sacado el sonido de los pasos que se acercaban. No obstante, busqué inmediatamente a Guillermo y le conminé a activar los preparativos para retomar el camino.

En un principio, para evitar que el agotamiento acabara con mi viejo cuerpo, habíamos programado el viaje con un tiempo de duración de tres días con sus dos noches, de forma que esperábamos llegar a la fortaleza con el ocaso de la tercera jornada. Pero después del aviso que yo había recibido, fuera o no alucinación, decidí forzar la marcha y no detenernos el próximo atardecer para descansar. Un recorrido accidentado y agotador. Aunque hicimos varias paradas y los alimentos se repartieron con generosidad, cuando los portones del castillo se nos abrieron, cerca de la madrugada, ninguno notamos las tétricas piedras, ni los agrestes peñascos, iluminados por una luna llena gigantesca. Parte del patio de armas estaba en sombras, aunque allá, al fondo, se vislumbraba una plataforma que, los vigilantes nos aclararon, sería el escenario montado para ajusticiar a "los traidores". No prestamos demasiada atención a la información y nos apresuramos a seguir al encargado de mostrarnos nuestros aposentos, que "para que descanséis algunas horas más, darán al río y no al patio..." Agradecimos aquellas muestras de interés, ya que el amanecer traía consigo tal trasiego de hombres y bestias en la fortaleza, que hubiera sido absolutamente imposible pegar ojo y realmente estábamos muy cansados después de un día con su noche de viaje. Dejamos no obstante el aviso de que, en cuanto el alcaide pudiera recibirnos, nos avisaran, sin importar la hora.

A pesar de que sólo el sonido del río llegaba a mi ventana, mis sueños fueron intranquilos y lúgubres. Creí oír gritos de aviso, trepando por las finas aristas de las piedras desde las aguas rumorosas, ayes largos y dolientes, traídos por los vientos que estremecían la construcción, truenos de tormentas lejanas, que confundí con los bramidos del dolor sin esperanza... Sabía de la leyenda de Luna y quise hacer oídos sordos, escondiendo la cabeza bajo las pieles para intentar dormir un poco, temiendo que el agotamiento acabara con mis escasas fuerzas de vieja. Aún así, sólo conseguí descansar unas tres horas, en unos sueños agitados y frecuentemente interrumpidos. Fue suficiente para que una mañana gris y nubosa se instalara, alejando las sombras de la noche. Con ayuda de una nerviosa jovencita, quien me trajo agua, realicé unas elementales tareas de limpieza y me vestí tiritando, a pesar de estar en verano. Cuando después recapitulé sobre este día, nunca supe si mi tembleque se debió a la desapacible madrugada, o a los negros presentimientos que atormentaban mis carnes. La chica se movía aún más desmañadamente que yo, tanto que le grité, apartándola, porque temí que, entre las dos, conseguiríamos alargar mi arreglo hasta el mediodía. Al verme enfadada, la chiquilla hizo pucheros y rompió a llorar. Me sentí mal por mi salida de tono y quise consolarla. Aseguró que yo tenía razón al reñirla. Estaba totalmente idiota, porque en aquellos momentos, en el patio, ajusticiaban a su novio... Dudé unos instantes entre afirmar que me congratulaba de que los enemigos del rey murieran o compadecer a la niña, la cual, seguramente, no conoció siquiera los manejos de su hombre hasta que fue detenido. Opté por lo segundo, pensando para mí, que siempre somos las mujeres y los críos quiénes pagamos los sueños de grandeza de los varones. Acaricié la cabeza de la chica, preguntándole si su amor venía de largo... si pensaban casarse... si lo conocían sus padres... si el muchacho era de la tierra...

—No señora –contestó entre pucheros a la última cuestión– vino de lejos, cuando niño, con su mellizo y la madre, quien... –Aparté a la criada con violencia y, sin acordarme que desconocía los recovecos del castillo, me lancé a correr como una loca por los pasillos, buscando la salida al patio. No sé si estuve mucho o poco, trotando de un lado a otro. El tiempo parecía haberse detenido para mí, y los pasos apresurados perdieron su ritmo para asemejarse a una lenta danza. Encontré a algunos criados que me orientaron hacia el objetivo, perplejos, porque les interrogaba corriendo y corriendo continuaba, sin saber si la dirección elegida era la adecuada. Por fin, una luz grisácea, al fondo de un corredor, me avisó que había encontrado la salida. Ya podía oír voces y lamentos. Ya me llegaban relinchos de caballos, cantos de gallos y recios ladridos de mastines. Ya pude distinguir los broncos y desabridos tonos masculinos, de los agudos que imploraban sin esperanza. ¡Qué extrañamente largo fue el recorrido de aquel pasillo! Allá al final, cegando la luz que la enmarcaba nítidamente, una mujer hermosa, de larga melena rojiza, antes de esfumarse en la niebla, se hacía oír en mi cabeza, por entre el maremagnun de ruidos que me alcanzaba.

—No te apresures, pequeña, ya es tarde...

Salí al exterior. Mi débil corazón de vieja, me golpeaba el pecho con desequilibrados aleteos. Boqueando, con los ojos fruncidos, enfoqué el estrado que había entrevisto al llegar. Unos cuerpos, como de muñecos de trapo, se balanceaban en el aire. Me acerqué despacio resbalando en las inmundicias del patio. Varios hombres, chapoteando sobre las maderas, retiraban, arrastrándolos con visible esfuerzo, los troncos sin cabeza de cuatro o cinco personas; los nobles, supuse, a los que se había librado de morir en la vergonzosa horca. Los deslizaban en los brazos de los que esperaban al pie de la plataforma. Estos, empapados en la sangre que aún manaba de los cuellos, recientemente segados, los colocaban en grandes cajas de madera donde ya estaban dispuestas las cabezas, discutiendo entre ellos por si "este cuerpo es el de esta cara..." Apartando sin contemplaciones a mujeres llorosas y a hombres acobardados, enfangando mis pies en el líquido que ya empezaba a coagularse, me forcé a vencer la nausea que me trepaba por el estómago y busqué el cabello rubio. No fue sencillo, la sangre había dejado limpios sólo unos pocos mechones. Pero sí, aquel despojo que yacía en extraña postura, mirando al cielo gris, era Álvaro. Incluso así, en aquellas circunstancias, un gesto altanero se apreciaba en lo que de humano quedaba en las pobres piltrafas.

—¡Dios! –increpé, amenazando las nubes con los puños apretados, en un infantil deseo de acabar con lo divino y lo humano, puesto que no era capaz de retroceder una hora, ni de volver a la vida a aquel niño, a quien había empujado con mis cuidados, al tiempo que las contracciones del vientre de su madre, al mundo hostil que ahora le había martirizado–. Y mientras... –balbuceé asombrada, y casi incrédula del devenir de los acontecimientos– yo dormía... ¿Qué podría decirle a su madre, quien me encargó su cuidado? ¿Qué voy a contarle a la princesa? –grité absolutamente desquiciada, arrancándome las tocas y los mechones de cabellos que se pegaron a ellas... Alguien, tan temblón y nervioso como yo, me tapó la boca con la mano y me arrastró hacia el interior, a pesar de mis pateos de rebeldía.

Luego vinieron las inútiles explicaciones. El alcaide, al recibir la orden del rey, se había apresurado a hacerle llegar los nombres de los traidores, llamando su atención sobre los dos hermanos, aclarando al monarca que los jóvenes eran protegidos de la infanta. Alfonso respondió inmediatamente. Nada exoneraba tan alta felonía. Si eso era así, ellos, antes que nadie, debían haber pensado que estaban traicionando a la persona que les favorecía. Y... Sí, le habían anunciado nuestra llegada, pero pensó que no sería agradable hacernos presenciar el acto. Así que ordenó que se nos dejara dormir hasta que todo hubiera acabado...

Me encerré en el aposento que se me había asignado, sin permitir la entrada siquiera a Guillermo, quien, después de luchar con mi histerismo, hasta lograr apartarme del lado del ajusticiado, donde corrí el riesgo de hablar demasiado, andaba de un lugar a otro como espantado. A mí, la idea del dolor que, a pesar de todo, iba a causar a Urraca me atenazaba. Imaginarme dándole semejante noticia, acababa con mis fuerzas, dejándome inerme para tomar decisiones. Contemplé los saltos del río por entre las peñas afiladas como cuchillos. Hasta me pareció entrever allá abajo, en el estrecho desfiladero, la figura de una mujer que me sonreía, tendiéndome los brazos...

—No –negué en voz alta, apartándome de la estrecha ventana–. He ser valiente. Ella va a necesitarme. Si yo no estoy, ¿a quién podrá contarle sus inseguridades?. Tengo que ayudarle a afirmarse en la idea de que el chico no era un príncipe, o de lo contrario no podrá soportar la terrible situación que, sin querer, entre todos, hemos propiciado.

Dejé que el muchacho desapareciera en una tumba sin nombre, desoyendo la tímida sugerencia de Guillermo que aseguraba que..."tal vez fuera un consuelo para la infanta tenerlo cerca..." y ordené el regreso, después de varios días de estúpida inactividad, que lo único que hicieron fue alargar el momento de la trágica verdad. Antes de salir, se me ocurrió mandar por delante un mensajero para avisar a Urraca que el joven no iría con nosotros. Quería ahorrarme su desilusión cuando nos viera llegar sin él.

Aquel viaje fue el más corto y terrible que he hecho nunca. Deseaba a cada paso que el camino se alargara eternamente, aunque tuviera que pasar el resto de mi vida recibiendo los golpes de las maderas del carro. Las noches estuvieron llenas de sueños cortos. Mi abuela me reprochaba las tres horas que descansé aquel maldito amanecer; "...estabas advertida. No tienes disculpa..." Despertaba con una terrible angustia, considerándome de verdad culpable. Al cabo de un rato, volvía a caer en una modorra, que me traía, unas veces la imagen de Raquel, aquella hermosa joven que se había perdido para siempre en las callejuelas de la aljama de su tierra, y otras la de la propia Urraca extendiendo las manos, para tomar, de las mías, la cabeza del niño...

Avistamos la ciudad en la noche del tercer día. Sin apresurar a la comitiva, llegamos a la puerta Cauriense después de la hora octava. Al parecer se nos aguardaba, pues los vigilantes se apresuraron a abrir, sin pedir permiso al conde para hacerlo. Me eché a temblar. Probablemente la princesa esperaba... Seguimos hasta el monasterio, junto a San Isidoro, donde ella tenía su residencia. Mientras subíamos traqueteando por los carrales, se me ocurrió que debía, antes de nada, conversar con el mensajero que había enviado por delante. Quería saber exactamente cómo había sido la entrevista y lo que se había hablado. Los guardias me trajeron al muchacho, apenas unos momentos después de llegar a palacio. Lo habían sacado de su sueño y el pobre me miraba aterrado, pensando seguramente que iba a pedirle algún tipo extraño de responsabilidad.

—Dime, hijo –empecé con dulzura, tratando de tranquilizarle para conseguir de él la mayor información posible–. ¿Diste mi mensaje a la infanta?

—Sí, señora –asintió con todo el cuerpo, queriendo agradar y suspirando ruidosamente, al tiempo que frotaba sus mugrientas manos en el sayo, en un patoso intento de estar a la altura del salón que pisaba...

—Quiero que recuerdes cada detalle de tu conversación con ella y me lo hagas saber.

—Pues... –titubeó– veréis, en realidad no hay mucho que contar. Le repetí fielmente las palabras que vos me ordenasteis –y empinándose sobre la punta de los pies, tomando la actitud propia del caso, representó–. Señora, le dije –puntualizó por si acaso su exhibición no era lo suficientemente clara– Auria me manda a advertiros que el muchacho no vendrá con ellos. –¿Por qué? –remedó entonces la voz de la princesa, aflautando la suya, lo que convirtió su frase en un conjunto de pitidos discordes–. Pues eso lo ignoro, señora, hube de admitir con un cierto desasosiego, pues pensé que tal vez debería haberme informado con más detalle... A decir verdad, le comenté algo temeroso, vuestra ama no me dijo siquiera de qué muchacho se trataba... –Ya, asintió ella, Y... dime, ¿ha habido problemas que hayan hecho, tal vez, que los jóvenes no se encontraran en el castillo? –Que yo sepa no, señora, dudé, pues realmente no había oído que se hubiera emprendido ningún viaje. Aunque... al verla tan interesada, me exprimí los sesos tratando de encontrar alguna explicación que dejara satisfecha su curiosidad, los únicos muchachos y algunos hombres "que no estaban en el castillo", eran los que salieron fiambres, o sea –rectificó temeroso de haberse pasado– muertos. Y le conté, ahí sí –se balanceó orgulloso sobre la punta de los pies, poniendo las manos a la espalda– con todo detalle, los ajusticiamientos de los traidores. Se calló ufano de sí mismo, sonriendo como un estúpido, esperando sin duda mis aplausos o parabienes. Apenas unos segundos, le duró la satisfacción. Sólo el tiempo de cabecear un par de veces y detener los giros alocados de sus ojos al enfocar mi rostro. Se le redondearon las cuencas de miedo y comenzó a temblar visiblemente. Me contuve apretando los puños y los escasos dientes que me quedaban, sin pensar en lo arriesgado del acto, ya que se movían todos peligrosamente en mis endebles encías, e inquirí, dominando los gritos que querían buscar los peores insultos para el pobre idiota.

—Y, ¿qué hizo entonces la princesa?

—Nada, señora –casi gimió al contestar– sólo me mandó salir.

—Vete –ordené a mi vez, discurriendo que el mensajero no era culpable en absoluto. Su único deseo había sido contentar a la infanta. Yo. Yo había vuelto a equivocarme. Miré las pesadas puertas que, a mis espaldas, cerraban los aposentos de Urraca. La sabía despierta tras ellas, pero no me atreví a traspasarlas. Me ovillé en el escaño y esperé el próximo amanecer.

14

El verano en Luna es hermoso pero, tan corto... Hace poco que pasó el día de Lug y ya las tardes refrescan, hasta el punto que la pobre Teresa anda preocupada de taparme las rodillas cuando me siento, cara al sol, junto a la cabaña. Anoche acabé de escribir el duro momento de la muerte de Álvaro. Bueno esto no es del todo cierto. Me detuve cobardemente ante las puertas de Urraca, porque no me sentía con fuerzas para revivir el dolor y el desconcierto, que sabía le habría causado su muerte y, sobre todo, el conocer quien era el autor de ella. Mientras me devanaba los sesos, pensando en cómo narrar los complejos sentimientos en que, sobre todo nosotros tres, anduvimos envueltos, mi pupila vino a hacerme compañía, en tanto la sopa que había preparado para la cena se cocía junto al fuego. Me miró intranquila. Es extraño cómo la pequeña, en poco tiempo, ha conseguido penetrar en mí, vibrando al unísono con mis buenos o malos humores.

—Señora –aventuró tímida– ¿puedo ayudaros en algo?

—No, querida. En realidad no tengo ningún problema. Sólo intentaba hilar acontecimientos para saber cómo una mujer es capaz de seguir su vida, dejando de lado los terribles juegos del azar. Mientras hablaba, me arreglaba las faldas del regazo, pensando que la niña no iba a entender cuáles eran mis "inexistentes" preocupaciones. La jovencita me miró con extraños ojos cargados de sabiduría. Bajó luego las pestañas y dijo despacio.

—Todas las mujeres son capaces de seguir después del dolor. Sólo necesitan comprender que alguien, o algo, precisa de su fuerza o decisión.

Ahora fui yo quien la miró verdaderamente asombrada. Sus palabras hablaban de profundos saberes, que siempre son engendrados por experiencias terribles. Me di cuenta entonces que no sabía nada de ella. Me había limitado a aceptarla cuando Baltario me la había traído, sin indagar qué había detrás de su llegada al monasterio. No me dio tiempo a preguntar nada. Como un riachuelo que derrumba las piedras y el barro que lo contienen, empezó, sin apartar los ojos de la tierra que pisábamos, pareciendo ver en ella las escenas que narraba.

—Yo nací en un poblado de más allá de las montañas –dijo señalando en dirección norte– cerca de la costa. No éramos demasiada gente, apenas unas quince familias, que vivíamos de la pesca y del cultivo de algunos manzanos y unos pocos campos de centeno que les robábamos a los montes que resguardaban nuestras espaldas. Un día, los hombres no regresaron. Toda la noche, las mujeres y los niños estuvimos en la playa aguardando. Al amanecer, unos pocos botes arribaron con algunos cadáveres. Entre ellos estaban mi padre y mi hermano mayor. Los cuerpos estaban llenos de heridas. A algunos les faltaban miembros, a otros los ojos, o las orejas... Se veía que, quienquiera que les hubiera atacado, lo había hecho con saña innecesaria. Los gritos en la playa se hicieron ensordecedores. Todas buscábamos a los nuestros en aquel montón de carne maloliente. Mi madre, como todas, lloraba y se arrancaba los cabellos, mientras mecía en su falda los cuerpos queridos. Pasó el día y nadie fue consciente. Cuando el sol comenzó a ocultarse, las mujeres asemejaron despertar y, ayudándose unas a otras, arrastraron a sus familiares para darles sepultura. Un nuevo amanecer nos sorprendió agotadas, caminando hacia el poblado como si fuéramos nosotras los espectros de los muertos recientes. Mi padre era el jefe del grupo, así que, instintivamente, todas las esposas y madres de regazo vacío, rodearon a su mujer, esperando una decisión. Pues aunque nadie había hablado de ello, no había una que no sospechara que aquello era obra de los vikingos y que era muy probable que, sabiéndonos desamparadas, se llegaran a la costa a hacer su tarea de rapiña, raptando a las jóvenes y matando a las viejas. En un primer momento, al ver la expectación en los rostros de sus convecinas, les gritó que sólo era una madre a quien se le había arrebatado un hijo, al que acababa de enterrar junto con el padre y que nada le importaba lo que hicieran o dejaran de hacer los hombres del norte, pues ella, lo único que deseaba en aquel momento, era morir cuanto antes. Las mujeres callaron y se fueron sentando alrededor, limpiándose las lágrimas y los mocos con el dorso de las manos. Cerca del mediodía, mi abuela nos tomó a mis dos hermanas pequeñas y a mí de la mano y, abriéndose camino por entre las hembras sentadas, se colocó ante su hija. Llorábamos asustadas de los hechos, pero sobre todo de los ojos lejanos de mi madre. Nuestro llanto hizo que la mirada perdida se centrara y, como si despertara de un sueño, pareció reconocernos y las lágrimas, ausentes desde hacía muchas horas, volvieron a correr por sus mejillas. Se levantó a abrazarnos, calmando con su palabra nuestras inseguridades y después se volvió al corro que la rodeaba y empezó a planear la defensa. Era consciente de que no podíamos enfrentarnos a los fieros guerreros, así que ideó una artimaña, que al menos nos permitiría salvar la vida a algunos. Varias mujeres jóvenes, las muy viejas y algunos niños, deberían quedarse en el poblado, para que, cuando los vikingos llegaran, pareciera un grupo tranquilo y confiado, que aún ignora lo ocurrido con sus hombres. El resto deberían refugiarse en los montes, por si el plan fallaba. Así, al menos, esos pocos, tendrían la posibilidad de escapar, si los que se quedaban, eran capaces de convencer a los asaltantes de que toda la población estaba en sus casas. Mientras explicaba al resto lo que había planeado, algunas, que vigilaban el mar, corrieron gritando que ya las velas vikingas se veían a lo lejos. Rápidamente, en un silencio doloroso, las propias mujeres fueron tomando su lugar, eligiendo a aquel de sus hijos de menos edad o fortaleza para que quedara en el pueblo. Mi madre, sin explicaciones, tomó a mis dos hermanas, la más pequeña aún mamaba, y a mí, después de un desmañado abrazo, me entregó a la abuela. Con una orden seca, volvió la espalda, llevando al bebé montado en su cadera izquierda y a la otra niña, de apenas dos años, cogida de la mano. Los elegidos para escapar retrocedimos despacio, viendo alejarse al grupo hacia el poblado. Después seguimos a las mayores, encorvándonos para no destacar demasiado de la tierra.

Las mujeres entraron en el pueblo y eligieron sus mejores vestidos, peinaron sus cabellos y perfumaron sus manos y su pelo con jugos de flores. Tomaron lo poco de algún valor que tenían y, arrastrando tras de sí a sus hijos, caminaron buscando el mar. Vieron venir las naves hacia ellas y recibieron a los gigantes rubios con cánticos y manjares. Los hombres, armados hasta los dientes, pusieron pie en la arena, mirando alrededor desconfiados. Luego, después de enviar oteadores al poblado y ver que, efectivamente, las mujeres estaban solas, apreciando su buena disposición, no fueron capaces de negar a su cuerpo las satisfacciones que venía demandando después de muchos meses en el mar. Así que, cuando mi madre los invitó a cenar más tarde en el poblado, aceptaron, imaginándose la noche que les esperaba. No se fiaron no obstante demasiado y enviaron con ellas algunos soldados para que no dejaran de controlarlas. Pero las alegres mujeres se limitaron a matar sus animales y a asarlos en grandes hogueras, mientras aceptaban las bromas y los sobeteos de sus vigilantes. Salió la luna y con ella llegaron al pueblo el resto de los hombres, a los que se apresuraron a servir grandes cantidades de vino y doradas carnes. Mientras unos disfrutaban, otros vigilaban y, aburridos de su forzada inactividad, caminaron alrededor del poblado para no oír los suspiros satisfechos de sus compañeros que, hartos de comida y bebida, se vaciaban en vientres complacientes. Cuando, perdido todo control, se abandonaban a las mujeres, éstas los asesinaron sin ruido, permaneciendo abrazadas a ellos como si ambos estuvieran entregados al sueño. Su intención era acabar con todos, buscar a los vigilantes y, después de pulsar sus necesidades, repetir la faena. Pero los dioses no les eran propicios, los vikingos que vagaban pegados a la cerca de madera, descubrieron las tumbas recientes y comprendieron. Corrieron hacia las puertas de la aldea, dando grandes voces de aviso a sus compañeros. Para algunos ya era tarde, pero aún quedaron los suficientes para arrasar las cabañas y despellejar y quemar a mujeres y niños. Sólo una de ellas y dos pequeños consiguieron huir. No notaron su ausencia, así que, una vez cumplida la venganza, recogieron a sus muertos y, utilizando nuestras propias barcas, hicieron su extraño funeral. La bruma matutina no tuvo trabajo que hacer para tomar rosados colores. Sólo hubo de reflejar la sangre y el fuego de los barquitos que, en alta mar, se consumían con los cadáveres.

—Lo siento, pequeña –tartamudeé. Ella, por vez primera me miró a los ojos.

—En aquel momento no entendí nada –continuó tranquila, después de unos instantes–. Viví en una especie de sopor desde que la mujer que logró escapar se reunió con nosotros y nos relató lo ocurrido. Cuando ellos se fueron, varios días después, volvimos al pueblo. Casi no quedaba nada del horror. El fuego y las fieras habían limpiado el escenario. A mi madre la reconocimos por el viejo balteo que había sido de su abuela y que nunca se quitaba. A mis hermanas no las encontramos. Supongo que serían cualquiera de los cuerpecitos retorcidos que colocamos en las fosas... Cuando terminamos la tarea, vimos que un puñado de niños, unas pocas jóvenes y mujeres maduras jamás lograríamos sobrevivir en solitario, así que echamos a andar, monte arriba, buscando los monasterios que conocíamos. Allí, los monjes nos repartieron por la comarca. Cuando mi abuela murió, me trajeron a Luna...

No supe qué decir, me acerqué a la chica y la abracé.

—Tu madre fue una heroína –dije en un torpe consuelo.

—No –contestó, separándose para mirarme muy seria–. Fue una mujer que, ante lo inevitable, siguió luchando por lo que quedaba...

Urraca adelgazó, se negó a comer, apenas dormía, hablaba poco y sólo de asuntos relacionados con el gobierno que, en ausencia de su hermano era su responsabilidad. Nadie notó su angustia, ni su turbación. Sólo yo supe el porqué de los cercos negros de sus ojos, o del leve temblor de las manos, que me hablaban de su arrepentimiento por no haber hecho esto o aquello; por tomar la decisión elegida cuando quizás si... Incluso a veces, hasta se enfadaba consigo misma, diciéndose en voz alta que "no sé porqué demonios me dejo afectar tanto por el hecho, si estoy segura que ese niño nada tenía que ver con mi hermano..." Pero la inexplicable congoja seguía llenándole la garganta y el pecho de lágrimas que nunca dejó escapar.

Al regreso del rey, le recibió sonriente. Jamás habló de lo sucedido con nadie, ni me permitió hacerlo. Una noche en que Guillermo, quien desde el viaje a Luna, cada vez desaparecía más a menudo, vino a verla para hablarle del futuro que había visto en las runas, se lo prohibió y, cuando el peregrino le solicitó permiso para emprender uno de sus viajes, se lo concedió inmediatamente. Allí mismo, sin esperar a más, se despidió de él. Aseguró encontrarse muy cansada y se levantó para irse. El hombre la miró apesadumbrado. Cuando salió me encaró.

—Estamos en malos tiempos. Se ha alterado grandemente el devenir normal de la vida. Alfonso no tendrá jamás un heredero varón. Incluso la maldición de la madre de Álvaro podría alcanzar a otros a los que el rey ame. Es momento de dolores. Sólo quedan la muerte y el caos...

Le devolví la mirada. Quise enfadarme por sus palabras, pero conocí que decía verdad. Coloqué mi mano sobre su brazo y le guié hasta la salida.

—Amigo –le dije en voz baja– si en tu próximo viaje hallas alguna respuesta, por favor, vuelve a traérsela. Si es posible, ofrécele, por lo menos ese consuelo... –él bajó la cabeza y asintió.

—Lo haré. Creo que nadie merece la paz como ella.

Supe que Guillermo se fue más allá del Mediterráneo. Al viejo país de los faraones. Alguien le aseguró que sus pirámides guardaban secretos... Transcurrieron años antes de que regresara. Cuando lo hizo, casi todas sus predicciones estaban cumplidas.

Pasamos aquel invierno al calor de los fuegos sahaguninos y Urraca ayudó a Alfonso a preparar el juicio de los traidores gallegos, que se celebró en Ursillos en primavera. Decidieron entregar al obispo Diego Peláez a la justicia de la iglesia, que le juzgó cargado de cadenas y el propio legado del papa le arrancó su báculo y anillo. Eligieron para sustituirle al abad de Cardeña, Pedro. No se pudo probar claramente la participación en la conjura de Juan Alfónsez, obispo de Orense, no obstante, los prelados se curaron en salud sustituyéndole. Los tribunales civiles se encargaron de Rodríguez Ovéquez al que se desterró a Zaragoza.

Aprovechando la presencia de muchos de los señores del reino, hubo reuniones para resolver asuntos pendientes, como el nombramiento de abades para Santiago, Oña y Cardeña y se decidió enviar al Cid de nuevo a Levante, para que se hiciera con los tributos de Zaragoza y Valencia, pues sus reyes, posiblemente envalentonados por las tropas de Yusuf, que galleaban constantemente en Sevilla, se habían negado a pagar. Urraca, después de hablar con Alfonso, llama a Rodrigo para tratar con él el plan que acaba de urdir.

—Acércate, amigo –saluda afectuosa al ver entrar al noble. Me había pedido que trenzara sus cabellos en lo alto de la cabeza, tirando de la piel del rostro hacia arriba. Cubrimos luego el peinado con un velo transparente. Con los ojos pintados de kohl y los labios tocados ligeramente de bermellón, hasta pudiera aún ser bella... Sonríe dulcemente al hombre, que la mira embobado. Parece asombrado de verla hermosa después de los muchos años.

—Señora –se inclina el caballero, sujetando el pomo de la espada.

—Siéntate junto a mí, Rodrigo –invita, al tiempo que me hace una seña para que acerque la cátedra que previamente he preparado. No titubea, aunque sabe que lo que va a pedir al guerrero no es precisamente algo agradable, pero está segura de su lealtad y, sobre todo, conoce su ambición desmedida–. Mi hermano ha vuelto a elegirte para representar un difícil papel –adula descaradamente, al tiempo que toma la copa que le ofrezco–. Sabe que puede confiar en ti.

—Sí, señora –afirma el hombre, parco.

—En el concilio, ante los nobles y obispos, se dijo que tu misión en Levante era conseguir las parias que los moros se han negado a pagar y, efectivamente, ese será tu primer objetivo –aquí se detuvo y miró al caballero a los ojos, dejando que una chispa de perversión vagara por sus pupilas. El hombre se apresuró a bajar la mirada, como si se reprochara el que aquella mujer aún pudiera hacerle sentir la impotencia del deseo insatisfecho, el cual, a su pesar, y aunque había habido etapas, sobre todo cuando su cuerpo andaba distraído con otros amores, en que lo había creído olvidado, aún estaba ahí, agazapado, esperando. Sacudió la cabeza espantando recuerdos y sensaciones de juventud. Pareció decirse que ya estaba bien de chiquilladas y enfrento los ojos que, sabios, se cubrieron enseguida con las pestañas.

—Sabéis –dijo en un tono innecesariamente alto– que contáis conmigo.

—Mi hermano lo sabe, y yo también. Es por lo que estás hoy aquí. Ignoro de qué forma podemos llevar a cabo lo que voy a proponerte. Daremos tiempo al tiempo para que nos ofrezca soluciones, pero deseo que sepas cuáles son las intenciones del rey, para que actúes en todo momento de acuerdo con ellas –bebió un sorbo de vino e invitó al Cid a hacer lo mismo–. Hemos pensado que la cuña de Levante no está bien en manos de los moros. Conoces que hasta el día de hoy no han hecho buenas migas con Yusuf, pero el que se hayan negado a pagar, nos ha puesto en guardia. Tal vez estén pensando en facilitar la entrada del africano en sus tierras y eso nos obligaría a combatir en dos frentes. Se interrumpió para dejar que sus palabras sedimentaran en el ánimo del caballero. Cabeceó éste compartiendo totalmente los temores de la infanta.

—Lo ideal sería –apuntó Rodrigo– hacernos con esa zona, pero no queréis traicionar de forma notoria la confianza de los que os pagan por protegerles –acabó, sonriendo abiertamente, mientras asentaba con mayor comodidad sus posaderas en el cojín. Ella le sonrió a su vez.

—Casi siempre nos hemos entendido, amigo –dijo con un hilo de voz, mirando de reojo hacia el regazo donde descansaban sus manos, por ver si estaban en la postura correcta que ocultara las manchas las cuales, a pesar de los lavados con el jugo de los limones que yo me hacía traer de tierras de moros, no conseguíamos borrar–. Aún ignoro la forma de hacerlo –siguió, tranquilizada al notar que sólo la blanca piel y los anillos de esmeraldas y rubíes, estaban a la vista–. Te lo haré saber en cuanto se me ocurra. Pero como he oído que partes al amanecer, quería que lo hicieras con la idea clara de lo que se espera de ti.

—Bien, señora, aguardaré tus noticias –cabeceó asintiendo, para que su actitud no dejara lugar a dudas. Pero, después de un breve silencio, el gesto arrogante que tan habitual era en él, apareció en su rostro cuando dijo–. Sois consciente de que me estáis pidiendo, una vez más, que represente un papel poco airoso. Siempre estoy dispuesto a realizar lo que sea preciso por mi señor y el bien del reino, mas creo que mi disposición merece algún pago... –se calló, como dudando y después de un suspiro, siguió–. Guerrearé a los moros en el momento que el rey lo decida, pero a cambio, quiero el disfrute de las tierras conquistadas. Bien es cierto –se apresuró a aclarar, viendo empequeñecer los ojos de la infanta– que mi señorío dependerá siempre de la corona y de las necesidades o deseos de Alfonso, quien seguirá siendo mi señor.

—Sabes –dijo Urraca volviendo a sonreír– que mis poderes no son lo suficientemente amplios... –aquí hubo de bajar la vista para que su mirada no desmintiera sus palabras; necia precaución que hizo carraspear al caballero para evitar una mueca inapropiada–. Pero te aseguro que haré lo que esté en mi mano para conseguir de mi hermano el acuerdo que pides.

—Con eso me basta, señora –dijo el hombre, haciendo ademán de levantarse.

—Espera –se apresuró ella, olvidando la piel de sus manos, que tendió casi implorante–. No te vayas aún. Hablemos ahora de nosotros...

Aquella noche Urraca informaba al rey de su conversación con el Cid.

—Ya está al tanto de tus intenciones –decía a su hermano ofreciéndole una cestita de fresas–. Lo ha aceptado sin problemas. Pidió el pago que suponíamos. Le dije que procuraría convencerte. El asunto está ahora en saber cómo lo vamos a hacer. Desde luego el primer paso es lograr el apoyo de los reyes cristianos del noroeste y, sobre todo, seguir con las relaciones allende los Pirineos. Hugo de Cluny presiona constantemente para que sus monjes tengan los monasterios hasta Santiago.

—Sí –aceptó el monarca– es el precio que debemos pagar por su apoyo cerca de los francos y en Roma. De todas formas sabes que cuidamos con mimo los cenobios y todo lo relacionado con el peregrinaje. Nunca te ves harta a la hora de favorecer a tus iglesias y monasterios. Ya he perdido la cuenta de los pergaminos que me has dado a firmar con la construcción de puentes, hospitales y donaciones a órdenes religiosas a largo del Camino.

—Sí, pero lo que desea Hugo son los dineros que constantemente le aseguras y que no le pagas.

—Se lo daré si consigo las parias de Zaragoza y de Granada y ahora, de momento, lo que voy a hacer es llegarme hasta Santiago. Hace muy buen tiempo y no está de más que las cortes del norte vean nuestra devoción al Apóstol, y los moros le teman... Quizás deberíamos pensar en algún milagro que hiciera subir la fe –apuntó con una inocente sonrisa.

—Calla –le riñó la infanta, palmeándole la espalda y sonriendo a su vez–. Vamos a peregrinar. Se hablará de nuestra devoción y eso ayudará al Camino y, tal vez, como aseguras, inquiete a los africanos... Nadie mejor que El Apóstol para defender a la cristiandad.

Volvimos a emprender la marcha. En mayo estábamos en Lugo. Allí nos llegó la noticia de que el moro había desembarcado en las costas de la península. Seguimos no obstante hacia Santiago, porque el rey aseguró a sus capitanes que bajo la protección del Hijo del Trueno sería mucho más sencillo preparar la defensa. Y a eso se dedicó entre rezo y rezo; a mandar enviados a todos los rincones de sus tierras, pidiendo hombres y posibles para frenar a Yusuf. Mientras, al parecer, el africano hacía lo mismo. Preparaba un gran ejército, en el que integró a los reyes del sur, para dirigirse contra la fortaleza de Aledo, que traía en jaque las tierras de los alrededores. Tenía el general del desierto atravesadas las formas de vida de los peninsulares, a quienes reprochaba constantemente sus liberalidades y disfrutes sin medida. Para él, aquel gozar de la existencia era un insulto a las leyes del Corán y a las tradiciones austeras de los pueblos de los que procedían. No había un buen ambiente entre los integrantes de las tropas que tomaron el camino de la batalla. Los cabecillas discutían entre sí, anteponiendo sus propios intereses al de todos. Yusuf veía con asombro cómo olvidaban su objetivo común por pequeñeces y rencillas, que él no podía tolerar entre correligionarios.

Cuando los rezos estuvieron cumplidos y toda la cristiandad enterada de que el rey de León oraba para propiciar la victoria sobre el Islam, volvimos a Sahagún, desde donde se ultimaron los preparativos para acudir en ayuda de la fortaleza, que resistía valientemente. En septiembre salimos de la villa, pero antes Urraca y Alfonso ya habían dado con la clave que permitiría al Cid hacerse con Valencia sin involucrar al rey. La princesa envió en busca de Rodrigo a uno de sus hombres de confianza, quien deslizó en su oído las disposiciones del monarca, mientras que en pliegos oficiales, escrito y firmado, por caminos distintos, le llegaba también la orden de sumarse con sus tropas al ejército cristiano que se dirigía a Aledo. Pero, incomprensiblemente para los capitanes y señores del reino, el Cid no acudió al llamado, lo que hizo que, siguiendo las sugerencias de sus nobles, Alfonso desterrara de nuevo a Rodrigo, el cual hubo de permanecer en tierras de Levante, acosando sin remedio a los reyes moros para poder subsistir con sus hombres...

El sitio de Aledo se resolvió por sí mismo. Yusuf, asqueado por las rencillas de los peninsulares y sobre todo por la seguridad de que el lugar había quedado tan devastado que sería imposible seguir manteniéndolo, se retiró. De forma que, cuando Alfonso llegó, encontró a sus hombres agotados, pero sin rendirse. Este hecho no satisfizo al rey, quien venía dispuesto a aplastar a los africanos de una vez por todas y comprendió enseguida el porqué de la retirada del moro. Creo que, en realidad, como opinaba Urraca, deseaba descargar sus frustraciones en la batalla, queriendo conseguir algún tipo de satisfacción.

No atravesaba una buena época el rey. Se encerraba cada vez más con su hermana, huyendo de las peticiones de Constanza y del empalago y los ritos de la berciana, que ya no sabía que inventar para llevárselo al lecho. Ambas mujeres, cada una con sus fines, fastidiaban a Alfonso, el cual desaparecía cada vez más a menudo de las veladas de la corte, buscando desahogarse en regazos desconocidos, disfrutando únicamente el placer animal, sin cuestionarse si pudiera ser aquella noche la que le traería un heredero. Urraca se adelantó a los deseos de su hermano llamando a la amante.

—Jimena –empezó, después de ofrecerle dulces y sentarla a su lado–. Conozco bien tus preocupaciones y sé que, cuando te diga para qué te he llamado, será inevitable que reacciones en contra mía. Pero también sé que, si recapacitas sobre mis palabras, sabrás que tengo razón y que, de los males, hay que elegir el menor.

La berciana se movió inquieta en su asiento, al tiempo que apartaba el escote de su brial, como si el calor le impidiera respirar. No emitió ningún sonido, excepto un ligero suspiro, que nunca supimos si fue de alerta o de descanso, al poder abandonar, de una vez por todas, su papel de amante oficial, que sólo ella se empeñaba en mantener.

—Mi hermano te ama –aseguró la infanta para suavizar la siguiente frase, que sabía muy dura, aunque necesaria– pero no te desea. Le has dado dos hijas y eso, junto al aprecio que te tiene, le impide dejarte de lado. En otras palabras –lanzó con una dureza estudiada– eres una carga para él... –esperó, para que lo dicho fuera digerido en toda su crudeza–. Soy mujer y comprendo tu poco airosa situación. Has pasado del respeto de la corte, a las risitas comprensivas cuando Alfonso elige una dama para pasar la noche, escondiéndose de ti y de la reina. Creo que tu alta cuna no debe permitir esta situación. Debes recobrar la dignidad, pues la situación es irreversible y tú lo sabes muy bien. Has de ser práctica. Si deseas pensar en lo que te he dicho, puedes tomarte tiempo. Pero procura que no sea demasiado. Veo a mi hermano muy harto de la situación. No quemes lo poco que aún tienes a tu favor –calló la infanta, observando los ojos secos de la mujer que tenía enfrente, quieta como una estatua, con la mirada perdida en las piedras del suelo.

—Y, ¿bien? –urgió después de unos instantes de silencio.

La berciana pareció captar sobre todo aquello de "has de ser práctica". La "ratiña", como llamaban los peregrinos a las gentes de su tierra, apareció en ella y, levantando la cabeza, parpadeó como si despertara y encaró decidida el rostro de Urraca.

—Mi padre acaba de morir. Quiero ser tenente de Astorga.

—Bien –aceptó la princesa–. Me parece justa tu petición. La madre de dos princesas no puede pasar necesidad. Hablaré con Alfonso. En tanto decide, procura mantenerte lejos de él. No sería conveniente que le agobiaras con llantos o reproches. Sabes que no es corriente que una mujer tome para sí semejante cargo. Tanto los nobles como la iglesia pondrán objeciones. Ten paciencia y dame tiempo.

Aquella misma noche, Urraca obtenía de Alfonso, quien respiró agradecido, la promesa del cargo para Jimena, que desapareció de la corte discretamente.

15

En el momento que el rey tuvo dinero, al cobrar las parias de Zaragoza y Granada, se apresuró a enviar a Hugo de Cluny diez mil dinares, que el abad recibió con alegría, pues andaba metido en la construcción de su monasterio, del que se decía que era de tal magnitud y belleza, que quienes lo visitaban eran incapaces de describirlo. Contando con el entusiasmo del monje, Alfonso se decidió a reunir en León un concilio presidido por el cardenal Rainiero, cluniacense por supuesto, por ver de arreglar el problema suscitado con el obispo de Santiago, el cual no era aceptado por la Santa Sede. En vísperas de la magna reunión, llegaron noticias de Luna. García, el hermano del rey, se moría. Al parecer, al enterarse de la revuelta que había costado la vida a sus valedores, el prisionero había dado en una extraña melancolía, que le había hecho perder peso y apetitos, hasta el extremo de abandonar la caza y los escarceos amorosos, los cuales, hasta el momento, parecían la única razón de su vida. Enterado que fue el monarca, se apresuró a ordenar su traslado a la corte, por ver si una mejor atención conseguía sanar al cautivo. Pero éste se negó, nunca supimos si por deseo de morir, o por una pobre venganza del hermano que lo había apartado de la vida desde hacía muchos años. Respetando su voluntad de ser enterrado en San Isidoro, en compañía de sus padres, fue trasladado a León inmediatamente después de su muerte.

El viaje se hizo a marchas forzadas. En parte por acatar las órdenes del rey, quien no deseaba mártires en su reino y en parte también por evitar la total descomposición del cadáver que, ya antes del último suspiro, olía apestosamente. Urraca se hizo cargo de los restos y, a pesar de los lavados, los tapones y las hierbas aromáticas, hubimos de cubrir el cuerpo con un pesado tapiz, que sólo dejaba al aire el rostro. Lo cual fue una pena, pues las ropas elegidas por la infanta eran en verdad dignas de un rey. Por delante de su cadáver desfilaron los señores y clérigos de todo el reino.

—No hay duda –me cuchicheaba Urraca, quien se mantenía en pie junto al difunto –que lo ha sabido hacer. Ninguno de nosotros tendrá un funeral tan lucido, con tantos obispos y magnates...-meneó la cabeza con un gesto entre la comprensión y el aburrimiento–. En fin, siempre ha sido un exhibicionista...

Las honras fúnebres, por expreso deseo del monarca, fueron fastuosas. Tampoco supimos si fue por desagravio al muerto, o por mostrar el poderío del reino a todos los grandes reunidos para el concilio. Hubo repartos de alimentos a los más necesitados, inciensos, velas, cantos y plañideras arrancándose los cabellos, arañándose la piel y embadurnándose con ceniza. Hasta alguna, a la que hubo que pagar generosamente, se rasgó los vestidos y se revolcó por los suelos. Luego, un juglar cantó las hazañas del difunto. Esto fue un poco más difícil, pues, sin inventar historias, sus logros habían sido tan escasos, que fue necesario rebuscar en la memoria de sus hermanas, pequeños detalles de juventud, los cuales, un poco ampliados, ya que Alfonso había pedido que no se faltara a la verdad, quedaron bastante bien, medio ocultos por las músicas del laúd y la zampoña.

Los años siguientes están confusos en mi mente. No porque ahora esté casi senil. Cuando sucedieron los hechos era bastante más joven, pero todo acaeció tan deprisa y tan fuera de nuestro control, que hubimos de limitarnos a verlos pasar, sin entender su causa ni objetivo.

A principios del verano del mil noventa, Yusuf volvió a poner el pie en la península, dirigiéndose enseguida contra Toledo. Alfonso reunió de nuevo al ejército y, el once de agosto, ya estábamos en Dueñas buscando la batalla. Pero otra vez el moro hizo un quiebro al leonés. Al saber que iba contra él, retiró sus tropas. Nunca entendimos las razones exactas. Parecía que estuviera tratando de cansar a los cristianos, o simplemente cambió de idea y, antes de pensar en quedarse con las tierras del norte, creyó que era mejor hacerse con el Al-Andalus, para evitar enemigos a sus espaldas. El caso fue que se dirigió a Granada. Como supimos después, por boca del mismo Abd Allah, quien se entretuvo en escribir sus memorias en el destierro africano. Al conocer que Yusuf se dirigía contra sus tierras, cediendo a las presiones de sus conciudadanos, los cuales veían en el africano a su salvador, y a las de su propia madre, que se empeñaba en imaginarse casada con el caudillo almorávide, le salió al encuentro y le entregó las llaves de la ciudad. Gesto que le salvó la vida, aunque no le libró de la pena de verse destronado.

Antes de volverse a África, Yusuf dejó a su primo Sir Ibn-Abu Bakr el encargo de hacerse con todos los reinos del sur, tarea que éste llevó a cabo con gran maestría. Buscó no obstante el emir, que sus intenciones fueran avaladas, además de por los alfakíes peninsulares, por todos los africanos, los cuales se apresuraron a aplaudirlas, considerando que serían realizadas por el bien de los árabes hispanos, quienes sólo así tendrían asegurado el paraíso. De modo que, con la conciencia tranquila, sabiéndose en posesión de la verdad, y con el convencimiento de que la sangre que iba a derramarse sería por una buena causa, se embarcó. Su general no perdió el tiempo. Conquistó Tarifa, Córdoba, Almería, Carmona, Ronda... Sevilla resistió hasta el nueve de septiembre del mil noventa y uno. Motamid fue desterrado y murió en Agmat, componiendo tristes versos sobre su desgracia.

Alfonso, entre tanto, hubo de desatender los frentes del sur, para calmar los desórdenes ocasionados por los señores gallegos, que seguían sin querer aceptar a su yerno Raimundo. Al año siguiente, con sus tierras más pacificadas, intenta una alianza con Génova y Pisa para conquistar definitivamente el Levante, que el Cid ha ido manteniendo con escaramuzas constantes. Sus aliados llegaron tarde y el rey hubo de levantar el cerco, regresando a León.

Así las cosas, no era de extrañar que Alfonso estuviera pasando uno de los peores momentos de su vida. Andaba huraño y, contra su costumbre, casi agresivo. Gritaba a sus hombres y utilizaba a sus mujeres sin ninguna consideración. La reina, a pesar de los sacrificios del monarca, quien seguía acudiendo puntualmente a su lecho, no concebía. El ansiado heredero no llegaba. Los sueños de conquista parecían casi imposibles y, si esto fuera poco, los malestares dentro de su propio reino, eran el pan de cada día, desgastando el continente del rey y el ingenio de Urraca.

Aquel otoño del año noventa y dos, Alfonso, infinitamente cansado y aburrido, no esperó a los fríos para viajar a Sahagún. Apenas transcurrido septiembre, dio órdenes a la corte para que preparara la estancia de invierno en el monasterio. Así que, a finales de octubre, ya estábamos instalados en él, dispuestos a pasar la estación fría. En los últimos años, desde que el rey, después de la conquista de Toledo, agradecido a los cielos por ella, hubiera mejorado a los monjes con unos fueros, en los que marcó la dependencia de todo el territorio del propio monasterio, de forma que sólo ellos podían cocer pan, vender vino antes que nadie, y cobrar tributos por tierras y cosechas, todo había mejorado en la villa, menos el humor de sus habitantes. Pero esto era secundario, ya que el lugar estaba casi superpoblado con los artesanos, comerciantes y campesinos gascones, bretones, normandos, borgoñones, castellanos, aragoneses, navarros y un buen número de moros venidos de las tierras de más allá del Duero y algunos judíos toledanos, a quienes la proximidad de las zonas en discordia no favorecía precisamente. Estos extranjeros estaban mucho más contentos en Sahagún que en sus lugares de procedencia, con lo cual, la población se extendió pronto fuera de las murallas con que el monarca la había rodeado, dejando cuatro puertas, las de Carrión y Saldaña, el Puente que, por Codornillos seguía el Camino de Santiago y la de San Cristóbal por el Cea. Pronto fueron imprescindibles dos hospitales. Uno para los pobres y otro para los malatos, ya que era necesario aislar a los leprosos para evitar contagios. Sólo le faltaba el mercado. Urraca trabajaba para conseguirlo. Y, cuando al año siguiente, los dioses parecieron más propicios, aprovechó la euforia de su hermano al ver cumplido su mayor deseo, para lograrlo.

Pero en el momento actual ella había sido la consejera del rey para hacer el viaje pronto, deseando que Alfonso, quien tan bien se encontraba siempre con sus queridos monjes, olvidara durante unos meses sus problemas, o al menos los dejara de lado. Pero se equivocó la princesa; no sólo no cambió su actitud, sino que pareció agravarse. Salía cada mañana de caza, pero regresaba malhumorado y en las tardes, no participaba en los entretenimientos de sus hombres, pasando horas en el lecho o consultando mapas y legajos. Pero siempre en solitario, sin apenas hablar y sin querer ver a nadie. La infanta, de forma sutil, buscaba entretenimientos, que luego presentaba como algo fortuito o casual, ya que si el monarca sabía que eran preparados especialmente para él, gritaba, asegurando que no era ningún niño al que hubiera que divertir, negándose en redondo a participar en ellos. Urraca empezaba a preocuparse, tanto, que me obligó a elaborar brebajes estimulantes, que mezclaba con las comidas del monarca. Algunos le hacían afecto, pero no el deseado. En vez de volverle amable y divertido, como siempre había sido, le llenaban de excitación, que no derivaba en acciones positivas; al contrario, servía para hacer retemblar el suelo con los cascos de sus caballos, o las bóvedas, con sus órdenes.

—Consultemos el fuego –me decía una noche la princesa, después del fallo del nuevo potingue, que nos había costado bastante preparar, siguiendo la receta dada por una de las mujeres que había servido a la esposa del Cid. El corazón humano, a falta del de algún ajusticiado reciente, lo sustituí por el de un cerdo, muy joven, eso sí. Este componente debió de hacer que el bebedizo fallara, porque, en vez de buscar una amante, como nosotras deseábamos, para sacarle de su postración, conseguimos unos pocos pateos malhumorados, por el refectorio de los monjes, algún que otro puntapié a las gallinas en el patio, y ruidosos bostezos a la hora de la cena. Así que, en vista del éxito, nos sentamos frente a los maderos humeantes y dejamos que el fuego se hiciera con nuestras mentes.

No fueron buenos los retazos de futuro que presentimos en las llamas. Llegué incluso a ver los rasgos de Guillermo, quien me recordaba que la sangre había escrito el futuro del rey y de los que amara... y que cualquier cambio que yo consiguiera, sería engañoso. Tuve un instante de duda que luego quise borrar, para que no debilitara mis voluntades. Me rehice y, con los deseos de la princesa unidos a los míos, traté de construir unos nuevos tiempos, más acordes con nuestros intereses. Imaginé una bella mujer que fuera capaz de ilusionar al rey y darle el varón que necesitaba para sentirse realizado. No fuimos más allá, pues en aquellos momentos, lo que de verdad nos preocupaba eran los pequeños detalles, que son los únicos capaces de crear un simulacro de felicidad en los hombres y los pueblos. Dejamos las conquistas y las batallas para otro momento, porque pensábamos que, si Alfonso conseguía levantar el ánimo y volver a desear, tomaría de nuevo las riendas del mundo, pues todo podría volver a estar a su alcance.

Pocos días más tarde, llegó a Sahagún la nuera de Motamid de Sevilla. Venía huyendo de las conquistas de Yusuf y, por consejo de su suegro, quería la protección de la corte leonesa. El rey delegó en Urraca la decisión, negándose a recibir a la mujer, aduciendo que "no es asunto que vaya a resolver ninguno de mis problemas". Por lo cual, la princesa se encargó de hablar con Zaida, para estudiar las posibilidades que la exreina de Córdoba podía ofrecer a León.

Era una mañana de finales de octubre. El sol se mostraba hermoso y, aunque las tierras aparecían cubiertas de una fina capa de hielo y el frío era intenso, la mañana invitaba a salir a hacer algo por la vida. Urraca se había levantado hacía horas, inquieta y aburrida de beber agua, que ahora cada vez toma en mayor cantidad. Me pidió que le escogiera "un vestido bonito", sentándose en camisa junto a la ventana, para contemplar el amanecer. Antes, la cubrí con una capa forrada de piel y despabilé a las jóvenes para que avivaran el fuego. Tomé uno de sus briales, sin fijarme demasiado, porque últimamente la petición de la princesa era más que nada una costumbre, pues apenas se percataba de lo que le había elegido, cuando levantaba los brazos para permitir que la tela se deslizara por su cuerpo. Al acabar de vestirla y peinarla, me fijé en el tono azulado de la tela y vi que, sin quererlo, había acertado. Encontré a Urraca muy bella, aunque con ojeras, las cuales ya había aprendido a integrar en su rostro y casi me pasaban desapercibidas. La contemplé en la pulida superficie del espejo y me pareció joven y hermosa, como cuando rogaba a su madre que le permitiera unirse a sus hermanos en las mañanas de caza. Mirándola de cerca, ya no me pareció tan atractiva, así que volví al reflejo, preguntándome, con una cierta pena, por qué siempre es más bella la imagen en el río...

Cuando estuvo dispuesta, comió con apetito su primer alimento del día. Eso me tranquilizaba. No importaba los problemas que la acosaran; siempre tenía hambre. Pasamos después al salón donde dejábamos transcurrir las veladas de invierno. Yo lo había mandado acondicionar previamente, borrando los recuerdos desordenados de la noche pasada. Ahora todo relucía con los rayos que entraban por las dos ventanas, no demasiado grandes para evitar el frío, pero lo suficiente para iluminar la habitación con la alegría del campo. Era pronto aún para la llegada de la princesa mora, así que cotilleamos sobre los sucedidos del día anterior e hicimos y deshicimos planes, tratando de hallar una solución a la inoperante situación del rey. Cuando nos anunciaron el arribo de nuestra visitante, casi nos molestó que interrumpiera nuestros pensamientos y proyectos, que nos parecían a punto de encontrar algunas soluciones. No obstante, Urraca permitió la entrada de la mujer, aunque con un imperceptible suspiro de fastidio, que le hizo volver la cara hacia la ventana, para que la recién llegada no pudiera advertirlo en su rostro. Cuando la criada, después de introducirla en la sala, la anunció, la princesa giró la cabeza y la sorpresa que yo ya había sentido, se reflejó también en su rostro. Zaida era hermosísima. Y ella debía de saberlo, pues su primer movimiento, al ver que en la habitación había sólo mujeres, fue desprenderse del velo que le cubría la parte inferior del rostro. Sus ojos claros, a pesar de su juventud, poseían la sabiduría del sufrimiento y su sonrisa la mansedumbre del que conoce lo poco que duran los honores del mundo. Se inclinó ante la princesa, quien, seducida ya por su belleza, parecía estar ausente, haciendo planes muy lejos de la estancia que pisaba.

—Señora –saludó la mora–. Antes de nada, quiero agradeceros el tiempo que me dedicáis. Habida cuenta que sabéis de sobra, que no tengo nada interesante que ofrecer, aparte de los dolores que conmigo traigo.

—Querida Zaida –contestó efusiva Urraca– nunca la corte leonesa protegió a sus amigos de forma interesada –mintió con una encantadora sonrisa, que casi hacía imposible no creer en sus palabras–. Cierto es que venís a nosotros en difícil situación, creada, por otra parte, por vuestro propio suegro –machacó a su visitante, sin dejar de sonreír, haciéndole ver hasta que punto llegaba su generosidad–. Pero, no temáis. Somos conscientes de que ni vos ni vuestros hijos sois culpables. De modo que si buscáis nuestro amparo, os aseguro que lo tendréis.

La mora parecía asombrada. Sus ojos, protegidos por largas pestañas, que ahora se movían inquietas, reflejaban el asombro. Según todos los comentarios, la infanta era calculadora y fría. Los que la conocían habían confirmado que le vendería muy caro el refugio que pedía y sin embargo, sin siquiera entrar en negociaciones, le aseguraba que podía contar con ello. No obstante ella no deseaba limosnas. Ese pensamiento le hizo levantar la cara. Podía comprar su estancia en la corte. Así que, sin esperar a más, pasó a enumerar las posesiones que aún le quedaban y que estaba dispuesta a pasar a Alfonso a cambio de su ayuda. Urraca le dejó hablar sin interrumpirla. Es más, cuando la mora callaba, ella seguía mirándola silenciosa, de modo que su visitante pensaba que lo ofrecido no era suficiente y aumentaba la cantidad sin esperar a más. Cuando ya no tuvo nada que dar, bajó los ojos con un nudo en la garganta, luchando por contener los hipos que le subían a la boca. El abandono de sus manos, caídas a lo largo del cuerpo, daba idea de la derrota que sentía en su interior. Unas lágrimas rebeldes se deslizaron sin permiso por las mejillas, al suelo.

—Pero querida –se levantó solícita la infanta–. ¿Por qué lloráis? ¿Pensáis acaso en vuestras cálidas tierras? –aventuró, como si ignorara el verdadero motivo de su pena–. No sufráis, amiga. Es cierto que León es frío, pero no el corazón de los leoneses, ni la luz de su cielo. Ya veis que ni siquiera os he pedido un pago. Habéis sido vos quien lo ha ofrecido. No voy a deciros que no lo acepto –se apresuró–. Aunque me gustaría –siguió, asiendo a la reina por los hombros, al tiempo que le daba palmaditas–. Vos, mejor que nadie –remarcó para que quedara claro que no había olvidado quién era el responsable directo de la entrada del africano– sabéis que estamos metidos en un gran embrollo. Y, para que mi hermano pueda algún día devolveros vuestro reino, necesita todos los dineros del mundo. Por eso, no deseo que penséis que tomamos vuestros dones como retribución por nuestro amparo, que desde el primer momento os ofrecí, sino como un medio más para luchar contra el enemigo común.

Zaida la miró dubitativa. Seguramente, en su interior, los hechos no encajaban con las palabras, pero la actitud protectora de la infanta parecía tan sincera... Quizás lo que se decía de ella fueran sólo habladurías; envidias de mal intencionados. Su gesto era tan maternal... Tan cálidas sus manos...

—Auria –me ordenó la princesa volviéndose para encararme– encárgate de que la reina y sus gentes encuentren acomodo. Deseo que sus necesidades estén bien cubiertas. Que de nada carezcan y que nada echen de menos –y mirando a su protegida–. No tengáis empacho en pedir todo lo que necesitéis –disculpándose casi, añadió bajando los ojos–. Sabemos que nuestra corte no puede compararse con la vuestra en comodidades. Espero que sepáis excusarnos en aquellos detalles que no estemos en condiciones de cubrir.

—Señora –protestó ruborizada la cordobesa– estoy segura que, bajo vuestro amparo, ni mis hijos ni yo notaremos la falta de nada.

—Bien, querida, me alegro de que estéis aquí. Auria –volvió a nombrarme, sonriendo dulcemente sin separar los labios, pues últimamente se le había desprendido un diente, y aunque no era delantero, si su gesto era demasiado abierto, podía verse el hueco–. Ve a hacer lo que te he encargado, pero antes, sírvenos ese vino dulce que levanta los ánimos y unas roscas de los monjes, que, os aseguro –afirmó dirigiéndose a la reina– os quitarán las penas.

Aquella noche, mientras ayudaba a la infanta a desprenderse de sus ropas, comentábamos las nuevas del día. Urraca estaba eufórica. Creía que Zaida era la respuesta a nuestros deseos.

—Es bellísima, Auria. Cuando Alfonso la vea, caerá rendido. Pero antes quiero que la mora interiorice profundamente que a mí debe su bienestar y el de sus hijos. Así, cuando el rey se encapriche con ella y adquiera poder desde el lecho, no lo usará en mi contra y no me creará problemas –hablaba de las relaciones de su hermano como si se tratara de un hecho político exclusivamente. Me sorprendió, pero me gustó que así fuera; eso le quitaría sufrimientos. Aunque hubo momentos a lo largo de la conversación, en que me pareció que lo único que estaba haciendo era mentirse a sí misma.

—Constanza comprenderá por fin que está de más y dejará de intervenir en el reino. Por su culpa, por ese empeño en mejorar las prerrogativas de su yerno Raimundo, estamos teniendo enfrentamientos con los condes –se acostó y la cubrí con los cobertores y las pieles, sacando a continuación la piedra que había colocado previamente, después de tenerla en el fuego, para calentarle el lecho. Ultimamente se quejaba constantemente de frío–. Dejaremos que pasen unos días –continuó, estirando las ropas hasta la barbilla–. Deseo que Zaida se instale, comience a olvidar inquietudes y a aburrirse. Entonces se la presentaré a mi hermano.

Era la víspera del primero de noviembre. Durante todo el día, los monjes habían rezado interminables letanías para propiciarse a los difuntos, que, de todos es sabido, esa noche, provocados por Samán, un antiguo dios de los druidas, salen de las tumbas a pedir cuentas de su abandono a los deudos ingratos. Si se mira con atención al cielo y está limpio de nubes, hasta puede verse a los muertos, caballeros en imponentes corceles o machos cabríos, acompañados de sabuesos enormes, de ojos ladinos y pelaje azabache, perseguir las almas de los inocentes, que, por descuido, esa jornada mueren en los caminos, sin la debida confesión y penitencia.

Aunque también se cuenta que, otro dios, llamado Dian, se entretiene en bañar en su manantial particular –uno que aún se sigue buscando, por cierto; el propio Guillermo lo ha hecho sin resultado– a los pobres guerreros caídos ese día y, como sus aguas tienen el don de la inmortalidad, cuando los hombres se despiertan, desnudos y ateridos de frío, sus terribles heridas han desaparecido y se encuentran en condiciones de volver a la batalla, si es que aún continua, porque eso sí, el baño puede durar épocas de tiempo imposibles de medir, pues tan pronto los resucitados aparecen años después de su óbito, como en días anteriores al momento del deceso. En este último caso, deben tener mucho cuidado, porque si dejan que se repitan las circunstancias que les habían llevado a la muerte, el dios, aunque sea la noche del treinta y uno de octubre, no vuelve a ocuparse de ellos... De todas formas, estas historias habían de contarse de padres a hijos, murmuradas junto al fuego, sin oídos extraños que se apresuraran a repetirlo al monje de turno, porque entonces podían acusarle a uno de hechicero y, según el talante del prior del monasterio o clérigo que juzgara el caso, al infeliz le podía costar más o menos caro, pero a veces, hasta el cuello y, que se sepa, aunque muriera en ese día mágico, el dios Dian no apareció nunca para salvar su vida... Tal vez porque no había ninguna batalla, y como el pobre campesino no era guerrero, tampoco era excesiva la pérdida y no merecía la pena el esfuerzo...

No se hacía en esa jornada más que la primera comida. Después, se ofrecía el sacrificio del ayuno, con el fin de no dar envidia a los difuntos, para que no vieran disfrutar a los vivos, lo que debía ser muy gratificante para ellos, pues, al parecer, esa práctica y la visita a los cementerios al día siguiente, les hacía quedar satisfechos y dejaban de molestar hasta el año próximo. De modo que el amanecer se convertía casi en una fiesta, ya que había que ingerir cantidad suficiente de alimentos para soportar las siguientes veinticuatro horas. Después, todo el mundo se retiraba a orar a sus aposentos hasta la tarde, cuando empezaban los rezos comunitarios, que ya lo hacían con las luces del ocaso. Acudía entonces la corte y los villanos a la capilla. Las mujeres con vestidos de luto y el rostro cubierto de velos y los hombres, callados y tristes, sin ningún amago de sonrisa o compadreo, pues eso habría molestado a los difuntos, quienes no se resignaban a su obligada soledad. Así que, con el gesto contrito, cada uno buscaba su lugar, resignándose a las próximas horas de plegarias. El oratorio de los monjes aparecía lúgubre. Apenas unas velas que impedían chocar contra los pilares y que propiciaban movimientos de sombras que podían no ser nada, o la representación de cualquier difunto, según el talante del que las viera. Murmullos apenas audibles y olores a inciensos y a humanidad medrosa y miserable... Aunque algunos, como era fiesta, hasta se habían lavado las manos y la cara... De lejos, voces masculinas, las cuales, más que cantos, parecían emitir lejanos y cavernosos quejidos...

El prior, seguido de toda la comunidad, hizo su entrada con los hábitos negros y la capucha bien encajada, de modo que ni las barbas se le veían. Las ropas, moviéndose por efecto de la marcha y de una misteriosa corriente de aire, que nadie sabía de dónde venía, les hacía parecer espectros vacíos que caminaran silenciosamente por el centro de la capilla. Con sus hermanos alrededor, sin levantar la vista de pura concentración en el dolor que debía sentir por los pecados de los presentes, comenzó recordando a todos lo efímero de la vida y la eternidad de los suplicios del infierno. Despacio, con todo lujo de detalles, los fue pintando uno a uno con gran creatividad y colorido. Las imágenes descritas, que por otra parte, todos habían visto alguna vez representadas en los techos de la capilla, arrancaban movimientos incontrolados a los hombres y suspiros a las féminas. Pensaban los primeros en sus ambiciones, que, según el sermón, pronto iban a pasar de manos y por las que tantos atropellos habían cometido, y ellas, en sus manejos para una vida mejor, la cual, curiosamente, nunca hubieran imaginado corta, a no ser por el oportuno aviso del monje. A medida que éste hablaba, describiendo los terrores que les aguardaban, miraban intranquilos alrededor, escudriñando las tinieblas con gestos que parecían implorar el silencio a su torturador. Pero sabía bien el prior cuánto tiempo tenía que insistir. Machacó a sus oyentes hasta que los sintió al borde del grito. Luego, cambiando el tono admonitorio por otro dulce y comprensivo, les sugirió la solución a tan doloroso fin. Deberían purgar sus pecados en la tierra, si querían evitar el mal perpetuo, cediendo algunos de sus bienes a los santos de su devoción, los cuales harían de mediadores ante Dios el día del Juicio. Y, la Iglesia en cuyas manos estaba el poder del perdón y las llaves de la eternidad, rezaría por ellos y por todo su linaje, liberando a sus antepasados de las angustias y asegurando a sus descendientes la entrada en la Nueva Jerusalén. Llegados a este punto, los fieles suspiraron tranquilos por dos razones. La primera, al igual que el año pasado, aunque había habido momentos en que la voz acusadora les había hecho dudar, el asunto tenía solución, podían seguir con sus manejos. Sólo debían recordar las limosnas. Y la segunda causa de la exhalación de alivio fue el saber que, tras unas pocas oraciones y cánticos de los monjes, ya podrían refugiarse en sus aposentos, donde cada cual, a pesar de ser una noche exclusivamente dedicada a la oración, tenía montada su velada, sin cena, no faltaría más, pero con dulces, vino y frutas, las cuales brillaban salpicadas de gotitas, en bandejas bien provistas, esperando incitantes a los penitentes.

Y ese día especial fue el elegido por Urraca para acercar a Zaida al rey. Hizo que la mora, en la mañana, se sentara en un lugar bien visible, cubierta eso si de sus ropas habituales, las cuales difuminaban los contornos, embelleciéndolos al pegarse, a veces, casualmente, al cuerpo. Alfonso reparó en la mujer, pero no se detuvo demasiado en su contemplación, llevado de su indiferente estado de ánimo. No preguntó quien era la nueva invitada y Urraca no quiso que el primer paso partiera de ella. Así que el largo desayuno terminó y no hubo ocasión de presentarla al monarca. Después del descanso de la tarde, la princesa, contra su costumbre, se demoró, dando tiempo a que el rey estuviera en el templo, para que viera su entrada seguida de sus mujeres. Teníamos orden de quedarnos un poco rezagadas, de forma que la mora destacara junto a la infanta. Caminaron ambas despacio por el centro de la iglesia, acercándose al lugar reservado. En vez de pasar por detrás del monarca, como era habitual, para colocarse en su sitial, Urraca y su acompañante casi hubieron de pegarse a Alfonso, dejando en sus narices el nuevo y cálido perfume de la extranjera. Mientras se colocaban, el rey volvió la cabeza siguiendo los crujidos de la seda, en tanto sonreía a su hermana, que le pedía disculpas por su tardanza. Durante toda la ceremonia y sintiendo las palabras del prior aterrar a la concurrencia, Urraca se dedicó a mirar la nuca del rey, ordenándole que se fijara en su pupila. Pero seguramente el lugar sagrado, o simplemente la autodisciplina del monarca, impidieron el giro deseado. No obstante, al final, cuando ya salía, Alfonso ojeó, como de pasada, a la mujer velada y, dirigiéndose a su hermana en un susurro, anunció.

—Cuando deje a Constanza, iré a visitarte.

—Bien –contestó ella, diciéndole con su tono que no debía esforzarse en disimular, que sabía que su visita era una de tantas, sin más objetivo que esperar el sueño, como otras veces...

Apenas transcurrida media hora, por lo que dedujimos que la visita a Constanza no dejaría frutos, al menos esa noche, se presentó el rey en los aposentos de Urraca, quien ya tenía montados los entretenimientos de la forma reservada que era habitual. En el momento de la entrada de Alfonso, un juglar venido de Córdoba contaba, con versos delicados, las artes amorosas de los refinados andalusíes. Había vivido el hombre varios años en la corte cordobesa, la cual había abandonado para seguir a su señora a León. Se interrumpió el cantor, pero el rey, con un gesto, le invitó a seguir, sentándose junto a Urraca, quien le sonrió pícara, musitándole secretitos al oído, que hicieron reír también al monarca, al tiempo que miraba alrededor, por temor a que algún obispo presenciara el espectáculo. Mas los clérigos, aún sabiendo que nadie rezaba ni ayunaba, se resignaban a su papel, retirándose temprano para "mantenerse en oración toda la noche". Los detalles que el juglar daba, siempre teñidos de una delicada sutileza, eran tan vívidos, que los hombres empezaron a removerse inquietos, respirando hondo y evitando mirar a sus mujeres, quienes, más arteras por naturaleza, aprovechaban los velos, que se pasaban a menudo por las gotitas del bigote, para fijar las subyugadas pestañas, en los hombros, las manos, o la mandíbula del objeto de sus apetencias. El vino, espeso y dulce, corría generoso, llenando las copas y esparciendo su denso aroma por la estancia. Cuando acabó el juglar, los criados se apresuraron a llenar las copas, que se habían vaciado como por encanto con sus últimas palabras. Sin dejar que el ambiente se enfriara, Urraca, con una media sonrisa, interrogó a Zaida, que estaba sentada a su derecha.

—Decid, señora, ¿es cierto lo que nos cuenta el vate, o sólo es una fábula para divertirnos?

—Cierto es, señora –cabeceó la mora mirando de reojo al rey, que la contemplaba interesado– Dios ha hecho el mundo para nuestro disfrute. Lícito es por tanto, solazarse con lo que sea objeto de nuestras apetencias.

—No hay duda –intervino amable el monarca– de que vuestros principios y los nuestros no salen de un mismo tronco, pero a fe que son interesantes costumbres –afirmó, olvidando conscientemente sus correrías por tierras toledanas, en el tiempo de su destierro–. Querida –cambió el enfoque de su mirada para encarar a su hermana– sin duda me estoy dirigiendo a la reina de Córdoba, pero veo que he cometido casi un agravio al no haberla honrado como sin duda merece.

—Siento que nuestra prudencia –se apresuró Urraca con aparente turbación– al no querer molestarte, te haya colocado en situación incómoda, pero en mi descargo debo decir que fue Zaida la que me rogó encarecidamente que no te agobiara con sus problemas, los cuales ya hemos, espero, mitigado. Hoy hace exactamente dos semanas que está con nosotros y me gustaría poder decir que se encuentra como en casa. ¿No es así, querida?

—Desde luego –se aceleró Zaida, levantándose para postrarse ante el monarca, arrastrando tras de sí su turbador perfume y sus velos que crujieron agradablemente–. Os doy las gracias, señor, por vuestra hospitalidad. Como afirma la infanta, la corte leonesa ha sido un bálsamo para mis heridas. Mis hijos corretean ya felices con otros niños y mis gentes, según vos mismo habéis podido ver, participan en todo aquello que les es permitido, como si de un leonés más se tratara.

—Señora –se izó Alfonso para tomar a la mora del suelo, levantándola sin esfuerzo– me alegro que os encontréis satisfactoriamente instalada y, como deseo que estéis tranquila y segura, pongo mi tierra a vuestros pies, para siempre.

Miré a Urraca, a quien sin duda la caballerosidad del rey le pareció excesiva, pero que no había dejado de sonreír, complaciente, pero sin exceso, por aquello del diente, que era otro de sus martirios añadidos en los últimos tiempos, contemplando la escena. Se levantó, como deseando resolver algún asunto, dejando su lugar vacío, para que Alfonso invitara a la reina a su lado. Durante el resto de la velada se mantuvo alejada, permitiendo que la pareja intimara. Los juegos, músicas y distracciones se sucedían sin que ninguno de los protagonistas, a los que principalmente iban dirigidos, se enterara de casi nada. La princesa sufría por su siempre secundario papel y se refocilaba por su éxito. El rey y Zaida, perdidos en los aromas de sus cuerpos, no notaban apenas el entorno. Yo, conociendo a unos y otros, me angustiaba por el dolor de Urraca y empezaba a sentir la nueva ilusión del rey. Ella, una vez conseguidos sus fines, se retiró temprano a su oratorio.

No le puso Zaida fácil la conquista al monarca. Por consejo de la infanta, se hizo rogar hasta casi la humillación. Aceptaba las invitaciones y los regalos o, sin mayores explicaciones, los rechazaba, dejando al rey desconcertado. Al principio, hubo momentos en que Alfonso se rebeló contra la actitud de la dama, a la que no estaba acostumbrado, ya que cualquier mujer a quien deseara se le rendía inmediatamente, sin ninguna condición. Dejó pasar días sin acercarse, aparentando indiferencia, pero Urraca se las ingeniaba para que estuvieran cerca o hacerle ver, de una u otra forma, las virtudes de la cordobesa, o sus dotes físicas, que hacía remarcar a la mujer, vistiéndola con sedas casi transparentes. En esa complicada tensión mantuvo la princesa al monarca hasta finales de diciembre.

Aquella noche, después de los rezos especiales por la Natividad del Señor, acudía el rey a los aposentos de su hermana. Iba amoscado y más agresivo que de costumbre. Venía de visitar a su esposa, con la que había mantenido una acalorada discusión. Ella se quejaba del poco tiempo que le dedicaba. Él le había propuesto asistir juntos a la velada con Urraca, aclarando que le gustaba hacerlo, porque siempre había junto a su hermana buenos músicos o juglares que le entretenían. La reina se negó en redondo, asegurando que "lo que Urraca organiza son reuniones licenciosas en que se permite todo. Especialmente a ti, a quien, según mis espías, busca diferentes distracciones –y, alzando la voz de forma que sus gritos se oyeron hasta en el refectorio de los monjes, afirmó–. No creas que no sé que te acuestas con la mora –luego bajó el tono y escupió mirando al monarca de lado–. Nunca supuse que pudieras caer tan bajo..." Así seguiría, sin duda, la discusión durante algún tiempo más. Nosotras no pudimos enterarnos del resto de las lindezas con que se obsequiaron, pues nuestra espía, criada de la reina, corrió a comunicarle a Urraca la batalla, para que estuviera preparada para recibir al monarca como más conviniera. La infanta imaginó sin esfuerzo la cólera de su hermano, al que su esposa acusaba de encamarse con Zaida, cuando toda la corte sabía que, a pesar de ser su más ferviente deseo, la mujer se le resistía obstinada...

"¿Qué es lo que estoy haciendo mal?", parecía preguntarse el rey, un tanto asombrado de que sus planes estuvieran fallando, después de cerrar con un sonoro portazo la discusión con su esposa. Pateó rabioso el pasillo con las manos a la espalda y la cabeza baja, haciendo a sus guardias dar carreritas para poder alcanzarle. En un momento dado se paró en seco, de forma que uno de los infelices que le seguían, se estrelló con su espalda. Se volvió iracundo al muchacho, que deseó en ese momento ser el más insignificante insecto de los muchos que se deslizaban por las paredes, a ambos lados de la escena.

—¡Dejadme, inútiles! –gritó–. ¡No quiero veros cerca de mí en toda la noche! –los guardianes se apresuraron a poner pies en polvorosa, agradecidos, sobre todo el despistado, de poder contarlo. Se demoró el rey unos instantes, respirando profundamente para tranquilizarse, antes de seguir camino hasta las estancias de su hermana. Cuando le pareció estar capacitado para hablar sin gritar, continuó. Al volver un recodo, el perfume conocido le envolvió y la figura, desdibujada por los movimientos de las antorchas, que transparentaban los velos, se le hizo presente, implantándose con la fuerza de un deseo insatisfecho y la agresividad contenida, que se impusieron a todos sus otros sentimientos, razonamientos o conveniencias. Desde uno de los cuartos próximos, yo, enviada por Urraca, quien deseaba como siempre información de primera mano, observaba incómoda. Sentí resoplar al monarca, vi sus violentas zancadas acercarse a la delicada figura que caminaba sin prisa, a pasitos cortos y contoneantes. La zarpa se aferró a las sedas, hiriendo la carne. La mujer se quejó débilmente, aceptando el giro a que era obligada. Su expresión, de pánico en un principio, aparentó asombro al reconocer al monarca y hasta tuvo tiempo de ensayar una desvaída sonrisa antes de que él la abrazara con violencia. Fue relajando su falsa tensión inicial a medida que la caricia se hacía más y más impositiva. Sin dejar de besarla, Alfonso la levantó del suelo y, dando una patada a la puerta más próxima, se internó en el cuarto, cerrando a sus espaldas.

Agradecí el portón que me impedía ver y me apresuré hacia los aposentos de mi señora, para comunicarle que, una vez más, había conseguido sus propósitos. La encontré sentada ante el fuego, contemplándolo ausente. Me instalé cerca y, cuando me encaró, consultándome sin hablar, asentí sin querer entrar en detalles.

—Va a amarla, Auria –me dijo, apartando sus ojos de mí para volver a perderlos entre las llamas–. Lo he visto.

No quise contestar, pero yo también lo sabía; aunque me había parecido interpretar que por poco tiempo. No fui capaz de saber si sería porque el monarca se cansaría enseguida o porque la mora retornaría a sus tierras, o... La voz sin tonos de la princesa cortó mis pensamientos.

—Le he pedido que venga después a contármelo todo –explicó con laxitud, acariciando distraída la enorme cabeza del perro, que alzó los ojos agradecido.

—¿A quién? –interrogué deseando equivocarme.

—A Zaida –me confirmó–. Dependiendo de la actitud de mi hermano, podré ver hasta qué punto he logrado mi objetivo –justificó innecesariamente.

—Pero... –apunté mirándola compasiva– eso os hará sufrir. Deberíais acostaros. Si viene, yo la recibiré y os transmitiré el resultado.

—No –se opuso, levantando la barbilla–. Quiero enterarme de primera mano.

Calle prudentemente. Conocía demasiado a la princesa para saber en qué momento se podía o no alegar razones en contra de sus deseos. Quedamos en silencio, abstraídas, al menos ella, por los juegos de la lumbre. Yo la observaba por el rabillo del ojo. Los reflejos cambiantes marcaban o disimulaban sus rasgos. Parecía cansada e incluso desengañada. La comisura de sus labios se plegaba en su gesto habitual de terquedad, pero sin firmeza. Los ojos, con los párpados hinchados, estaban sembrados de venitas rojas, que al final del día, no supe si por efecto del fuego o por el agotamiento que ablandaba sus rasgos, se multiplicaban hasta casi hacer desaparecer los otros colores. Le ofrecí vino, frutas, dulces, una capa, añadir más leña, menos, probar el nuevo brial, dibujar la ampliación que los monjes querían hacer en la capilla...

—No, no, no...

Empezaba a amanecer. Los tímidos y descoloridos rayos invernales se filtraban ya por las rendijas. Decidí abrir, para facilitar su paso y espantar los fantasmas nocturnos.

—No.

Volví a sentarme. Una hora más, y la puerta chirrió para anunciar a la cordobesa.

—Sí, sí, que pase –salió de su mutismo y una máscara de fingida complicidad se había instalado ya cuando entró su visitante–. ¿Qué tal, querida? ¿Tienes buenas noticias que darme? –preguntó risueña–. Siéntate y cuéntame todo. ¿Deseas tomar algo? –Su boca no olvidaba nada, su mente parecía perdida en un distante lecho de amor.

—¡Oh, señora! –ponderó Zaida, aceptando la silla de tijera que le acerqué–. Ha sido maravilloso. El rey es un magnífico amante. He comprobado que las leyendas que se cuentan en mis tierras sobre la zafiedad de los hombres del norte, son completamente falsas. Su comportamiento ha sido delicado y encantador.

—Sí –cabeceó Urraca con un susurro, que hizo aparecer por unos momentos la confusión en los ojos de su pupila–. Pero dadme detalles, sólo así podré deciros hasta qué punto habéis llegado al corazón de mi hermano –justificó–. No os costará trabajo. Todos hemos visto que estáis acostumbrados a narrar escenas de amor muy vívidas. Por otra parte, podéis estar tranquila, vuestra intimidad será respetada. Es la misma que la de Alfonso...

—¡Oh, señora! –protestó la cordobesa–. No se me ocurre dudar de vuestra discreción, pero estoy sorprendida por la petición que me hacéis.

—Reconozco que es un tanto chocante –admitió la princesa, buscando postura en su cátedra– pero os aseguro que si conociera otro método para saber las intenciones del rey no os lo pediría.

—Bien –titubeó Zaida– pues entonces... Veréis, acudí al pasillo, como me pedisteis, y caminé despacio para dar tiempo a que Alfonso apareciera. Sentí enseguida sus pasos precipitados... –dudó antes de aclarar– yo diría que... furiosos. Me tomó del brazo y me hizo volver y, sin dar tiempo a nada, me besó como... con rabia –se detuvo la reina y levantó los ojos hasta Urraca, quien la miraba indiferente y lejana. Su actitud la calmó y siguió su relato, con la tranquilidad de hablarle a un capacitado galeno de sus achaques–. Me levantó del suelo sin contemplaciones y me introdujo en el primer cuarto que vio. Para entonces yo estaba francamente rendida a su caricia, con lo que desapareció su agresiva actitud y se volvió dulce, delicado...

Miré a la princesa. Ni un solo músculo se había movido, ni en su cara, ni en su cuerpo. Escuchaba.

—Dejé que besara mis párpados, mordisqueara mi oreja, mi cuello y el nacimiento de mis pechos, hasta que consiguió que crecieran y desearan romper el velo que los cubría. Arrancó una a una las piezas de mi vestido, deteniéndose en la porción de piel que se le iba ofreciendo, como si el acto de amor fuera a acabar en aquel nuevo trocito, el cual dejaba de pertenecerme, palpitando al ritmo que él quería imprimirle.... Cuando mis cabellos estuvieron liberados de velos, recibieron sus jugueteos, porque no hubiera porción de mí que quedara sin amor. Hasta los dedos de mis pies se sintieron más sedosos y dulces que nunca. Quise contribuir, devolviéndole las caricias, pero consiguió tal vibración en mi piel que no pude por menos de olvidarme de todo lo que me rodeaba, para centrar el universo en los movimientos de sus manos, sus labios y su piel sobre la mía...

—Bien – cortó Urraca levantándose–. Es suficiente. Mi hermano os ama. Procurad hacer buen uso de sus amores –y se volvió para salir, sin dar tiempo a Zaida a levantarse.

—Señora –dije mirando a la reina, que parecía despistada–. Os acompañaré si lo deseáis a vuestras habitaciones. Seguramente estaréis cansada.

—No. No será necesario –negó, levantándose–. Mis gentes esperan fuera–. Auria... –se decidió después de un largo titubeo– tú conoces bien a tu ama. ¿Debo interpretar que está satisfecha?

—¡Oh, sí, señora! Dentro de unas horas la veréis contenta. Ahora, como vos misma, se encuentra agotada –y, reforzando mi aclaración, añadí–. Lleva toda la noche esperándoos.

Los próximos meses fueron de gozo doméstico para toda la corte, excepto para Constanza, que se sintió abandonada definitivamente, sobre todo al saberse el embarazo de la mora, que se apresuró a hacer fructificar la semilla del monarca. Andaba éste como embrujado, siguiendo los pasos de Zaida, quien, gracias a los preparativos de Urraca, nunca dejó de acudir a buscar el consejo de la infanta, para poner en práctica sus deseos. Deseos que, a la larga, siempre fueron los de la princesa, quien gobernaba ahora por delegación consentida. Urraca, al igual que la reina, sufría el abandono, pero seguía teniendo el respeto de todos, incluido el de su hermano que, absorbido en aquellas primeras semanas por su pasión, dejaba en sus manos los asuntos de gobierno. Su sufrimiento era íntimo y sólo conocido por mí; el de Constanza era público. El orgullo de la francesa se resintió, hasta el extremo de comenzar con una serie de enfermedades, las cuales, aunque los médicos y yo misma, ya que Alfonso pidió a la infanta que se ocupara de ella personalmente, poníamos todo el interés en curar, se eternizaban en su cuerpo, llevándose las pocas energías que le quedaban y haciendo incluso que su mente se evadiera de la realidad que no era capaz de aceptar, mareándonos a todos con relatos imaginarios, pero a los que ella confería tratamiento de realidad, del gran amor que el monarca le profesaba y de su posición de poder en la corte. Tan absurdas eran sus historias, que yo, a veces, le tocaba la frente por si tuviera calentura y de delirios se tratara. Pero no, su piel estaba fría, aunque húmeda la mayoría del tiempo.

Una tarde, mientras la princesa se ocupaba en resolver los preparativos del viaje que el rey quería realizar a Coimbra en abril, yo cuidaba de la reina, quien no paraba de hablar, aburriendo incluso a sus mujeres, que, discretamente, se fueron separando de su cátedra, dejándome sola a su lado.

—Ha sido una pena que nuestro hijo muriera –afirmaba Constanza, convencida de haber dado un varón al rey–. Si hubiera vivido, Yusuf nunca se hubiera atrevido a cruzar el estrecho, pues él era valiente y decidido y además un gran estratega. El moro sabe que Alfonso está viejo y por eso se ha decidido. Fíjate si andará achacoso que hace más de un mes que no visita mi lecho, cuando antes lo hacía a diario. Pero, claro –seguía, justificando una realidad que no era capaz de asumir– los años no pasan en balde... Yo eso lo comprendo –cabeceaba, plegando la frente, mientras daba puntadas sin orden ni concierto en un paño en el que aseguraba estar bordando una doncella– pero debo conseguir que vuelva a mí, al menos una noche. Mi cuerpo es muy fértil. Tú –y se volvió a mirarme, tirando de sus ojos perdidos en la trama del tapiz– sabes muy bien que, a pesar de mi juventud, he parido diez hijos...

—Sí, señora –admití. Después de mi larga experiencia de los últimos meses, sabía que era imposible razonar con ella, haciéndole ver y sentir una vida que se le hacía insoportable.

—...Y lo curioso –seguía imparable– es que, a pesar de mis múltiples embarazos, sigo tan lozana y bella como antes de dar a luz a mi primer vástago. Debo confesarte –sonrió con gesto cómplice– que los condes me persiguen. Ni siquiera el respeto que le deben al rey logra contenerlos... –y luego, sin espacio, soltó unas lagrimitas que se secó con el paño que bordaba, sonándose en él a continuación–. ¡Qué hermoso varón!. El canalla del mago –se refería a Guillermo, al que nunca había podido soportar– se lo llevó cuando yo dormía –afirmó, sin aclararme si ese hijo tenía o no relación con el que acababa de asegurar que había muerto– Ahora será ya un bello mozo... "Bien –pensé– éste es otro..." Pero no se saldrá con la suya ese felón –seguía la perorata–. Alfonso le está buscando y, cuando lo encuentre, mi hijo tomará el poder y yo me encargaré personalmente del peregrino –y a continuación, se explayó durante horas, contándome los tormentos que pensaba infringir a Guillermo, si conseguían cogerlo.

Así transcurrieron para ella los meses de espera hasta el nacimiento del hijo de Zaida. Consiguió defender su integridad, inventándose una vida en la que creía firmemente, hasta el punto que, si alguien la escuchaba y no tenía datos, dudaba de en qué momento contaba hechos vividos o imaginados.

Sólo salimos de Sahagún para el viaje a Coimbra. El monarca regresó enseguida, una vez resueltos los problemas que le llevaron allá. Pasamos el verano junto al Cea, disfrutando de sus truchas y de la libertad de su horizonte. Apenas acabada la recolección del pan y antes de empezar con la del vino, nació el hijo de Zaida. Fue un hermoso varón, que llenó de alegría a su padre y a toda la corte, pues Alfonso se apresuró a declararle heredero. El parto fue sencillo, ya que la mora había tenido ya varios, y los días que siguieron nos trajeron fiestas constantes. Pero un amanecer, Zaida despertó con fiebre alta. Se quejaba de dolores en el bajo vientre y sus pérdidas, que hasta aquel momento habían sido las normales, aumentaron. Le administramos toda clase de remedios, pero sin necesidad de consultar el fuego, yo supe, desde el primer momento, que poco o nada podríamos hacer por ella. Alfonso gritaba a los galenos y a las mujeres que la atendíamos. Se insolentó incluso con su hermana, asegurando que " ahora sería necesario que contemplarais las brasas; pero no para pedir muerte; para implorar vida..." Urraca le volvió la espalda sin contestar y salió de la estancia. Aquella noche sí que miró el fuego. El amanecer siguiente, trajo consigo la muerte de la mora. La enterramos en Sahagún, en un bello ataúd que Alfonso mandó forrar de riquísimos paños árabes. El sepulcro se talló en una gran piedra que se acarreó desde las montañas y que fue elegida por su blancura y pureza. Le dedicamos largos rezos cristianos, pero el rey, a pesar de la oposición de toda la corte, consintió que los moros que habían acompañado a la reina de Córdoba, hicieran sus propias exequias, antes de colocar el cuerpo en su lugar definitivo de descanso en la capilla del cenobio.

Constanza, quien había sufrido unas altísimas fiebres al conocer el nacimiento del bebé, pareció recuperarse e incluso se empeñó en asistir al entierro. Urraca decía que para asegurarse de que la mora era cubierta con la pesada losa que el monarca había mandado pulimentar. Permaneció erguida y digna durante el largo tiempo que duraron los ritos funerarios. Al acabar, se acercó a Alfonso, quien, pálido y demacrado, parecía incrédulo y ausente, hasta que el cajón, que sonaba a hueco, desapareció en la tumba de piedra. Llegado este momento, miró en derredor, como si necesitara saber en qué lugar se hallaba y, deteniéndose en la infanta, que le miraba con compasión, se abrazó a ella, buscando como siempre su consuelo. Ese instante de debilidad fue el elegido por la reina para tomar el brazo del monarca e intentar arrancarlo del hombro de la princesa, quien lo acunaba como a un niño. Se volvió el rey iracundo y, al enfrentar los rasgos adustos y autoritarios que le observaban, silabeó.

—¡Quitaos de mi vista para siempre!.

Constanza dio un traspié, como si las palabras hubieran sido un puñetazo en su rostro. Una de sus mujeres se apresuró a sostenerla y, con mi ayuda, la sacamos de la capilla para conducirla a sus aposentos. No volvió a levantarse de la cama. Dejó de fantasear y una absoluta apatía la invadió. No se molestaba siquiera en cambiar de postura en el lecho, si alguien no la obligaba. En pocos días se cubrió de llagas. Antes de finalizar septiembre, volvimos a la capilla, a dejar su cuerpo cerca del de Zaida, en un sepulcro sencillo, en el que no hubo paños árabes pero si los distintivos de reina de León, que a la mora, a pesar de ser la madre del heredero, no se le pudieron colocar.

16

Durante los años siguientes, el gobierno del reino pasó completamente a manos de Urraca. Alfonso, que se negaba a salir de Sahagún excepto en muy contadas situaciones, pasaba los días caminando por el campo, contemplando la cuna de su hijo, o sentado durante horas ante la tumba de Zaida. Cuando, al principio de la primavera del año noventa y cuatro, llegaron los emisarios del Cid, con las noticias de la mala situación del levante, pidiendo permiso para intervenir en Valencia, hubo de ser la infanta quien consintió que Rodrigo pusiera sitio a la ciudad. Al parecer, los africanos ascendían lentamente por la costa. Habían tomado ya Játiva y Alcira. La princesa no pierde tiempo esperando la decisión de su hermano. Contesta rápidamente al Campeador, quien se desplaza a marchas forzadas desde Zaragoza en socorro del débil al-Qadir. Cuando el moro recibió despachos de Rodrigo, asegurándole que acudía en su ayuda, comprendió que llegaría tarde. Así que, en vez de plantar cara a los invasores, dando tiempo al cristiano, prefirió huir con sus joyas y las mujeres de su harén, disfrazado él a su vez de odalisca. No llegó lejos. Uno de sus hombres de confianza, Yahhaf al-Balansi, descubrió su escondrijo y lo decapitó, clavando su cabeza en las murallas y arrojando su cuerpo a un estercolero. Inteligente medida, que le alcanzó el beneplácito de los almorávides y el gobierno de la ciudad. No le duró demasiado su brillante triunfo. El Cid llega a Mestalla y, desde allí, obliga al flamante gobernador a deshacerse de los africanos a cambio de su retirada.

En este tiempo, Motawakkil de Badajoz, viendo el peligro del sur, pidió ayuda a Alfonso, entregándole como pago las plazas de Santarén, Lisboa y Cintra. El rey las puso bajo el gobierno de su yerno Raimundo y se olvidó de los problemas del pacense, mientras susurraba amores a la tumba de su amante.

Pero Yusuf no soporta fácilmente la retirada de sus ejércitos de Valencia por la presión del Cid y ordena una nueva entrada en la ciudad. El castellano lleva sus tropas ante las murallas y planta las tiendas, intentando vencer por desgaste, sin necesidad de derramamientos de sangre. Al poco tiempo, el hambre se ceba con los sitiados, que llegan a pagar un dinar por una rata... Algunos se arrojan desde lo alto de las torres. Otros tratan de huir del hambre, para encontrarse con los hombres de Rodrigo, quienes los queman en grandes hogueras que no se dejan apagar. A primeros de junio del noventa y cuatro capitula la ciudad. El cristiano, acatando las órdenes recibidas de la infanta, respeta los derechos de los musulmanes, aunque, incomprensiblemente para Alfonso, quien escucha las nuevas de labios de su hermana, se empeña, contra toda lógica, en mantener en su puesto a Yahhaf, previo juramento de no haber participado en la muerte de al-Qadir, cuando de todos es conocido que ha sido el principal instigador.

—No conviene que entre en la ciudad cambiando todo lo establecido –explica paciente Urraca, como si su hermano fuera ajeno a los problemas políticos.

—Ya –cabecea el rey, disculpándose por su falta de interés. Aparenta estar satisfecho con la conquista de Valencia. Su buen vasallo ha llevado la labor encomendada de forma inteligente y prudente. Contempla a Urraca, quien se afana entre pergaminos, que mueve de un lado a otro en la mesa. Se la ve agotada y ojerosa. Le duelen tanto los pies, que le cuesta permanecer erguida.

Alfonso parece recapacitar en los últimos meses, vividos en total apatía. Apoya la frente en sus manos entrelazadas y suspira. Es como si, de repente, se diera cuenta que tiene un reino y un hijo de los que ocuparse. Hasta ahora ella, y vuelve a mirar a la infanta, la cual parece haber encontrado el mensaje que buscaba y que intenta leerlo muy interesada, alejándolo de si para poder verlo, se ha encargado de todo. Sin pedir reconocimientos. Siempre detrás de él. El rey se levanta sintiendo crujir los huesos de las rodillas. Coloca su brazo sobre los hombros de la mujer y la atrae hacia sí con cariño. La princesa aprovecha su buena disposición y le habla de la muerte de Motawakkil de Badajoz. Por lo visto ha caído en manos de Abn-Bakr, que lo ha torturado hasta conseguir saber el escondite de sus tesoros. Luego, en compañía de sus dos hijos, lo ha sacado de la ciudad, asegurando a su pueblo que lo conduce al exilio. Apenas andadas unas leguas le comunica que va a ser ajusticiado junto con sus vástagos. Motawakkil suplica que su muerte sea la última. Desea que el sufrimiento de ver morir a sus hijos le reconcilie con su dios, el cual perdonará así sus faltas. Graciosamente, sus verdugos conceden su último deseo. Son conscientes de los muchos pecados cometidos por un hombre que ha dedicado su vida a vivirla, sin tener demasiado en cuenta las órdenes de un libro sagrado que, como casi todos, niega el derecho de los seres humanos a disfrutar de las capacidades con las que se supone sus dioses les han creado.

Alfonso se deja caer de nuevo en la cátedra y pierde los ojos en las partículas de polvo que bailan en el rayo de sol que le baña los pies. Urraca teme haberse equivocado. Quizás su hermano no estaba aún preparado para salir de su estado de postración y lo único que ha conseguido ha sido hundirle más en él. Me mira angustiada. Me transmite dudas y temores. Tiene que conseguir que el rey vuelva a tomar las riendas antes de... Está tan cansada...

—No podemos consentir esta situación –dice la infanta en voz alta–. Deberíamos preparar un ejército. Estoy segura de que Yusuf viene por nosotros.

El monarca alza su mirada y la encara. Ya no está distraído. Sus labios se han plegado en una línea dura.

—Yusuf no entrará nunca en Toledo.

Urraca sonríe, sin perder los ojos de su hermano.

—Bien –acepta complacida–. Pues vamos a ponernos a ello –y sin dilación, pasa a exponer su siguiente preocupación. Los magnates llevan meses presionándola para que consiga del rey un nuevo matrimonio. Es cierto que tienen el tan ansiado heredero, "pero los bebés son algo tan delicado..." . Mueren uno de cada cuatro nacidos. Los nobles no desean encontrarse de nuevo sin un varón... Y el rey ya no es un chiquillo. No dudan de su potencia viril, pero desean asegurarse, cuanto antes mejor...

—Verás, querido. Sé muy bien que el problema que voy a plantearte, te molestará, mas espero que sabrás comprender que, tanto mi intención como la de tus hombres, es buena. Todos estamos muy satisfechos con el nacimiento del niño, pero creo que debes consolidar la sucesión con un nuevo vástago –alzó la mano colocándola sobre los labios del hombre, que ya se habían abierto para protestar–. Comprendo que va a ser muy duro para ti, pero entiende que, de nuevo, no te estoy hablando de amor; sólo de obligaciones de estado –al ver que Alfonso desistía de poner reparos a algo que sabía necesario, siguió, aprovechando el momento–. Y ya puestos, te diré que sería una buena baza para bajar los humos a los borgoñones, quienes parecen creerse los dueños de estas tierras. No me gusta nada la actitud desafiante de Raimundo. Me parece que anda tratando de propiciarse a su primo Enrique. Si se unieran, podrían ocasionarnos problemas. Sus ejércitos sumados, no serían enemigo despreciable y no creo que estemos en condiciones de perder hombres ni posibles en una estúpida guerra civil –hizo una pausa, como dando tiempo a Alfonso a imaginarse el panorama que acababa de presentarle. Luego continuó, abandonando el pergamino, que no había leído, sobre la mesa, sentándose despacio, apoyando el peso en las manos para que el cuerpo descendiera hasta la cátedra–. He pensado en Berta, aquella lombarda de la que ya hemos hablado en otras ocasiones... Una reina extraña les debilitaría, al tiempo que estrecharía lazos con Génova y Pisa... Si actuamos deprisa, en estas Navidades podíamos tenerla en Sahagún...

Alfonso sabía de sobra cuáles eran las pretensiones de su yerno Raimundo, desplazado desde el nacimiento de Sancho, el heredero del reino. Y, a pesar de su abatimiento, no dejaba de barrenar los problemas que tenía ante sí, aunque un estúpido torpor parecía invalidarle a la hora de tomar decisiones.

Pero un malestar que retuvo a la infanta en cama durante varios días, pareció despertar definitivamente al rey, quien puso en movimiento la máquina del estado para traerse a la nueva reina, tratando de frenar así las ambiciones de Raimundo.

Desde que se anunció el compromiso, todos fueron problemas. No sólo con los borgoñones que ya formaban parte del reino, incluso Hugo de Cluny protestó por escrito. Misiva que nunca llegó a manos de Alfonso, pues Urraca, sabedora de que los mensajeros estaban en camino, envió unos hombres que se encargaron de acabar con su viaje, llevando a la princesa el escrito, para que ella, después de leerlo, lo dejara caer al fuego, mientras lo observaba pensativa.

Hacía pocos días que se levantaba del lecho; apenas unas dos horas para "mover el vientre", como le aconsejaban sus médicos, a los que despreciaba por su ineficacia y por las estúpidas órdenes que impartían, levantando la barbilla y entrecerrando los ojos, simulando una sapiencia que asegurara el mantenimiento de sus redondas panzas. A veces, y a pesar de estar segura de que serían ineficaces, se plegaba a cumplir los mandatos, presionada por el dolor y la desesperanza. Tenía los pies llenos de llagas y en las piernas se marcaban venas gordas, que dibujaban negros y deformes caminos por la piel blanquísima y marchita. Comía y bebía cantidades ingentes, que yo trataba de controlar como podía, pues estaba convencida que no favorecían su enfermedad. Prácticamente desde el lecho dirigió los preparativos de la nueva boda, encargando a Elvira la misión de recibir a la reina, labor que la infanta aceptó consciente del estado de su hermana. Los años habían conseguido frenar sus devaneos de juventud, centrándola en las obligaciones.

Poco después de que Urraca volatilizara la misiva de Hugo, llegó otra; pero esta pasó hasta el monarca. Raimundo y su esposa, la primogénita del rey, no asistirían a la boda, dejando así bien claro el rechazo que la extranjera les producía. La princesa no perdió tiempo esperando a los mensajeros de Enrique, el prometido de Teresa, la hija de la berciana, como Alfonso propuso. Arrastrando los pies, subió al carro que utilizaba para sus desplazamientos y, dejándose caer entre las pulvinarias rellenas de lana, ordenó la marcha, en pleno mes de octubre, en busca de los ejércitos de Enrique, quien según las últimas noticias acampaban cerca de Santarén.

—Hemos de actuar con rapidez, Auria –me repetía por enésima vez, tratando quizás de borrar el mal gesto que yo no podía evitar, viéndola tan enferma para emprender semejante viaje. Pero las muchas horas pasadas últimamente junto al fuego, sin ninguna ocupación, ya que su cansancio era casi constante, le habían hecho imaginar una traición de los dos primos, quienes habían tenido el reino en la mano y que ahora, después del nacimiento de Sancho y de la llegada de una nueva reina, joven y con un vientre presumiblemente fértil, acababan de perder. Yo no dudaba demasiado de sus visiones, pero lo cierto era que, a parte de declinar la invitación para asistir a la boda, aduciendo problemas en sus tierras, los yernos no habían dado motivos para pensar en una conspiración...

Los días del desplazamiento se convirtieron en un verdadero calvario. El tiempo, que al salir de León se mostraba cálido, con cielos limpios y brillantes, empezó a oscurecerse con una niebla espesa y pringosa, que destrozaba nuestros pobres y achacosos huesos de viejas tercas, las cuales aún no quieren admitir que el tiempo corre, incluso para ellas. Pero, por si esto fuera poco martirio, que tratábamos de paliar con multitud de galnapes de lana y piedras calientes que casi nos quemaban los pies, la humedad ambiente decidió concentrarse en gotas, y una lluvia fina pero persistente –y yo casi me hubiera atrevido a decir entonces que eterna– empezó a colarse por las rendijas, empapando lentamente nuestras ropas y pieles y sofocando nuestras hogueras, para convertirlas en humeros de matanza. Pronto los caminos se tornaron lodazales, donde se atascaban las ruedas de los carros y las patas de los animales hasta el vientre. Los hombres se afanaban cargando piedras y ramas de los bosques cercanos, para cubrir agujeros y dar firmeza al camino, pero la lluvia, sin tanto ruido, griterío, órdenes y lamentaciones, era mucho más eficiente que ellos. El final del día les sorprendía agotados y sudorosos a pesar del frío reinante, y con muchos charcos aún por rellenar. A veces, para facilitar el trabajo y aligerar de peso los carros, incluso nosotras debíamos pisar el barro, arrastrando los bajos de los vestidos por el fango, hasta convertirlos en pesadísimos armazones que nos impedían caminar o montar una yegua. Llegué a pensar que nunca saldríamos de aquel camino; que aquel era nuestro infierno; que ya estábamos muertas y que todo era un sueño de difunto. Pero de pronto, un amanecer, cuando andábamos a un par de jornadas escasas de Santarén, dejó de llover. El cielo apareció sin nubes. Miré no obstante, desconfiada, un velo de niebla que se enganchaba en los árboles y que a aquellas horas del día parecía gris, rosado, violeta o púrpura, tal vez... Pero no. Sólo eran restos de la noche. Cuando el sol asomara definitivamente detrás de los montes, desaparecería. Me volví para informar a Urraca pero, desde lo alto del carro, ella también miraba al firmamento.

—Date prisa, Auria –me urgió–. Es preciso adecentar la expedición. No quiero que las gentes de Enrique nos vean como pordioseros. Ordena que algunos hombres se adelanten para arreglar el camino que resta, si necesario fuera. Que otros limpien los bajos y las ruedas, que se cambien las ropas y se cepillen los animales. Unas horas de sol harán el resto del trabajo.

Aquel día no nos movimos del sitio. Como lagartijas, nos dejamos calentar, bajo los cálidos rayos, los dolores varios que aquejaban nuestros miembros enclenques. Tuvo razón la princesa. El sol se empleó a fondo y, aunque no consiguió evaporar toda el agua de los charcos del camino o de las hojas del bosque, si que facilitó nuestra marcha, la cual empezamos al amanecer siguiente.

—Despacito –había ordenado la infanta–. A ver si vamos a ponerlo todo perdido de nuevo...

Cerca del mediodía, los hombres de Enrique, con la princesita Teresa a la cabeza, salieron a recibirnos, cuando ya su campamento se divisaba a lo lejos. La hija de Alfonso se arrojó en brazos de su tía, a la que siempre había querido, puesto que le había hecho de madre y maestra y de la que la habían separado hacía meses, desde que su compromiso de casamiento se había firmado.

—¡Mi querida niña! –exclamó Urraca, recibiendo a la jovencita–. ¡Cuánto te he echado de menos...! –su afecto era sincero. El último aserto lo dudé bastante. Tenía demasiadas obligaciones y el encargarse de las princesas era una más–. Ven –siguió, abrazando a Teresa por los hombros–. Cuéntame cosas –saludó apenas a los hombres de Enrique, quien no había acudido a recibirla, y de lo que tomó nota sin decir nada.

En las pocas leguas que faltaban por recorrer hasta el poblado, ya había conseguido enterarse de las frecuentes visitas de Raimundo a su primo y de la presencia en el pueblo, desde la última semana, de Dalmacio Geret, "un enviado de Hugo, para orientarnos en nuestra próxima vida matrimonial..." había aclarado la inocente chiquilla.

Nos instalaron lo mejor que pudieron, en la misma casona que ocupaban los futuros esposos y la madre del novio, la cual había viajado desde Francia para "educar en nuestras costumbres a vuestra sobrina..."

—Me encanta, señora –contestó Urraca a la extrajera, quien chapurreaba con trabajo nuestra lengua– que mi sobrina aprenda cosas nuevas. Pero os recuerdo, querida amiga, que la niña va a gobernar "nuestras" tierras y no las "vuestras". Y puedo aseguraros que está perfectamente preparada para ello. No obstante, y aunque vuestro trabajo sea innecesario, os aseguro que me complace sobremanera encontraros aquí –su radiante sonrisa mientras hablaba, sin dejar los ojos de la mujer, hizo dudar a ésta, que el sentido de las frases que creía haber captado, fuera el correcto, por lo que devolvió la sonrisa a la infanta. Esperó ésta unos momentos la posible contestación y, al no producirse, nunca supimos si por falta de ideas, o de palabras con qué expresarlas, siguió la infanta, tomando del brazo a la francesa con una familiaridad que encantó a la extranjera, muy sorprendida de las parcas muestras de afecto con que acostumbraban a saludarse los nobles leoneses.

—Yo también he venido –explicaba Urraca, mientras caminaba por el patio de la casona, fingiendo aprovechar los rayos solares, pero sin separarse demasiado del resto, para que sus palabras llegaran a Enrique y al clérigo enviado por Hugo, quienes no dejaban de observarla– por ver cómo se comporta mi sobrina en su nuevo papel. Aunque –se detuvo a mirar a la mujer sin soltarle el codo– como os decía, estoy casi segura de que estará a la altura de lo que todos esperamos de ella. Sobre todo, ahora... –añadió, bajando ligeramente la voz, como si no quisiera que los demás alcanzaran sus palabras–. Bien –se acercó a la entrada, arrastrando tras de sí a la suegra de Teresa–. Si me lo permitís me retiraré a descansar. El viaje ha sido duro – quiso aclarar, por si alguien dudaba de su salud o resistencia–. Quizás duerma un rato antes de la cena... Lo dicho, querida –encaró a la madre de Enrique– me alegro muchísimo de que estéis aquí. Estoy segura de que, con la ayuda del padre Dalmacio, encarrilaremos a estos dos jóvenes por el camino que más convenga a ellos mismos, y al reino...

Las horas que faltaban para la cena las pasó acostada, con emplastos en los pies, que le coloqué sobre unas almohadas porque así parecían descansarle. Estaba excitada. Veía la solución al problema que había traído, de forma mucho más sencilla a como la había imaginado y aquellas horas que según ella estaba perdiendo por reposar, la alejaban de su objetivo, el cual estaba tocando con la punta de los dedos.

Tuve que ponerme muy seria para impedirle que mandara a buscar sogas, de las que pendían los ahorcados que vimos en la encrucijada del camino, porque alguien se las había aconsejado para curar las llagas que le atormentaban la planta de los pies. En vez de ese bárbaro remedio, se los sumergí en agua mezclada con vino fuerte y le apliqué una pasta de hojas de morera, que ya otras veces le habían dado alivio.

—Esto ha sido providencial, Auria –charlaba sin parar, mientras yo me afanaba a su alrededor–. Sin duda, la madre querrá lo mejor para su hijo. Cuando le hable de que mi hermano pretende ponerle por delante de Raimundo, ella será nuestra principal aliada.

La miré asombrada.

—Pero... señora. Vos sabéis que eso no es cierto. Urraca es mayor que Teresa, además ahora está Sancho...

—Tú lo has dicho, amiga. Yo lo sé.

No necesitó más de tres jornadas para convencer a la francesa. No se molestó siquiera en mantener conversaciones con Enrique. Es más, le prohibió a ella que hablara del tema con el joven, en la seguridad de que sus palabras, serían transmitidas hasta con los suspiros de disgusto que intercalaba, molesta por "la actitud poco agradecida de Raimundo". "En fin... Cría cuervos..." Esto lo dijo con un mohín de dolor tan grande, que parecía a punto de llorar. Estoy segura que la extrajera no entendió el modismo, pero sí la tragedia de su gesto. Se repuso levantando la barbilla y siguió misteriosa, asegurando que "era un secreto que le confiaba llevada de la simpatía y el afecto" que la francesa le inspiraba... Alfonso tenía en mente conceder a la pareja, después de su boda con Berta, las tierras desde el Miño a Santarén. "Como podéis comprender, es preferible que Raimundo e incluso Hugo de Cluny lo ignoren, puesto que mi hermano se las había prometido al de Borgoña. Es más, de hecho creo que ya las gobierna, pero sabemos de buena tinta que anda en tratos poco claros. Al parecer no tiene bastante con lo que buenamente se le ha concedido. Así que el rey planea castigarlo y el beneficiado será sin duda Enrique..."

Y..., como vimos que Teresa se comportaba según la educación recibida y que sería una esposa perfecta y que ya estaba con ella su buena suegra, por si la joven, debido exclusivamente a sus pocos años, cometía alguna falta, y el enviado de Hugo, después de una apresurada conversación con Enrique en un rincón del salón, antes de la cena, aseguró tener que partir apremiado por un asunto en el que su presencia era imprescindible, y como el rey y la nueva reina querían pasar las Navidades en Sahagún... decidimos partir enseguida, invitando a Enrique, Teresa, y su madre francesa a compartir los rezos y las nieves en el monasterio. Aunque entendíamos perfectamente que sería demasiado precipitado organizar un viaje, sobre todo con tan mal tiempo... Pero estábamos seguras de que a Alfonso le haría muchísima ilusión ver a sus hijos y presentarles a su nueva esposa...

Dos días después, Enrique, Teresa, la madre francesa, los señores, los clérigos, los capitanes, los marmitones, los pastores, y las putas galas que los soldados se habían traído de más allá de los montes, más las peninsulares que se habían ido añadiendo a la tropa, se pusieron en marcha tras los carros y los hombres de Urraca, camino de Sahagún. Efectivamente, había habido un documento en que los dos primos, con la aquiescencia de Hugo, se habían repartido el reino. Alguien llegó a verlo e incluso a firmarlo, pero nadie echó mano de él para hacerlo valer.

Apenas hubo tiempo para celebraciones. Llegan mensajeros del Cid que pide ayuda. Yusuf ha mandado desde Ceuta un gran ejército que va contra Rodrigo. Alfonso se apresura con el fonsado. Son difíciles las comunicaciones en el norte en invierno. Eso lo sabe muy bien el sobrino del moro, Muhamad, que llega a Cuarte, cerca de Valencia. El rey, al frente de las tropas que ha logrado reunir, sale de Sahagún a marchas forzadas, en ayuda del Campeador. Pero la batalla no puede esperar y Rodrigo ha de enfrentar solo a los musulmanes. La lucha es feroz y desigual, pero la estrategia y el valor del Cid descalabra el ejército almorávide. Cuando el monarca llega, le recibe un vasallo victorioso. Los dos hombres se abrazan. El rey se ha traído consigo a Diego, el hijo del Campeador, a quien ama profundamente y al que ha convertido en un caballero, con los valores y las virtudes que desea para su propio vástago.

—Será mejor que se quede contigo ahora –dice el monarca después de los saludos de rigor, cuando ambos varones descansan en sus cátedras, saboreando una copa de vino–. Es un buen capitán. Te ayudará a tomar definitivamente Valencia.

Rodrigo mira al monarca entrecerrando los ojos. Como después cuenta Alfonso a Urraca, no le pregunta siquiera a qué se refiere. Lo sabe muy bien. Ahora es el momento para realizar el acto de fuerza decisivo en la ciudad. Cuando el leonés regresa, después de acabar con las pocas revueltas que se originaron, el Cid descubre, "por pura casualidad", que Yahhaf ha sido el principal instigador de la muerte de al-Qadir, el antiguo rey. El gobernador es detenido y juzgado. Hay un movimiento de rebeldía en la ciudad, que Rodrigo ahoga con dureza. No sólo condena a muerte a Yahhaf, sino que planea para él un fin horrible ante los ojos aterrados de su pueblo. Manda enterrar al gobernador hasta la cintura y aplicarle fuego al torso hasta su último suspiro.

Poco más tarde, vuelve a vencer a los musulmanes en Bairén y en Murviedro, y casa a sus hijas Cristina y María con Ramiro de Monzón y con Ramón Berenguer III de Barcelona. Arroja de la mezquita a los alfaquíes con todos sus símbolos y la convierte en catedral bajo la advocación de la Virgen, nombrando obispo a Jerónimo de Pergor, siguiendo el consejo de Alfonso y Bernardo de Toledo. Dota a la sede con suntuoso mobiliario litúrgico y con fincas, en la misma Valencia y en otros lugares. Él también manda labrar un cáliz que, como el de Urraca, que sigue brillando en San Isidoro, guardando el secreto de sus antiguos orígenes, sea el centro del altar y el símbolo de su triunfo. No sabe el caballero, que está viviendo el momento de su vida para el que ha nacido y por el que lleva luchando cincuenta años. A partir de hoy, ha dejado de interesar al destino.

17

—¿Sabes, pequeña –le pregunto a Teresa, quien se esfuerza en cortar trozos de leña que va almacenando en un resguardo para el invierno– que, a partir de un determinado momento, empezó a morirse la gente?

La niña detiene por un momento su tarea para mirarme, entre asombrada y comprensiva. Está acostumbrada a que le hable de cosas que no entiende y que aparentemente no tienen hilazón con otras anteriores o posteriores. Siempre que no soy capaz de asimilar algo de lo que pasó, necesito verbalizarlo. Supongo que si estuviera sola, hablaría en voz alta a la sombra que se crea a mis pies, cuando me siento cara al sol de la tarde. Claro que eso sería mucho más incómodo que poder dirigirme a Teresa, pues entre otras cosas, debería volverme, porque la silueta se dibuja a mis espaldas y no sé qué tal responderían a esa torsión, los huesos endebles que me sostienen...

—Sí. Empezó a morirse la gente –cabeceé con cuidado... por las vértebras del cuello–. Quizás fue la influencia del maldito cambio de siglo. Corría entre las gentes un soplo de pavor, traído por los francos que hacían El Camino, parecido al del año mil. El suyo, que no el nuestro –aclaré por si ella desconocía que el tiempo se medía de forma diferente en Hispania–. Decían éstos, que Dios, en su infinita bondad, no había querido acabar con el mundo en aquel momento, dándole una oportunidad de regenerarse, pero a la vista de lo poco que los hombres se habían molestado por su elevación espiritual, no habría más prórrogas... Y muchos, se lo creían. Nosotras nunca estimamos demasiado estas opiniones, aunque unos pocos monjes, quizás para conseguir mejores limosnas, aterraban a los fieles con los horrores que traería el nuevo tiempo. Tal vez... –dudé, levantando el arco de las cejas– ellos mismos se lo creyeran... El asunto era que algunos esperaba males sin cuento, incluido el fin del mundo, el cual, según la iglesia y muchas almas pías, había llegado a un grado de corrupción, que Dios no pensaba seguir permitiendo... No lo creímos, y sin embargo, para nosotras fue cierto... Empezaron a desaparecer nuestras gentes, aquellas que, para bien o para mal, nos habían acompañado en el camino... Y seguramente, desde que me fui, habrá seguido ocurriendo lo mismo. Ahora que lo pienso, creo que partí por alejarme de la Parca, la cual parecía haberse quedado a vivir en la corte... –Me interrumpí, reflexiva, pasando revista a todos los enterramientos a los que asistí, o de los que tuve noticia en unos pocos meses–. Hay etapas de la vida –continué luego– que parecen más o menos estables. Casi no fallece nadie, y todo es construir, crecer... Pero de repente, empiezan a morirse todos... –repetí monótona, queriendo entender... No supe muy bien si, por qué fenece la gente, o por qué lo hace en un determinado tiempo–. Y entonces es cuando te entra el pánico. Sabes que aquellas personas que siempre te acompañaron no volverán. Empiezas a darte cuenta que lo de la muerte no es algo lejano que ocurre a viejos y a extraños, y ya no te lo puedes quitar de la cabeza... Y cada vez que te enteras de un fallecimiento, o asistes a algún moribundo, disimulas el terror, diciendo..."Qué le vamos a hacer... Así es la vida..." Pero tiemblas, te lo aseguro, y hasta, a veces, padeces diarrea y dolores de tripas, lo que no hace más que empeorar la situación, porque suele haber alguien cerca que te cuenta que así empezó su vecino y... "ya ves. Le enterramos la última luna..." Te garantizo que aunque haya momentos de risas, allá, en el fondo, la certeza de la muerte ya no te deja vivir...

La niña bajó los ojos al tronco que intentaba cortar, que no era demasiado grueso, pero que le estaba haciendo sudar lo suyo. Teníamos que conseguir almacenar mucha leña, puesto que ya estábamos en septiembre y yo había decidido declinar la invitación de Baltario para pasar el invierno en su cueva. La chica se puso a golpear de nuevo la madera y yo me levanté para aprovechar que ella estaría aún un buen rato fuera, para seguir escribiendo, antes de que el sol se escondiera tras el monte.

Nuestros espías traen la mala nueva de que Yusuf piensa hacer un cuarto desembarco. Alfonso empieza el año del Señor de mil noventa y siete reclutando un ejército. Es difícil. Los cellarios reales, según anuncia el merino, bajando los ojos, andan mermados. Este año no ha sido bueno, y los asnos de los vinateros, quienes, según la costumbre, son los encargados de transportar a la ciudad las cosechas de las tierras del monarca y los productos de los tributos de las sernas, no han traído demasiada carga. Las hambres han obligado a las gentes, aún conociendo el castigo de cien azotes, que el sayón puede inflingirles en público, a robar a los campesinos que se acercan al mercado. Los hombres están cansados y las arcas casi vacías. Aún así, consigue unos tres mil seiscientos soldados. Manda aviso al Cid. Sabe que la situación del vasallo tampoco es cómoda. No obstante, Rodrigo se apresura a poner a su hijo Diego al frente de una tropa, que marcha a reunirse con Alfonso. El rey deja tras de sí, Toledo. No quiere ver cerca de sus fronteras a los musulmanes y va a su encuentro. Yusuf prefiere quedarse en Córdoba y envía a uno de sus generales a presentar batalla. Fue una más. No sé si rápida o lenta, de movimientos ingeniosos o aburridos de puro conocidos... No sé si carezco de datos porque no me los contaron o porque los olvidé. Sólo recuerdo que nos vencieron. Que el rey retrocedió hasta la fortaleza de Consuegra, donde le esperábamos, y que los moros nos cercaron... Pero sobre todo, me vienen a la memoria los hombres que, precediendo a Alfonso, entraron por el puente, con el cadáver de Diego, goteando aún sangre. Las mujeres gritaron y se arañaron las mejillas. Urraca ni siquiera pestañeó, pero su cuerpo, pesado y torpe, se tambaleó sobre sus pies enfermos, deslizándose hasta las piedras del patio. El descontrol más absoluto se apoderó de la fortaleza. Los hombres dejaron su carga en el suelo y se apresuraron a los adarves. El rey corrió hasta su hermana, sosteniéndole la cabeza mientras la llamaba a gritos. Las mujeres saltaban como pájaros asustados, de un lado a otro, empujándose y sollozando sin poder detenerse. En un primer momento, yo misma, que tan acostumbrada estaba ya a todo, dejé escapar la mente más allá de las murallas, a los montes de Luna, junto al regato, con mi abuela, mientras la veía golpear las enaguas en las piedras, para quitarles la mugre del invierno. Oí los trinos de las aves y el diálogo del viento con los robles. Sentí el aroma de los prados y vi los cristales de agua, saltar entre los cantos, deslizándose sin preguntar hacia dónde... Pero la voz, ronca de lágrimas, de Alfonso, me hizo regresar y yo también corrí, pero ya dando órdenes que al principio nadie pareció oír, pero que enseguida se empezaron a realizar. Apartamos al rey y tomamos a la infanta del suelo para llevarla a su lecho. La vi tan pálida, que por unos momentos pensé que había muerto. Empapé un paño en la copa de vino con miel que había sobre la mesa y deslicé unas gotas en los labios exangües. Mientras, otras mujeres masajeaban sus manos y sus pies y alguna, queriendo ayudar, hasta soplaba en su cara, como deseando infundirle aliento vital. Un leve movimiento nos hizo concebir esperanzas. Así que repetimos todos los actos realizados, puesto que parecían dar resultado. Volví a empapar el paño, pero ahora con mucho más líquido. Lo dejé caer con cuidado en los labios y, antes de que hubiera terminado, Urraca abrió los ojos y me miró desde muy lejos, asustada. Pero enseguida, la razón volvió a su mente y cerró los párpados, permitiendo que las lágrimas se deslizaran libremente por entre ellos.

—¿Qué voy a decirle a Rodrigo? –repitió varias veces, monótonamente, sin buscar respuesta, por hablar y romper el silencio amenazante. Yo no quise intervenir en su dolor. Sabía por experiencia que hay momentos en que es preferible quedarse a solas con la angustia, para poder acatar, sin correr a las cumbres a increpar al cielo. Se movió con trabajo, quejándose apenas y, sin dejar de llorar, me preguntó–. ¿Dónde está el muchacho, Auria? –Callé azorada. Lo había olvidado sobre el suelo del patio. Tráelo aquí –ordenó sin esperar a que hablara, mientras se dejaba caer de nuevo en el lecho–. Manda a las mujeres que lo laven y lo vistan. Lo llevaré a las tierras de su padre.

Salieron despachos para Valencia. Cuando más tarde nos contaron el grito del Cid, a todos nos pareció haberlo oído, a pesar de la distancia, el mismo día y a la misma hora. Jimena, ocultando su propio dolor, hubo de apoyar al guerrero que, de repente, envejeció.

No sé si los musulmanes que nos cercaban vieron que la fortaleza no se rendiría, o quizás recibieron llamadas de Yusuf, o tal vez la desesperación de Alfonso les dio miedo... El caso es que apenas ocho días después de la batalla de Consuegra, levantaron las tiendas y se fueron, abandonando el cerco. Tristes y cansados, tras devolver a Diego a la tierra de sus antepasados, marchamos hacia Sahagún, con la noticia de una nueva derrota. Álvar Fáñez, el sobrino del Cid, había sido vencido en Cuenca por otro de los generales de Yusuf. No obstante, en cuanto descansamos un poco, Alfonso, llevado de un extraño misticismo, se empeñó en viajar a Santiago, porque dijo que había sido la intervención del santo quien había salvado Consuegra. Seguramente sería como él dijo, pero lo cierto fue que sus preces o dádivas no debieron demostrar suficiente agradecimiento, porque un par de años después Consuegra caía en manos de un nieto de Yusuf.

Y hablando de muertes... No sé si dije ya que, hasta el obispo de Santiago había fallecido. Dalmacio pasó sin duda a mejor vida, dejando su sede en manos de Diego Gelmírez, un hombre de halo poderoso, al que se le adivinan grandes inquietudes. Esperemos que el Papa lo acepte y no siga buscando motivos de discordia con el rey...

"Primero fue la pena...", nos contaron los enviados de Jimena. Una amargura honda que lo hacía arrastrarse por los adarves y los patios de su alcázar, con las manos a la espalda y los hombros hundidos. Apenas comía y, en las noches, lo sorprendían en cualquier parte, mirando siempre el horizonte o a la tierra que pisaba, obstinadamente, sin dar respuestas y sin plantear preguntas. La esposa se encargó de casi todo, ocultando a los hombres lo que ocurría. Pocos sabían que la orden que acababan de recibir era de mujer, brava, pero mujer. Luego llegó el cansancio. Una debilidad infinita, que le mantenía postrado buena parte del día. Y las toses, y la fatiga, y los ahogos, y aquella baba extraña que salía de su boca en cuanto se quedaba dormido. Se queja de dolores en el pecho, y en la cabeza, e incluso hay jornadas en que asegura, cuando Jimena le urge viendo su gesto atormentado, que, tal es su mal, que piensa que las poderosas mandíbulas van a quebrársele. Y más tarde vino la desorientación. El no saber dónde estaba, ni quien le hablaba, o si era vivo o muerto. El confundir los días presentes con los de niño, o a Jimena con Urraca o a Sancho con Alfonso, o a Diego con Álvar... La mujer gobernaba la ciudad, premiaba o castigaba, mandaba las tropas cerca de las fronteras musulmanas para que los moros no olvidaran al señor castellano. Nadie sabía de su enfermedad. Se pensaba que una vieja herida, mal curada, le andaba trastornando... En los días benignos, cuando el dolor decrecía, ella le paseaba por las barbacanas o por las sombras del patio. Un momento, mientras podía... Que lo vieran... Que lo siguieran temiendo... Murió el diez de julio de mil noventa y nueve. Tan cumplido estaba su tiempo que ya no hubo de esperar el nuevo siglo...

Urraca escuchó en silencio a los hombres que lloraban a su señor. Ella se mantuvo serena. Preguntó por Jimena. Bien. Estaba bien. Ahora gobernaba sin tapujos. Nadie osaba poner en cuestión sus órdenes. Era demasiado tiempo el que llevaba al lado del gran señor, para no saber mandar... La infanta pidió perdón a los caballeros y permiso a su hermano, que no la miró. Salió despacio, apoyándose en mi hombro en cuanto la puerta se cerró a sus espaldas. Trastabillamos por el largo pasillo. Apuntalándonos una a la otra, apartando a las mujeres que vinieron a sostenernos. No permitió la entrada de ninguna en su cuarto. Se sentó en la cama, con el labio caído, en un gesto de infinito estupor. Pensé que quizás debía decir o hacer algo, pero no sabía qué y además no lo deseaba, así que me senté a su lado y dejamos pasar las horas...

Ese otoño enterramos a Berta y a Elvira...

La reina murió como había vivido, sin hacerse notar. Estuvo seis años en la corte, como una sombra que se pega a las paredes para no molestar. Acudía a los actos oficiales o firmaba documentos cuando se le ordenaba, sin participar, sin preguntar... Recibía en su lecho al rey, cuando éste lo deseaba y esperaba paciente y sin protestas a que descargara su semilla, la cual conservaba cerrando las piernas, sin moverse en toda la noche, porque sabía que esa era su verdadera misión. Era responsable, pero no estaba realmente interesada. Carecía de ambición. Su vientre no hizo siquiera un intento de embarazo. Pasaba las horas escuchando a los juglares, que cantaban historias de amores o guerras y tampoco quería saber si habían sido reales o no. Escribía constantemente, con una letra menuda y apretada, que a su muerte nadie fue capaz de leer, por lo que Alfonso ordenó que los pergaminos se sepultaran junto a ella en Sahagún.

En cuanto a Elvira, no creímos su fallecimiento hasta que vimos su cadáver. Había decidido pasar el verano por tierras de Galicia, asegurando que en Sahagún hacia demasiado calor. Prometió, no obstante, volver antes de que se consagrara la nueva iglesia de la villa, donde el rey se había gastado una parte muy importante del tesoro, para contentar a Hugo y a la misma Urraca, que deseaba jalonar el Camino, no sólo de los edificios necesarios, como hospitales, albergues, o monasterios... Quería además belleza. Que los peregrinos conocieran la vida y milagros de los santos en las decoraciones de las paredes y se asombraran ante la gloria de Dios y del rey y que volvieran a sus tierras llevando noticias de la grandeza del reino.

Era octubre, el mes elegido para la consagración del templo. Más de quince días habían transcurrido y Elvira no se había presentado, así que el monarca decidió realizar el acto con ella, si aún volvía a tiempo, o sin ella, puesto que esperar más sería exponerse a las lluvias y al frío, que ese año aún no habían hecho su aparición, pero que era lógico suponer, no tardarían. El mismo día elegido, el veinticinco, cuando ya se formaba el cortejo, uno de los jovencitos de Elvira entró en el monasterio buscando al rey. Le recibió éste montando ya su caballo, con Urraca a sus espaldas, sentada en una silla especial, con alto respaldo que, disimulado tras el bello manto, elegido para la ocasión, de seda con bordados en oro y forrado de armiño, le hacía más fácil mantener erguido el tronco.

—Señor –desmontó el muchacho, arrodillándose y hablando casi sin resuello–. La infanta no ha podido llegar a tiempo, porque hace dos días se encontró muy mal y hubimos de pararnos. Me ha enviado a mí para disculparse y para que sepáis que su ausencia ha sido debida a algo ajeno a su voluntad.

—Ya –cabeceó Alfonso, volviéndose a la princesa, en tanto toma el cetro cuajado de esmeraldas y rubíes, que le tiende un escudero, con su mano diestra –. Sabemos que nuestra hermana –siguió ahora en tono más alto, mirando a los clérigos que le rodeaban– de no ser por algo muy importante, nunca hubiera faltado. Descansa –dijo, notando el sofoco del chico– y cuando sea posible, únete a nosotros. Sin duda, Elvira, una vez pasada si indisposición, se habrá puesto en camino y vendrá pronto.

—Agradezco, señor vuestra invitación, pero si me lo permitís, en cuanto coma algo y cambie de caballo, regresaré junto a mi señora, pues os aseguro, mi rey, que la vi muy enferma. No creo que haya podido recuperarse en las dos jornadas que hace que la dejé.

—Bien –contestó Alfonso, volviendo ya grupas para encabezar el cortejo–. Puedes irte cuando lo desees –y entre dientes, murmuró sólo para Urraca, que marchaba a su lado–. No sé que les da a sus gentes...

Vivimos una jornada de brillo y celebraciones. Nadie como la iglesia, para hacer valer sus cosas. Hasta los magnates, que habían hecho el esfuerzo de vestir con ballugas, calzas, bragas y túnicas nuevas a las gentes de su casa, quedaron asombrados del lujo y la grandiosidad de los ritos. Y no digamos nada de los villanos. Nadie se acordó que el monasterio les acogotaba hasta convertirlos casi en esclavos. Hoy, todos aceptaban su situación sin cuestionársela. Era normal que los monjes tuvieran el poder, cuando eran capaces de tener a Dios, a San Facundo y San Primitivo, a más de otros santos y santas, que habían nombrado varias veces durante la celebración, a su disposición. En cuanto los hermanos les dirigían preces, los bienaventurados acudían a escucharles... En cambio ellos, los campesinos, rezaban y rezaban, pidiendo buenas cosechas, o que no lloviera, o que lloviera, o que la oveja no tuviera un mal parto, o que el vientre de la mujer se secara, pues ya no daban abasto a mantener hijos, o que se llenara de una vez, porque hacía cinco años que cohabitaban y ni una sola vez había quedado preñada... y nada; todo seguía igual. Pero ya decían los monjes que eran muy pecadores y eso debía ser... Los bienaventurados y las vírgenes sólo escuchan a los que se mortifican. Como los santos padres del cenobio que sólo comen verduras y no andan revolcándose con las hembras en cuanto estas se descuidan... Aunque... y entonces los rústicos se rascaban la pelambrera piojosa. Ellos, a veces, ni siquiera tenían nabos para comer, ni se trajinaban a la hembra por miedo a un nuevo chiquillo... En fin, ya lo decían los buenos hermanos. "No queráis entender a Dios..." La cuestión fue que toda la villa holgó y se atracó de cerdo, oveja y gallina, y hasta el vino y los dulces de los religiosos salieron a las calles, pagados por el rey. Nadie echó de menos a Elvira. Los rústicos porque apenas sabían que existía, ya que casi no la veían y además tenían la mente ocupada en digerir la mayor cantidad posible de carne, pues era muy probable que en todo el invierno no volvieran a probarla, a no ser que las cacerías del monarca fueran tan abundantes, que alguna tajada cayera de las mesas. Los magnates, ni se cuestionaron su ausencia.

Por eso, cuando en plena celebración de uno de los muchos actos religiosos proclamados, las puertas del cenobio se abrieron y los hombres de Elvira, entraron anunciando que el cadáver estaba a punto de atravesar la villa, camino de León, nadie lo quería creer.

Por lo visto, se había sentido mal después de hartarse de comer marisco, que era su plato favorito cuando viajaba cerca del mar. Vomitó violentamente, pero nadie le dio demasiada importancia, considerando las cantidades de alimentos que había ingerido. No obstante, ella debió encontrarse muy enferma, pues inmediatamente envió a su mensajero a Sahagún, consciente quizás de que aquello no era una simple indigestión. Pronto empezaron las calenturas y el delirio. Cuando quisieron refrescarle el cuerpo con paños fríos, notaron que unas manchas rojas, o tal vez cárdenas, se extendían por doquier. Al intentar moverla para ver si ocurría lo mismo en la espalda, sintieron con asombro la rigidez de la columna que le impedía doblar la cabeza. Los vómitos se producían sin previo aviso de arcadas o nauseas, con una violencia inusitada. Parecían impulsados por una extraña fuerza interior, que los hacía desparramarse por las ropas de la cama y sobre las personas que la atendían. Se quejaba de dolores en la cabeza y en las piernas, desorientando a sus médicos, quienes, lo único que hacían eran mantenerse lo más apartados posible del lecho. En un momento dado, pareció quedarse dormida de repente. No obstante, sus jadeos afanosos y extraños hicieron opinar a uno de los doctos galenos, que aquello podía ser "la antesala de la muerte. Así que tal vez los clérigos..." Cesó de respirar al amanecer siguiente. Dejando a todos asombrados, como siempre, con sus actuaciones intempestivas.

La enterramos en León, junto a sus padres y hermano, en San Isidoro. Luego volvimos a Sahagún. Allí, Urraca decidió hacer oraciones y conjuros sin cuento para borrar la estela de muertes. El trece de enero ambos hermanos otorgan prebendas al monasterio, en memoria de la difunta Berta. Y comienzan las nuevas negociaciones, con Hugo otra vez, para conseguir esposa. Tal vez ahora...

En abril viajamos a León y, desde allí, Urraca se pone en camino una vez más, para recibir a Isabel, la nueva esposa del monarca. Llega sólo hasta Pamplona. Allí decide esperar a la novia. Su salud, ya de por sí delicada, se ha resentido mucho con los cambios primaverales. El tres de mayo recibe a la viajera y da gracias con un diploma que otorga a la catedral de la ciudad. Cuando ya preparábamos la vuelta, con intención de detenernos en Burgos, donde esperaba Alfonso, quien resuelve asuntos pendientes y prepara la boda, que esta vez se celebrará en tierras castellanas, apareció Guillermo. La princesa se precipitó a recibirle.

—Bienvenido, amigo. Nos alegramos de tenerte de nuevo entre nosotros. Espero que esta vez traigas algo de las tierras lejanas que has visitado.

—Poco o nada es, señora –afirmó el peregrino sin levantar la rodilla del suelo–. Sabía que estaríais aquí y me he apresurado para veros –hablaba despacio, como cansado, o triste quizás.

—¿Sabes que vamos a casar al rey? –interrogó la infanta, preocupada por la actitud del hombre–. Auria asegura que en el fuego ve buenos augurios –y al decirlo se volvió hacia mí, esperando que confirmara su aserto.

—Sí, Guillermo. He visto que la nueva reina dará hijos al rey. En realidad eso era lo único positivo que había creído ver. Todo lo demás era una nube negra y desdibujada que no alcancé a desentrañar o que no quise saber.

El peregrino, obedeciendo una orden de la princesa, se puso en pie, aceptando la sedilia que le ofrecí.

—Sí –confirmó el hombre–. Eso es cierto, la reina le dará hijos.

—¿Varones? –demandó Urraca, ansiosa.

—No, señora –contestó él sencillamente, bajando los ojos.

—Bueno –quise trivializar– donde hay niñas... –reí como una idiota– puede haber varones. Nadie coreó mi tontería. La princesa bajó la cabeza, dejando que el tronco se venciera hacia delante sobre los codos, apoyados en el sillón. Guillermo, con la vista en las piedras, no se atrevía a mirarla.

—Hay más, ¿verdad? –lanzó ella, encarando al peregrino, quien, bajo la fuerza de sus ojos, levantó los suyos.

—Sí, señora. Pero os aconsejo que...

—Ya. Está bien amigo. Háblame de tu viaje.

Después de los festejos, que los castellanos disfrutaron al máximo, regresamos enseguida a Sahagún, pues Urraca opinaba que, junto al Cea, sería más sencillo que el rey tuviera humor para engendrar un hijo. Y así fue. Enseguida el vientre de la reina se hinchó y, cuando en diciembre acudimos a Palencia para celebrar el concilio, en que se reconoció la índole metropolitana de Braga y se reeligió a Gelmírez, con el beneplácito ya de Pascual II, representado por el cardenal Ricardo, Isabel arrastraba una buena barriga, que llenaba de alegría al rey. Nosotras dudábamos si sería tanto por la promesa de un nuevo vástago, como por la satisfacción de demostrar a sus hombres, casi todos más jóvenes que él, que aún era varón potente.

En febrero dio a luz Isabel. Otra niña. Urraca no acudió junto al lecho de su cuñada a reconocer el nuevo miembro de la familia. Yo hube de traerle a la pequeña. Apenas la miró. Le puso la mano sobre la frente y me dijo que me la llevara.

Llegan mensajeros de Jimena. Sabe que Yusuf va a mandar al general Mazdalí contra ella. Pide ayuda a Alfonso. El rey comienza la tediosa tarea del fonsado. Urraca le urge, pero él, sabiendo que ella no le acompañará, parece no tener prisa. La infanta ha adelgazado hasta hacer que los ropajes parezcan flotar a su alrededor. Se arrastra por los palacios apoyada en sus mujeres, sin olvidar sus deberes, pero con los ojos vacíos de entusiasmo. Cuando está en León, visita a menudo las tumbas de sus padres. Manda misas y rezos sin cuento, en los que suele participar con su presencia, pero no con su cabeza. Dice arrepentirse de sus ambiciones mundanas, pero no deja de presionar a Alfonso para que parta hacia Valencia... El rey me mira. Bajo la cabeza y él comprende. Y... un día le dice que espera al señor de Luna y otro que el obispo de Santiago le ha prometido dineros, y así va dejando pasar el tiempo, sin separarse de su hermana.

Aquella velada, reunidos como ya era habitual en los aposentos de la infanta, mientras Alfonso conferencia con algunos de sus hombres, Urraca llamó junto a sí a Guillermo. Ni a mí me permitió acercar. Habló con él durante un buen rato. No conseguí captar palabra. Sólo sus gestos serios y preocupados me trasmitieron parte de su diálogo. Cuando llegó el momento de retirarse a descansar, Alfonso se acercó como siempre para ayudarla a levantarse. No le soltó y, apoyada en él, llegó hasta el lecho, donde se sentó. Besó la mano que la sostenía y sonrió al monarca.

—Hasta mañana, querido –dijo, dejándose deslizar hacia los almohadones.

A media noche sentí una respiración afanosa y extraña. Acudí junto a ella y vi en sus rasgos el final. Grité a las mujeres, que dormían rodeándola, y corrí hacia la puerta para que la guardia buscara al rey. Me encontré con Guillermo quien, con la espalda apoyada en la pared de piedra, parecía esperar. Me miró y le dejé entrar. Se acercó al lecho y acarició la frente casi fría.

—No despertará –me dijo.

—Lo sé –acepté con un susurro, sin lágrimas...

Ninguna de las reinas de Alfonso tuvo tal duelo, ni sus ropas fueron tan ricas, ni sus ataúdes tan suntuosos, ni tantos rezos, ni tantos llantos, ni tantos cirios, ni tanto obispo... Pero, sobre toda, ninguna mujer del reino fue tan llorada como ella por los que la amamos...

Alfonso partió inmediatamente para Valencia. Pasó allá muchos meses. Al fin, precediéndole, llegaron mensajeros. El rey volvía, trayéndose a Jimena y al cadáver del que, a su manera, llegó a ser su amigo, a pesar de sus enormes ambiciones, nacidas tal vez, del mismo error que hizo que Urraca no pudiera ser reina... En fin, había servido con lealtad. A su manera. Sin olvidar que él era también un ser que debía realizar un camino. El monarca había espantado con su presencia a los musulmanes que cercaban a Jimena, pero no había querido engañarse, tarde o temprano, la ciudad caería. Y con su buen criterio habitual, decidió defender lo más seguro. Así que, tomó todas sus riquezas y a sus gentes y ordenó incendiar las casas, los palacios, las iglesias... Era un triste cortejo el que se acercaba a Burgos...

Hoy ha caído la primera nevada y el caso es que no hace demasiado frío... Pero en fin, aquí está ya el largo invierno de Luna. Lo tenemos todo bien cubierto. Teresa es diligente y los muchachos de Baltario nos han ayudado mucho. Cómo se enfadó el buen monje... Pero no sé por qué, quiero estar sola. Bueno, sola no. Tengo a la niña que me escucha y me respeta. Que atiende mis necesidades y yo diría que incluso me quiere... Le enseño todo lo que sé, o al menos lo que recuerdo. Ella aprende con facilidad. Seguramente, cuando pase el invierno, le mostraré la cueva y los pergaminos. Creo que debo dárselos a Baltario para que los guarde el monasterio. Aunque... a veces dudo de que ese sea su destino idóneo. Quizás estarían mucho mejor en el secreto de la caverna... No sé qué hacer. Ahora que los he terminado parece que mi vida no tiene sentido... Ellos mismos, no tienen sentido.

La nevada se intensificó tanto durante la tarde, que, apenas oscurecido, la capa blanca alcanzaba el alféizar de la ventana. Pendiente de la evolución del tiempo, pasé la noche junto al fuego, evitando moverme, por no despertar a Teresa. Habitualmente duermo tan poco, que me da igual tumbarme o no. A veces me cuestiono qué ocurriría si dejara de acostarme definitivamente. Es sorprendente la vejez. No sólo es un estado absolutamente antiestético, además es enfermizo, doloroso e invalidante y, por si todo esto no fuera suficientemente terrible, ni siquiera tienes el consuelo del sueño para poder olvidar... ¡Bah! He de recuperar la dignidad. He llegado a un estado tan rastrero con mi miedo a la muerte, que me doy asco. Al fin y al cabo, ¿qué me queda?. Nada ya, aparte de un cuerpo anciano, que arrastro con trabajo de un lado a otro... Tomo los pergaminos para huir del presente, acercándome a las brasas para releer algunas líneas. Me da pena no tener nada más que contar. Ahora no sé qué disculpa ponerle a la vida... Miré las llamas. Urraca, hermosa y triste, con los cabellos flotando a su alrededor, me contemplaba desde el fuego.

—Señora... –susurré entre lágrimas–. Mi niña querida...

—Auria –la princesa me hablaba con voz lejana–. Debes saber que ha habido una nueva derrota. La decisiva en nuestro Camino. El niño ha muerto. Dirigía el ejército como un hombre... Demasiado joven... Los nobles le defendieron... Murieron con él. Si te acercas a la puerta, oirás los gritos de Alfonso, que descarga su dolor contra todo y contra todos... Pronto iré a buscarle... Pobre hermano... Mi propia aflicción trasciende la tumba y se filtra en las piedras de San Isidoro, que lloran conmigo por el sueño de un gran reino del que, dentro de poco, sólo algunos sentimentales recordarán el nombre. Tantos trabajos mi buena Auria...

Cabeceé violentamente contra mi propio pecho. El fuego se estaba apagando. Puse otro leño y enfoqué con trabajo mis ojos cegatos, buscando la imagen querida. Sólo alcancé a ver las chispas que salían del nuevo tronco.

Acabamos de subir el monte. Baltario se empeñó en volver a rezar junto a la tumba. Escribo mientras cuecen los nabos que cociné para todos nosotros. Fuera, sentados al sol, el buen monje y sus legos recuerdan retazos de conversaciones o situaciones mantenidas con Auria. Ayer la enterramos. El anciano se empeñaba en hacerlo en el monasterio, en tierra sagrada, pero yo, Teresa, se lo impedí. Le dije que mi buena madre me había pedido que lo hiciéramos en el valle, cerca del regato, en una pequeña pradera donde siempre da el sol. El hermano, antes de cubrir su cuerpo, que envolví en la piel de lobo que defendía nuestra puerta, bendijo, al menos treinta veces, la tierra y rezó en todas las posturas y orientaciones, asistido por los muchachos, que de vez en cuando habían de sostenerlo, porque vacilaba ostensiblemente. Lloró el pobre viejo. Lloró y moqueó durante horas, después de que los chicos hicieran un túmulo y una pequeña cruz, que colocaron en el lugar donde quedó la cabeza, mirando al sol.

Cenamos después todos juntos, un pedazo de pan y un cuenco de leche de cabra. Baltario tornó a sus lágrimas y rezos. Me dormí tarde, con su voz cascada y susurrante por compañía. Esta mañana le hablé de los pergaminos. Se los mostré, pues no estaban en la cueva, ya que Auria, cuando se vio tan enferma, me advirtió que los tuviera a mano, para que nadie, fuera de mí, conozca nunca el secreto... Dijo que los trasladara al monasterio para que los custodien... Me duele dejar que se los lleve, pero Auria me pidió que fuera él quien tomara la decisión, ya que ella aún no sabía muy claramente porqué los había escrito, ni mucho menos qué debía hacer con ellos.

Siento una voz desconocida fuera. Un hombre alto, de extraños ojos azules, con aspecto de peregrino, habla con Baltario. Se han alejado de los legos. Les miro desde la puerta. Me ha llamado la atención la tau en la que apoya su mano el visitante. ¿Cómo habrá sabido llegar aquí? Baltario cabecea serio. Parece acatar, sin rechistar, los deseos, o las órdenes, o las súplicas del visitante...

Hoy veintiuno de diciembre de mil novecientos noventa y nueve ha vuelto el hombre, exactamente siete años después de su primera visita. Le oí subir la escalera y supe quién era antes de abrir la puerta tras su llamada.

—Has acabado, ¿verdad?

—Sí –contesté con la boca llena de preguntas, que no sé por qué no podía formular. Me ocurría igual que la primera vez. Aquella mañana, cuando sentí el timbre, no dudé ni por un momento. Abrí la puerta. Y hago esta aclaración, porque si no espero una visita concreta, nunca me molesto en saber quién llama. Desconozco si lo que ocurre es que no me interesa lo que el presunto visitante tenga que contarme, o porque estoy segura que nada de lo que yo diga va a ser escuchado. Pero aquel veintiuno de diciembre de hace siete años, sin preguntar siquiera, abrí desde arriba la puerta del portal, y me precipité a la entrada del piso. El hombre subía las pocas escaleras que me separan de la calle. Le contemplé con una mezcla de asombro y curiosidad. En un primer momento y fijándome en su indumentaria, pensé que sería un peregrino o tal vez un turista excéntrico, necesitado de algo, o simplemente despistado, que requeriría información. Uno más de los muchos que atraviesan la plaza de San Isidoro, en donde vivo. Llegó ante mi puerta y me dominó con su altura y la mirada profunda de unos extraños ojos azules que parecían contener la sabiduría del universo. Se apoyaba en un cayado terminado en una artística tau, con signos de runas grabados en ella. A su espalda, una mochila bastante voluminosa, de la que se desprendió, dejándola a mis pies con exquisito cuidado, le daba aspecto de viejo encorvado; pero sólo hasta que la soltó. Se irguió entonces en toda su estatura y, mirándome desde arriba, con una sonrisa dulce y mansa, que le hizo parecer un niño grande, me habló.

—Vengo a encargarte un trabajo por el que no voy a pagarte, porque enseguida comprenderás la necesidad de hacerlo. En esta mochila hay unos antiguos pergaminos que no me pertenecen, pero que custodio desde... bueno –manoteó como espantando una polilla o una explicación innecesaria– desde hace tiempo. Tú te encargarás de interpretarlos y copiarlos según tu entender. Ha llegado el momento de hacerlos públicos y tú eres la más indicada. Volveré, cuando hayas terminado el libro, a recogerlos. No hables con nadie de esto y mucho menos muestres los escritos. Si hay en ellos algo que no seas capaz de discernir o interpretar, cosa que dudo, porque los conoces, pásalo por alto. Pero no consultes.

—¿Por qué yo? –acerté a preguntar, cuando el hombre se volvía ya para irse, dejando la mochila a mis pies.

—Porque los conoces –repitió, bajando ya los escalones.

Tomé la bolsa y cerré la puerta. Durante unos segundos me quedé allí, sin saber qué hacer. Luego, me precipité a la ventana para llamar al peregrino, o lo que fuera, y decirle que no estaba dispuesta a trabajar sin cobrar y que antes de hacerme cargo de un asunto así debería conocer muchas cosas, y... El hombre no aparecía en toda la plaza. Corrí a la ventana que domina la calle lateral. Tampoco estaba allí.

—Es imposible –me aseguré, hablando en voz alta–. No ha tenido tiempo material de caminar hasta las otras calles... –Volví al vestíbulo con la creencia de haber soñado. Aquello no tenía ni pies ni cabeza. Esas cosas no ocurrían a dos pasos del siglo veintiuno... Y, sin embargo, podía jurar por todos los dioses que los hombres han inventado a lo largo de su espinoso camino, que lo que acababa de vivir había sido real... La mochila, grande, y familiar casi, seguía en el mismo lugar donde la había dejado. En ese momento tuve miedo por vez primera. Quizás fuera una bomba... Nuestro mundo estaba lleno de locos y algunos ni siquiera lo parecían, reflexioné, cuando una vocecita interior me aseguró que el peregrino no tenía aspecto de demente. Me arrodillé y, con cuidado, acerqué el oído, como había visto hacer en películas de policías, por si era capaz de percibir algún tic tac que me advirtiera. Pero no. Dentro de la bolsa sólo había silencio. Me aparté de ella y volví al mirador. Escudriñé de nuevo la plaza, observando en detalle, uno por uno, a los turistas que deambulaban alrededor del edificio, fascinados por su belleza, o simplemente haciéndose los interesados, porque les habían dicho que era muy hermoso. Mi visitante no estaba entre ellos. Me senté junto a la ventana, como solía hacer a menudo, y las piedras, que tan bien conocía, me tranquilizaron. Cuando quise darme cuenta, había transcurrido una hora larga. Me levanté para regresar al vestíbulo. Sin pensarlo abrí la cremallera. Efectivamente. Dentro había pergaminos. Y por su aspecto, aunque yo no era precisamente lo que se dice una entendida, podían ser centenarios.

Siete años tardé en clasificarlos y copiarlos. Debo decir que no lo hice al pie de la letra y que muchas frases no llegué a comprenderlas nunca y hasta añadí interpretaciones de mi cosecha. Pero hice el trabajo sola. Con un interés creciente a medida que descifraba y entendía. Conocí, e incluso debo decir que amé, a los personajes y que, algunas noches, cuando regresaba a mi casa, atravesando la plaza donde acaecieron algunos de los hechos narrados en los escritos, tuve la idea de ser la protagonista, sintiendo los sucesos en propia piel.

Y hoy ha vuelto. Y todas las preguntas que acumulé en este tiempo, quedaron olvidadas o atascadas en alguna parte, al ver al peregrino. Me limité a tenderle la bolsa con una mano y con la otra, la copia de los apuntes. Tomó ambas cosas y se volvió para bajar.

—¿Por qué yo? –demandé, repitiéndome, con un gran esfuerzo. Se volvió, después de descender los dos primeros peldaños. Sonrió cómplice y preguntó a su vez.

—¿Nunca miras el fuego?

este libro se terminó de imprimir el
día trece de mayo de dos mil, festividad de
Nuestra Señora de Fátima